KB253399

일부당천

一夫當天

일부당천 4

임영기 新무협 판타지 소설

초판 1쇄 찍은 날 § 2006년 3월 14일
초판 1쇄 펴낸 날 § 2006년 3월 24일

지은이 § 임영기
펴낸이 § 서경석

편집장 § 문혜영
편집 § 장상수 · 최하나 · 문정흠
펴낸곳 § 도서출판 청어람
등록번호 § 제1081-1-89호
등록일자 § 1999. 5. 31
어람번호 § 제2-0863호

주소 § 경기도 부천시 원미구 심곡1동 350-1 남성B/D 3F (우) 420-011
전화 § 032-656-4452 팩스 § 032-656-4453
http://www.chungeoram.com
E-mail § eoram99@chollian.net

ISBN 89-251-0033-9 04810
ISBN 89-5831-897-X (세트)

美當天

일부당천

4

임영기 新무협 판타지 소설

흙이 쌓여 산이 되면 풍우는 저절로 일게 마련이고,
물이 고여 못이 되면 교룡은 저절로 생겨난다
[積土成山 風雨興焉 積水成淵 蛟龍生焉]

도서출판 청어람

목차

❖ 第三十四章 ❖
염예(艶猊) 교교(皎皎)

第 三十四 章

"힘들어 보이는데 내가 좀 도와줄까?"

도강의 최상류에 도착한 연운정은 타고 내려갈 뗏목을 만들기 위해 그리 굵지 않은 나무들을 골라 잘라낸 후, 그것들을 칡넝쿨로 엮느라 비지땀을 흘리고 있던 중 난데없이 들려온 말에 화들짝 놀라서 급히 주위를 두리번거렸다.

아니, 그가 목소리에 일차적으로 놀랐다면, 그 목소리가 들려온 곳에 사도혜를 내려놓았다는 사실을 한발 늦게 깨닫고는 이차적으로 더 크게 혼비백산했다.

그는 허리를 굽히고 있다가 튕기듯이 몸을 일으키며 소리가 들려온 등 뒤쪽을 급히 돌아보았다.

"아!"

순간 그는 전혀 예상하지 못했던 어떤 광경을 발견하고는 그 자리에 얼어붙고 말았다.

"당신은……?"

낯설지 않은 한 여자가 계류 가의 바위 위에 책상다리 자세로 앉아서 생글생글 웃고 있었다.

그녀는 한 자루의 청강검을 뽑아 검의 검봉을 아래로 향한 채 좌우로 장난스럽게 흔들고 있었는데, 바로 아래 그늘진 곳에는 사도혜가 가부좌의 자세로 운기를 하고 있었다.

"용케 날 알아보는군?"

그녀, 옥염쌍예 중 염예 교교는 좌우로 흔들던 검을 멈추고 환한 미소를 지었다.

친했던 벗이나 정인을 아주 오랜만에 다시 만나 몹시 반가운 듯한 느낌마저 자아내는 미소여서 이런 상황만 아니라면 자칫 마주 미소를 지어 줄 것만 같았다.

흔들기를 멈춘 검봉 반 장 아래에는 사도혜의 정수리가 있었다. 교교가 슬쩍 손을 놓기만 해도 검이 절반 가까이 사도혜의 정수리 속으로 꽂히고 말 것이다.

더구나 그 검은 뗏목을 만드느라 거추장스러워서 사도혜의 옆에 풀어 두었던 연운정의 검이다.

무슨 일이 생긴다면 연운정의 검에 사도혜가 죽는 불상사가 벌어질 것만 같은 순간이었다.

"어때? 날 다시 만나니까 반갑지 않아?"

교교는 헤죽헤죽 웃으며 말하다가 마치 실수인 것처럼 슬쩍 검을 놓치는 시늉을 했다.

"앗!"

연운정은 소스라치게 놀라 다급한 외침을 터뜨렸다.

교교는 검이 두 자나 하강했을 때 재빨리 팔을 뻗어 검파를 다시 잡고는 연운정의 당황하는 모습을 가리키면서 재미있어 죽겠다는 듯 맑은 교소를 터뜨렸다.

"깔깔깔! 너무 재미있어!"

반면 연운정은 온몸의 모공을 통해서 한꺼번에 식은땀이 솟아나서 금세 옷이 축축하게 젖어버렸다.

"네가 내 물음에 대답하지 않으니까 너무 섭섭해서 나도 모르게 검을 놓쳐 버렸잖아. 정말 날 다시 만나서 반갑지 않은 거야?"

교교의 표정이 급변했다.

방금까지만 해도 숨넘어갈 듯이 웃어대더니, 이젠 더 이상 서운할 수 없다는 듯한 표정을 지었다.

그럴 때의 그녀에게서는 요녀 같다거나 색녀의 느낌이 손톱만큼도 풍겨지지 않았다.

그저 크고 동그란 눈에는 서운함이 가득 담겨 있었고, 발그레한 두 뺨은 수줍음에 물들었으며, 조그맣고 붉으며 도톰한 입술을 잘근잘근 깨무는 모습이 톡 건드리기만 해도 울음을 터뜨릴 것처럼 슬퍼 보였다.

만약 연운정이 그녀와 잠깐 맞닥뜨렸을 때 그녀에게 추잡한 짓을 당하지 않고 그녀의 요망한 말을 듣지 않았더라면, 지금 그녀가 짓는 표정에 쉽사리 현혹되고 말았을 것이다.

또한 그것은 그녀에게 넘어가지 않을 남자가 거의 없을 것이라는 의미이기도 했다.

연운정은 초조함이 극에 달해서 눈을 부릅뜨고 교교의 손을 쏘아보았다.

그녀는 변태에 엽기적인 성격이 분명했다.

연운정이 대답 한마디 잘못하는 순간 정말 검을 놓아버리고도 남을 여자였다.

연운정은 오십여 일 전에 연화산에서 교교와 그녀의 사제인 옥예 구본행을 만난 적이 있었다.

그 당시 연운정은 조부를 찾아달라는 사도혜의 간곡한 부탁으로 옥 피리를 불면서 비 오는 산속을 헤매는 중이었다.

그때 옥예 구본행은 피리 소리가 시끄럽다면서 시비를 걸었고, 다짜고짜 일장을 연운정의 가슴에 적중시켰다. 이후 교교가 느닷없이 연운정의 뒤에 웅크리고 앉아 그의 음낭을 움켜잡으며 희롱했다.

그래서 발작적으로 휘두른 연운정의 검에 그녀는 뺨에 한줄기 검흔을 새겨 넣어야만 했다. 그렇게 해서 옥염쌍예에게 허무하게 죽을 뻔한 연운정을 사도천이 구해주었던 것이다.

연운정은 옥염쌍예가 비열하며 추잡한 남녀라는 첫인상을 지니고 있었다.

또한 교교는 일의 발단이야 어찌 됐든 연운정이 자신의 뺨에 새겨준 흉측한 검흔 때문에 그를 갈아 마셔도 시원치 않을 정도로 증오하고 있었다.

그녀가 연운정을 발견할 수 있었던 것은 우연찮게 찾아온 행운이었다.

그녀는 연운정을 찾으라는 사부 사심혈혼의 명령을 처음에는 열심히 수행했지만 하루가 지나기도 전에 지쳐 버렸으며, 결국 싫증이 나고 말았다.

그녀는 원래 한 지방 명가의 후손이었는데, 열 살 때 사심혈혼에게 납치되어 강제로 제자가 되었다.

열 살까지 제대로 된 예절과 학문을 배우던 그녀는 그날부터 사심혈혼의 무공을 배웠으며, 부수적으로 사부의 방탕한 성격과 행실까지도 자연스럽게 본받게 되었다.

고향과 부모 형제가 그리워서 눈물을 흘리던 어느 날 사부에게 한차례 죽을 정도로 치도곤을 당한 그녀는 그때부터 일체 고향과 부모 형제에 대한 그리움을 내색하지 않고 속으로만 꾹꾹 눌러두며 삭일 수밖에 없었다.

이후부터 그녀는 철저히 사심혈흔의 여제자로서 천하를 주유하며 방탕한 생활에 젖어들기 시작했다.

그녀보다 이 년 늦게 제자가 된 구본행과 짝짜꿍이 되어 상상도 하지 못할 온갖 악(惡)과 요(妖)를 일삼으면서 옥염쌍예라는 명성(?)도 얻게 되었다.

하지만 그녀의 가슴 깊은 곳에 응어리져 있는 고향과 피붙이에 대한 그리움은 가시지 않았고, 오히려 세월이 흐를수록 점점 더 커지고 깊어만 갔다.

그럴수록 그녀는 더 사악해져 갔고, 더 색정에 몸부림쳤다. 응어리를 없애기 위해서, 그리움을 떨쳐 버리기 위해서 그녀는 거의 발악을 할 정도로 악녀가 되어갔다.

하지만 어찌 태양을 손바닥으로 가릴 수 있을 것이며, 도도한 강의 물줄기를 한낱 숟가락으로 막을 텐가.

작금에 이르러 그녀는 혼자 멍하니 먼 하늘을 바라보는 횟수가 눈에 띄게 많아졌다.

또한 아름다운 것과 고아한 풍취를 접하면 넋을 빼앗기고 언제까지나 바라보는 일이 다반사가 되었다.

그랬으므로 예전처럼 염예로서의 제 역할을 다하지 못하는 것은 당연해졌다.

사실 교교는 사부의 명령으로 정협의 전인을 찾아다니면서도 정신은 딴 데 팔려 있었다.

두 눈은 비길 데 없이 아름답고 웅장한 고산준령의 매력을 좇느라 여넘이 없었으며, 귀는 물소리와 신비한 새소리, 바람 소리를 듣느라 바빴다.

급기야 그녀는 하루 온종일 정협의 전인을 찾는 체 부지런을 떨었으면 제 할 일은 다 했다 싶은 생각이 들어서 그때부터는 아예 발길 가는 대로 이 산 저 산, 이 계곡 저 언덕으로 무작정 싸돌아다니며 언젠가 부모님과 손잡고 정답게 산천경개를 유람하던 어린 시절의 아련한 추억에 빠져 이틀을 보냈다.

그러다 보니 이곳까지 흘러온 것이었고, 연운정과 사도혜를 발견하는 행운을 잡게 된 것이었다.

사도혜는 운기를 하고는 있지만 정신은 말짱했기 때문에 지금 어떤 상황이 벌어지고 있는지 짐작할 수 있었다. 그래서 그녀의 길고 가는 속눈썹이 파르르 떨리고 있었다.

"대답이 없네?"

교교가 더욱 슬프고 섭섭한 표정을 지으며 손에서 힘을 뺐다. 그 바람에 검이 약간 아래로 주춤! 하강하자 연운정은 다급히 비명처럼 외쳤다.

"반갑소! 만나서 정말 반갑소!"

"정말?"

교교의 표정이 거짓말처럼 환하게 밝아졌다.

순진하기 이를 데 없는 어린 소녀의 모습을 설명하라면, 지금 교교의 표정이 그랬다.

척!

교교는 바위에서 훌쩍 몸을 날려 사도혜의 옆에 가볍게 내려섰다.

휘릭! 휘릭!

"정말이냐고 물었잖아."

그녀는 한 손으로 잡은 검을 허리 아래 좌우로 이리저리 아무렇게나 휘두르면서 눈을 깜빡거렸다.

그러자 날카롭기 짝이 없는 검날은 아슬아슬하게 사도혜의 머리와 상체를 스쳐 지나갔다.

자칫 검날이 그녀의 몸에 닿기라도 하면 예리하기 이를 데 없는 청강검은 자신의 주인이 사도혜를 얼마나 애지중지하는지를 전혀 감안하지 않을 것이다.

"저, 정말이오!"

연운정은 심장이 콩알만해져서 황급히 외쳤다.

휘리릭! 휘리릭!

"증명해 봐."

교교는 검을 방금 전보다 더 거칠게, 그리고 어수선하게 휘두르면서 또 주문했다.

"어, 어떻게 말이오?"

연운정은 제정신이 아니었다.

자신이 당하는 것이라면 어떤 위협에도 굴복하지 않을 자신이 있지만 사도혜는 아니었다.

만약 그녀가 잘못되기라도 한다면, 십중팔구 그는 미쳐 버리고 말 것이다.

"알아서!"

사실 제정신이 아닌 연운정은 교교가 무얼 묻고 있는지, 무엇을 요구하는지 제대로 알지 못했다.

그러므로 건성으로 듣고 건성으로 대답할 수밖에 없었다. 그의 정신은 온통 사도혜의 안위와 어떻게 하면 불의의 급습을 가하여 저 요망한 여자를 물리칠 수 있을지에 몰두해 있었다.

'정신을 차리자! 여차하면 천추의 한을 남기게 된다!'

그는 수없이 속으로 자신을 진정시켰다. 오늘 이후 평생을 통해서 백날천날 정신을 똑바로 차린들 소용이 없다.

지금 이 순간 저 요녀가 원하는 대답을 원활하게 해줄 수 있고, 한 걸음 더 나아가서 급습을 가할 기회를 포착할 수 있는 정신력만 있으면 된다.

그는 간절한 심정으로 천극정신공을 운공하면서 공력을 극한으로 끌어올렸다.

지금으로선 그 방법밖에 없었다. 그러자 용광로처럼 들끓던 그의 심화가 빠르게 가라앉으며 정신이 투명하리만치 맑아지기 시작했다. 기적 같은 일이었다.

휘잉! 휘이잉!

"대답 안 할 거야?"

"이름이 무엇이오?"

교교가 아미를 상큼 치켜 뜨며 검을 더욱 거칠게 휘두르면서 약간 앙칼진 어조로 묻자 연운정이 담담한 음성으로 불쑥 반문했다. 전혀 예기치 않았던 물음이다.

"……."

느닷없는 물음에 교교는 위험하게 휘두르던 검을 뚝 멈추고 적이 놀라는 표정으로 연운정을 바라보았다. 이어서 이끌리듯 붉은 입술을 열었다.

"교교."

"예쁜 이름이구려."

"……."

예상하지 않았던 물음에는 역시 예상하지 못했던 반응이 나왔다. 그 한마디에 교교는 묘하고도 야릇한 기분에 사로잡히고 말았다. 철이 든 이후 그녀에게 이름이 예쁘다고 말한 사람, 더구나 남자는 한 명도 없었다.

이날까지 그녀가 만난 거의 대부분의 남자들은 첫 대면에서부터 입에 침이 마르도록 그녀의 아름다운 용모와 몸매를 칭찬했으며, 어떻게 하면 그녀를 침상으로 이끌어 흐벅진 정사라도 한번 나누어볼까 아부와 술수를 부리기에 급급했다.

물론 이름을 물은 남자들도 더러 있기는 했다. 하지만 그것은 질탕한 정사 후였고, 다음의 정사를 원하여 그녀를 기억해 두기 위해서 물었던 것뿐이다.

"나는 사부님께 관상에 대해서 얼마간 배운 적이 있소. 내가 보기에 교 낭자는 이목구비와 음성, 자모(姿貌)와 눈빛. 그 어느 것으로도 결코 요사(妖邪)함이나 색정(色情)하고는 거리가 머오. 오히려 바른 콧날과 적당한 인중, 정기 어린 눈빛와 순치(脣齒) 등으로 볼 때 정심(正心)이 깊은 편이오."

연운정은 거짓말을 하지 않았다. 그는 자신이 보고 느낀 바를 그대로 말했다.

"무… 슨 헛소리야?"

교교의 얼굴에 당황하는 기색이 역력히 떠올랐다. 연운정은 비단 그녀의 이름이 예쁘다고 처음 말해준 남자일 뿐만 아니라 방금 같은 진심 어린 말도 처음 해준 남자였다.

"내 말이 헛소리 같소?"

"그, 그래!"

"눈은 거짓말을 하지 않소. 내 눈을 보시오."

"……."

교교는 이끌리듯 연운정의 눈을 바라보았다. 그렇게 잠시가 지나자 그녀는 자신도 모르게 움찔 어깨를 떨었다.

천극정심법과 천극정신공으로 마음과 정신이 더할 수 없을 정도로 투명해지고 정심해진 연운정이고, 그의 눈빛이었다.

교교는 연운정의 눈빛에서 추호의 거짓을 발견하지 못했다. 아니, 오히려 그녀의 정신은 그의 눈 속으로 빨려들어 그곳에서 자신이 얼마 전까지 넋을 잃고 감상했던 대자연을 발견했다.

심후한 내공이 뒷받침되지 않는 사파인이나 마도인이 천극정신공을 연공한 연운정의 눈을 본다면 극심한 혼란과 어지러움을 느끼기 마련이다.

만약 연운정의 내공이 정심박대하다면, 웬만한 사파인과 마도인들은 아예 그의 눈을 쳐다볼 엄두도 내지 못할 것이다.

염예 교교는 무림이 인정하는 요녀이며 악녀였다. 그런데 그녀는 연운정의 눈을 오랫동안 응시하면서도 전혀 혼란과 어지러움을 느끼지 않았다.

아니, 오히려 꿈속에서나 그리던 고향에 돌아온 듯한 편안함마저 느끼고 있었다.

그런 것을 볼 때 결국 그녀의 본성은 요사하지 않으며 사악하지 않다는 의미가 아니겠는가.

그 본성의 굳고 단단한 석문을 연운정의 정심한 눈빛과 진심 어린 말이 끌과 망치가 되어 두드려 깨우고 있었다.

그리하여 교교는 십여 년 동안 빠져서 허우적거렸던 미몽의 늪에서 비로소 눈을 뜨고 있었다.

그녀는 조금 전에 연운정을 처음 발견한 순간 걷잡을 수 없는 복수심에 불타올랐었다.

그녀에게 연운정은 정협의 전인이 아니라 자신의 얼굴에 죽을 때까지

지워지지 않는 생채기를 남긴 원수였다.

그래서 처음부터 사부의 명령이나 정협의 신공 비서에는 관심이 없고, 오로지 그를 만나면 오직 복수를 할 생각뿐이었다.

그랬기에 연운정을 쉽게 죽일 생각은 추호도 없었다. 실컷 농락하다가 그가 살려달라고 애원할 때 가장 잔인한 방법으로 숨통을 끊어버릴 작정이었다.

그랬는데, 전혀 뜻하지 않게도 연운정이 그녀의 여린 천성을 일깨우고 있는 것이었다.

그래서 그녀는 이 순간 선천적인 순후한 성품과 후천적인 악독함 사이에서 갈등하고 있었다.

고향에서 부모와 단란하게 살았던 십 년 세월과 사심혈혼을 사부로 두고 온갖 악행을 저질러 숱한 사람들로부터 원성을 들으며 지냈던 십 년 세월간의 싸움이었다.

딱 잘라서 어느 것이 강하다고 말할 수는 없었다. 둘 다 강했고, 둘 다 약했다.

쩽!

"나는……."

교교는 청강검을 떨어뜨리면서 복잡한 표정으로 중얼거렸다.

연운정은 그녀를 보면서 부드러운 미소를 입가에 떠올렸다.

그는 연화산에서 처음 그녀를 보았을 때도, 지금 두 번째 볼 때도 그녀가 선천적인 악인이라고는 생각하지 않았다.

그리고 지금 그녀가 떠올리고 있는 표정과 눈빛에서 그녀가 마침내 본연의 선함을 되찾았다고 믿었다.

그러나 운명은 그녀의 편에 서주지 않았다.

"핫핫핫! 사저! 마침내 놈을 잡았군요!"

그때 느닷없이 명랑한 웃음소리가 터지며 숲에서 옥예 구본행이 불쑥 튀어나온 것이다.

쉬리릿!

순간 연운정의 오른손이 번개같이 품속으로 들어갔다가 나오며 구본행에게 뿌려지자 두 줄기 빛살이 일직선을 그으며 쏘아갔다. 두 개의 비와정이었다.

"엇?"

딱!

구본행은 크게 놀라서 황급히 나무 뒤로 몸을 감추었다. 비와정 하나는 그가 숨은 나무에 꽂혔고, 나머지 하나는 그의 어깨의 옷을 찢으며 스쳐 지나갔다.

구본행은 간담이 서늘해졌다. 만약 촌각이라도 늦게 피했더라면, 두 개의 비와정이 고스란히 자신의 목 한복판과 심장에 적중될 뻔했다는 것을 나무에 꽂히고 어깨를 스친 비와정의 각도로 미루어 알 수 있었다.

이후 그는 연운정에게 함부로 모습을 드러낼 수가 없었다. 그가 숨어 있는 곳은 숲 가장자리에 있는 나무였으며, 그곳에서 한 걸음이라도 나서게 되면 엄폐물이라곤 아무것도 없이 사방이 트인 전체 폭 삼 장 계류변의 자갈밭이었다.

또한 연운정과 교교가 마주 보고 서 있는 계류 가의 측면 가운데쯤에 그는 위치해 있었다.

그것은 그에게서 연운정, 그리고 교교와의 거리가 거의 비슷하다는 뜻이었다.

'놈이 또 암기를 발출하면 쌍연검(雙燕劍)으로 튕겨내면서 공격을 가해봐?'

구본행은 품속에 손을 넣어 자신의 애병 쌍연검을 슬쩍 만지면서 독한 눈빛으로 연운정을 쏘아보다가 고개를 절레절레 가로저으면서 손을 뺐다.

그는 자신이 연운정보다 훨씬 고수라고 자신했다. 하지만 방금 연운정이 암기를 던진 수법은 강호에서 잔뼈가 굵은 구본행을 한순간 움츠러들게 만들 정도로 일품이었다.

쥐도 구석에 몰리면 고양이를 무는 법이다. 조심해서 나쁠 것은 없는 것이다.

더구나 지금은 사저인 교교가 검으로 연운정의 일행으로 보이는 곰보계집을 위협하고 있으니 상황은 자신들 편이 훨씬 더 유리했다. 또한 연운정은 도망칠 구멍이 없었다.

더구나 놈은 일행을 버리고 혼자 달아나는 짓 따위는 하지 못하는 멍청이 같았다.

"사저! 뭘 하고 있어요? 어서 그 곰보 년을 제압해 버려요!"

구본행은 고개만 살짝 내밀고 교교에게 소리쳤다.

그러자 교교는 당황한 표정으로 구본행과 연운정을 번갈아 쳐다보았다.

그녀는 잘 알고 있다. 연운정은 정(正)이고, 구본행은 악(惡)이라는 사실을.

지금의 그녀는 십여 년 동안 까맣게 잊고 살았던 정의 세계에, 순수의 고향에 두어 걸음 들어와 있는 상태였다.

악에서 빠져나오는 것도 힘든 일이지만, 악을 경험했던 사람이 정에서 다시 악으로 돌아가기도 지난한 일이었다.

그녀는 잠깐 맛본 정과 순수의 느낌이 전혀 낯설지 않았다.

아니, 그것이야말로 정녕코 자신이 귀의할 곳임을 깨달았다. 만약 사제 구본행이 나타나지 않았거나 조금만 늦게 나타났더라면, 그녀는 아무

망설임 없이 연운정의 손을 잡았을지도 모른다. 아니, 분명히 그랬을 것이다.

사실 그녀는 지독한 겁쟁이였다.

겁이 많은 사람이 평범한 사람보다 오히려 더 설쳐 대고 표독하게 구는 경우가 왕왕 있는데, 교교가 바로 그런 경우였다. 그녀는 겁이 났다. 교활한 구본행도, 잔인무도한 사부도 무서웠다.

눈치 빠른 구본행은 교교가 이상하다는 것을 즉시 알아차렸다. 무슨 이유 때문인지, 어떻게 이상한 것인지는 알 수 없었지만 평소의 그녀가 아닌 것만은 분명했다.

"사저! 먼저 곰보 년을 죽인 다음에 소제와 함께 저 자식을 합공하도록 해요!"

구본행이 연운정의 눈치를 살피면서 재차 날카롭게 외쳤다.

그는 교교의 얼굴에 떠올라 있는 복잡한 표정이 갈등이라고 판단하여 잡고 있던 줄을 팽팽하게 잡아당겼다. 그녀가 무엇을 갈등하고 있는지는 지금 이 순간에 알 필요가 없었다.

다만 그는 지금의 상황을 힘주어 잡아당기는 쪽으로 원하는 것이 끌려오는 줄다리기라고 생각했다.

그러나 그것은 착각이었다.

지금 상황은 그림 그리기였다.

용을 다 그리고 마지막으로 용의 눈을 그려 넣어야 하는 화룡점정(畵龍點睛)의 순간이었다.

또한 용의 눈을 그려 넣을 때 필요한 것은 타오르는 열정이 아니라 숨죽인 절제였다.

그때 교교의 얼굴에서 복잡한 갈등이 씻은 듯이 사라지면서 잔잔한 평온이 떠올랐다.

그것을 발견한 구본행의 얼굴이 보기 싫게 일그러졌다.

'우라질! 저 자식이 어떻게 했기에 갈대 같은 사저의 마음이 흔들린 거야?'

교교는 자신이 떨어뜨린 연운정의 검을 집으려고 허리를 굽혔다. 사도혜 옆에 놓여 있는 검집에 꽂아두려는 것이었다. 물론 그것은 지금 같은 상황에서는 전혀 불필요한 동작이었다. 그녀는 자신이 왜 그러는지도 모르면서 검을 집어 들었다.

그렇게 함으로써 연운정에게 자신이 더 이상 적이 아니라는 무언의 의미를 전달하고 싶었을지도 모른다.

하지만 교활한 구본행은 그 미묘한 순간마저 최대한 적절하게 이용하는 것을 놓치지 않았다.

"하하하! 그래요, 사저! 어서 그 검으로 못생긴 곰보 년을 단칼에 죽여 버려요!"

그 순간 연운정과 교교의 얼굴이 동시에 급변했다. 한 사람은 다급함으로, 또 한 사람은 당혹감으로.

'아, 아냐!'

교교는 검을 집고 허리를 펴며 망연히 연운정을 바라보았다. 그런 그녀의 얼굴에는 추호의 살의(殺意)나 사악함 같은 것은 떠올라 있지 않았다.

하지만 그 순간 연운정은 그녀의 얼굴을 보고 있지 않았다. 그녀의 얼굴을 볼 상황이 아니었다. 그의 시선은 그녀가 쥐고 있는 검끝, 검첨(劍尖)에 고정되어 있었다. 검끝은 공교롭게도 사도혜의 목 옆쪽에서 닿을 듯이 흔들렸다.

연운정은 금방이라도 저 검에 의해 사도혜의 목이 베어져 버릴 것 같은 절박함과 그런 일이 벌어지지 않게 하려는 간절함 외에는 아무런 생각도 떠오르지 않았다.

'어째서……'

순간 연운정은 내심 착잡한 탄식을 터뜨리면서 교교를 향해 화살처럼 쏘아가 두 손으로 물을 움켜잡듯이 가슴 앞에 모았다가 벼락같이 앞으로 뿌려냈다.

후웅!

그러자 묵직한 파공음과 함께 쌍장에서 은은한 홍광이 빛나는 두 개의 말발굽 크기의 둥근 빛살이 섬전처럼 뿜어져 나갔다. 천극신장의 일 초식인 천극붕이었다.

그는 교교와 대치를 시작하고부터 암암리에 공력을 극한으로 끌어올린 상태였기 때문에 천극붕에는 사십 년 공력이 고스란히 실려 있었다.

연운정과 교교의 거리는 일 장 반 정도였는데, 그가 순간적으로 신형을 날려 일곱, 여덟 자의 거리를 좁히면서 천극붕을 발출했기 때문에 두 사람의 거리는 여덟 자가 되었다.

원래 그가 천극붕으로 적중시킬 수 있는 최대 거리는 여섯 자에서 일곱 자 정도다.

그래서 그는 방금 장공을 발출하는 순간에도 여덟 자 거리에 있는 교교를 적중시킬 자신이 없었다.

하지만 마음은 너무도 절박했다.

교교의 검은 사도혜의 목에서 반에 반 자 거리에도 못 미치는 곳에 있었다.

그녀는 그저 손목만 까딱 움직이는 간단한 동작으로 사도혜의 목을 찌르거나 자를 수 있는 것이다.

연운정이 제아무리 전광석화처럼 빠르게 공격한다고 해도 교교의 검보다 빠를 수는 없었다.

그래서 연운정은 어째서 자신이 그녀의 관상이 어떻고, 내 눈이 거짓말을 하는지 잘 보라는 등 헛소리를 지껄이느라 잠시 경계의 끈을 늦추었는지 머리가 터지도록 후회했다.

게다가 그녀의 첫인상이 결코 악인이 아니었으며, 자신의 몇 마디 말에 그녀가 무슨 언초(偃草)라도 된 듯이 마음속으로 흐뭇해하지 않았던가.

'바보 같은 놈!'

만약 사도혜가 잘못된다면 자신이 죽인 것이나 다름없다고 피를 토하듯이 자책했다.

"……?"

그러나 다음 순간 그는 교교를 보며 움찔 놀랐다.

교교는 연운정의 절박한 염려처럼 사도혜의 목을 찌르거나 베지 않았다.

아니, 비단 그러지 않았을뿐더러 검봉을 땅을 향해 늘어뜨린 채 연운정을 바라보고 있었다.

그리고 그녀의 얼굴에 떠올라 있는 표정은 '왜 나를 공격하는 거지?'라고 묻고 있었다.

그 순간 연운정은 깨달았다. 그녀가 악인이 아니라는 자신의 첫인상이 맞았음을, 그리고 조금 전에 보았던 그녀의 선한 표정이 거짓이 아니었음을.

그래서 그는 교교가 사도혜의 목을 벨 것이라고 오해했을 때보다 더 혼비백산하고 말았다.

그 찰나지간에 연운정은 급급히 공력을 거두었다. 아울러 장풍이 교교에게 미치지 않기를 간절히 빌었다. 원래 그의 능력이라면 미치지 않아야 정상이었다.

퍽!

"아악!"

그러나 그의 바람은 결국 헛되이 끝났다. 오늘따라 흐릿한 금광마저 발하는 천극봉의 빛살은 교교의 풍만한 젖가슴 한복판을 정확하게 파고 들었다.

교교는 한 걸음도 물러나지 않은 채 그 자리에 서서 이해할 수 없다는 표정을 얼굴 가득 떠올렸다.

연운정은 그녀 앞에 내려서서 어쩔 줄을 몰라 했다. 그는 그녀의 어깨를 잡으려고 손을 뻗었다.

"교 낭자……."

교교는 조금 전에 되찾은 선한 표정 위에 의아함을 하나 더 얹고 눈을 깜빡이며 연운정을 바라보았다.

"왜……."

"미안하오. 잘못했소, 교 낭자."

연운정은 진심으로 사죄했다. 할 수만 있다면 방금 전의 상황으로 되돌려 놓고 싶었다.

교교는 몸을 돌려 바위를 향해 비틀거리며 걸어갔다. 이어서 바위에 기대어 있는 검집을 가늘게 떨리는 손으로 집어 들어 오른손에 쥐고 있던 검을 검집에 꽂으려 했다.

그러나 그게 뜻대로 잘 되지 않았다.

눈앞이 가물리며 온몸에서 비 오듯이 땀이 흘렀고, 몸이 점점 더 거세게 떨렸다. 그래도 그녀는 검을 검집에 꽂는 행동을 포기하지 않았다.

그것은 마치 연운정에게 '나는 검을 검집에 꽂으려고 했을 뿐이야' 라고 말하는 무언의 항변 같았다.

"교 낭자, 그만 하시오."

연운정은 더할 수 없이 안타까운 표정으로 그녀에게 다가가며 손을 뻗었다.

"나는……."

교교는 연운정을 돌아보며 입을 열었지만 말을 잇지 못했다. 얼굴은 온통 땀투성이였으며, 눈에는 초점이 없었다. 그러더니 스르르 그녀의 몸이 무너져 내렸다.

연운정은 급히 그녀를 안았다. 그녀는 뼈가 없는 듯 연운정의 품 안에서 늘어졌다. 그녀의 몸이 불덩이처럼 뜨거운 것이 그의 두 팔로 고스란히 전해져 왔다.

그는 사람에게 천극신장 천극붕을 처음 사용했다. 그랬기에 어떤 반응을 보이는지 알지 못했다.

사부는 자신이 전수한 무공의 위력이나 결과에 대해서는 한마디 말도 해준 적이 없었다.

하지만 나무를 상대로 천극붕을 연마했던 연운정은 나무의 겉은 말짱하지만 속은 재로 화했던 것을 수없이 봐왔다.

그로 미루어 지금 교교의 가슴속이 어떻게 됐을지는 충분히 짐작할 수 있었다.

상황이 너무 절박했기 때문이었을까? 평소에는 아무리 애를 써도 일곱 자를 넘지 못하고 홍광을 발하던 천극붕이, 방금 전에는 여덟 자 이상이나 쏘아갔으며 천극붕의 완성인 금광—흐릿했지만—을 발하기까지 했다.

교교의 얼굴에서 빠르게 핏기가 사라지고 있었다. 그녀는 연운정의 품에 안긴 채 그를 보려고 애쓰면서 하얗게 탈색된 입술을 몹시 힘겹게 열었다.

"고마워……."

"교 낭자!"

무엇이 고맙다는 것일까?

구본행은 교교가 일장에 적중되는 순간 하늘이 무너지는 듯한 충격을 받았다.

그리고 동시에 한 가지 충격적인 사실을 깨달았다. 자신이 교교를 사랑하고 있다는 사실을, 그것도 몹시!

그는 교교의 생사를 걱정할 뿐 아무것도 생각할 수 없었다. 그가 숲 가장자리의 나무 뒤에서 막 뛰쳐나왔을 때 연운정이 쓰러지는 교교를 안고 있었다. 그것을 보고 그는 피를 토하듯이 부르짖으며 달려갔다.

"이 자식! 사저에게서 손을 떼라!"

구본행은 연운정에게서 거칠게 교교를 낚아채 자신이 안았다.

교교의 눈은 거의 감겨 있었다. 그런 상태에서도 그녀는 연운정을 향해 떨리는 팔을 뻗었다.

연운정은 그것을 보았지만 아무 행동도 취할 수 없었다. 그가 보기에 그녀는 죽어가고 있었다.

아니, 굳이 눈으로 보지 않더라도 그녀가 머지않아 죽으리라는 사실을 예견할 수 있었다.

만약 천극붕이 나무에 적중됐던 것 같은 결과가 그녀의 가슴속에서도 벌어져 있다면, 그녀는 결코 살지 못할 것이다.

"사저! 눈 좀 떠봐! 도대체 어디가 아픈 거야?"

구본행은 교교를 바닥에 눕혀놓고 그녀의 상체를 살피면서 피를 토하듯이 악을 써댔다.

그는 울고 있었지만 그 자신은 그것을 알지 못했다. 그리고 교교의 상체에서 어떤 흔적도 찾아내지 못했다.

찌이익!

그는 거칠게 교교의 상의를 찢었다.

즉시 눈처럼 희고 뽀얀 살결과 출렁이는 두 개의 육봉이 고스란히 드러났다.

그는 붉게 충혈된 눈으로 교교의 상체 곳곳을 살폈지만 이상한 점을 발견하지 못하자 옆에 서 있는 연운정에게 악을 썼다.

"이 새끼야! 도대체 어딜 맞춘 거야?"

"가슴 사이를 보시오."

교교의 젖가슴은 너무 풍만해서 서로 닿아 있었기 때문에 그 안쪽이 잘 보이지 않았다.

천극붕은 두 개의 젖가슴을 스치면서 파고들어 앙가슴에 적중됐던 것이다.

구본행은 즉시 두 손으로 젖가슴을 움켜잡고 양쪽으로 벌렸다. 그러자 두 개의 젖가슴 사이 가슴에 붉은 기운이 감도는 동전 정도 크기의 장흔(掌痕)이 새겨져 있는 것이 드러났다.

장흔은 전체적으로 붉은색이 감돌았는데, 한복판에 손톱 절반 정도의 크기로 작은 원형을 형성한 채 은은한 금빛을 띠고 있었다.

그것은 천극신장 일초식 천극붕이 거의 완성 단계에 이르렀음을 증명하는 광경이었다.

하지만 그것을 발견한 연운정은 조금도 기쁘지 않았다. 아니, 기쁠 수가 없었다.

애타게 원하던 천극붕의 완성이 이처럼 최악의 상황을 만들어낼 줄이야.

사도혜는 이미 오래전에 운기를 끝냈지만 교교가 옆에 서서 검을 휘두르고 있었기에 눈을 뜨지 못하고 가만히 있다가 그제야 일어나 연운정의 옆에 서서 안타까운 표정으로 교교를 지켜보고 있었다.

"제기랄! 왜 제대로 안 보이는 거야?"

구본행은 자신이 울고 있다는 사실조차 몰랐기 때문에 비 오듯이 눈물이 흘러서 장혼이 뿌옇게 보인다는 사실을 미처 깨닫지 못했다. 그는 주먹으로 눈물을 훔쳐내며 외쳤다.

"이게 뭐냐?"

그는 교교의 젖가슴을 양손으로 움켜잡고 벌린 채 물었다. 그는 줄곧 악을 쓰고 있었다.

"천극붕이오."

"누가 무슨 초식이냐고 물었느냐, 이 새끼야? 어떻게 치료를 하느냐는 말이다!"

"나도 모르오."

연운정은 착잡하게 고개를 가로저었다.

구본행은 거의 제정신이 아닌 모습으로 교교의 맥을 짚고 심장 소리를 확인하더니 더 정신없는 얼굴로 중얼거렸다.

"으으, 죽어가고 있어. 사저가 죽는다……."

구본행은 정협의 전인을 옆에 두고도 사부의 엄명 따윈 조금도 신경쓰지 않았다.

그의 관심사는 오직 교교의 생사일 뿐이었다. 그는 교교가 죽으면 자신도 죽을 것처럼 행동했다.

"아, 안 되겠다. 사부에게 데려가야겠어."

그는 교교를 안고 일어나 눈에서 불길을 뿜듯이 연운정을 쏘아보며 외쳤다.

"만약 사저가 죽으면 네놈은 반드시 내 손에 죽을 것이다!"

교교가 연운정의 천극붕에 적중당하기는 했지만, 그전에 만약 구본행이 교활한 속임수를 쓰지 않았다면 그런 일은 결코 벌어지지 않았을 것이다.

그의 외침은 연운정과 교교를 순간적으로 당황하게 만들었고, 그래서 결국 이런 파국에 이르게 되었다.

하지만 그는 아직 그런 사실을 미처 깨닫지 못했다. 오래지 않을 미래에 그것을 깨닫게 되는 날, 그는 자신이 교교를 사랑하는 만큼 괴로움에 몸부림치게 될 것이다.

그리고는 연운정이 미처 무슨 말이나 행동을 취하기도 전에 구본행은 교교를 안은 채 울면서 숲 속으로 신형을 날려 순식간에 사라져 버렸다.

복잡한 표정으로 숲을 응시하는 연운정의 가슴속으로 자괴감이 물밀 듯이 엄습했다.

그리고 '고마워'라는 교교의 마지막 말이 범종 소리처럼 그의 여린 마음을 두드려 댔다.

"서둘러야겠어요."

잠시 후 사도혜가 초조한 표정으로 입을 열었다.

그래도 연운정은 구본행이 사라진 숲에서 시선을 거두지 못했다.

"운정 오라버님, 시간이 없어요."

사도혜는 연운정의 팔을 잡고 가만히 흔들었다.

그제야 연운정은 후회와 자책이 가득 떠오른 얼굴로 사도혜를 돌아보았다.

눈물을 흘리지는 않았지만, 그가 마음속으로 울고 있다는 것을 사도혜는 알 수 있었다.

그의 무공이 조금씩 강해지고 또 적지 않은 경험이 쌓였지만, 그의 여린 마음은 그대로인 것 같았다.

"뗏목은 완성됐나요?"

사도혜는 계류 가에 놓여 있는 거의 제 모습을 갖춘 뗏목을 바라보며 물었다.

그때 문득 연운정은 사도혜의 얼굴이 이상해졌다고 느꼈다. 눈초리 부분이 마치 물에 오래 불렸다가 햇빛에 바짝 마른 종이처럼 구겨져 있었고, 귀 아래 부분은 풀잎을 결대로 찢은 것처럼 약간 갈라져 있었다.

그녀가 쓰고 있는 인피면구가 더 이상 손볼 수 없을 정도로 낡아져 이미 한계에 이른 모습이었다.

그녀는 벌써 오래전부터 그런 모습이었지만, 이런 밝은 대낮에 연운정이 사도혜의 얼굴을 가까이에서 본 적이 없었기 때문에 여태껏 발견하지 못했던 것이다.

하지만 그는 곧 뗏목으로 걸어갔다. 사람이 피곤에 지치면 피부가 그렇게 될 수도 있으려니 여겼다. 게다가 지금은 그런 것을 논하고 싶은 심정이 아니었다.

그는 뗏목 한복판에 종아리 굵기의 기둥 하나를 세운 뒤에 뗏목을 계류로 밀어냈다.

길이 일곱 자, 폭 다섯 자가량의 작은 뗏목은 두 사람을 싣고 곧 도강의 최상류를 출발했다.

❖ 第三十五章 ❖
정랑(情郞)

第 三十五 章

연충조는 이미 반나절 이상이나 안문수 상류 일대를 샅샅이 뒤지고 있는 중이었다.

하지만 자신이 가르쳐 준 갈대섬은 물론이고, 그 어디에도 아들 연운정의 모습은 보이지 않았다.

연충조는 얼마 전과는 전혀 다른 모습을 하고 있었다. 이곳으로 오는 도중에 마주친 무림인을 윽박질러서 옷을 뺏어 입고 검은 복면을 벗어 원래의 모습을 되찾았다.

그가 집을 떠나 있었던 햇수는 칠 년이지만, 현재의 그는 칠 년이란 세월보다 훨씬 더 늙어 보였다.

까칠한 살결에 양 뺨과 눈이 움푹 들어갔으며, 희끗희끗한 반백의 머리카락이 되어 있었다.

또한 다듬지 않은 수북한 구레나룻과 짧고 거친 수염도 반백이다. 그의 나이는 이제 사십이 세지만 겉모습은 오십 세를 훌쩍 넘어 보였다.

그만큼 지난 칠 년여 동안 몸과 마음의 고생이 막심했다는 뜻이다.

'이 아이가 대체 어디로……'

은밀한 곳이지만 주변을 살피기 적당한 강가의 비처에 잠시 은둔하여 숨을 돌리며 내심 중얼거리던 연충조는 어떤 불길함에 생각이 미치자 가볍게 움찔 몸을 떨었다.

비살루 살수들에게서 떨어져 나온 연충조는 안문수로 가는 중에 서북쪽으로 향하고 있는 무림인들을 수십 명이나 발견했다.

물론 그들 중에 연충조의 모습을 본 사람은 옷을 바꿔 입은 어수룩하게 생긴 한 명뿐이었다.

하지만 그는 누구에게도 연충조가 비살루 살수의 복장을 하고 있었다는 말을 하지 못하게 되었다. 연충조가 옷을 빼앗아 입고 몇 마디 말을 물어본 후에 죽여 버렸기 때문이다. 이른바 살인멸구(殺人滅口)인 것이다.

그자가 연충조가 입고 있던 비살루 살수 복장을 한 채 산중을 돌아다닌다는 것은, 사라진 비살루 살수 삼십구 호의 행적을 추적해 낼 수 있는 결정적인 흔적 하나를 남긴 것이나 다름이 없는 일이었다. 그것도 살아서 돌아다니는 흔적을.

연충조는 이날까지 살아오는 동안 자신을 위해서 사람을 죽여본 적이 없었다.

비살루 살수로 있는 동안에는 돈을 위해서 살인을 했고, 조금 전에는 아들의 안위를 위해서 살인을 했다.

"이… 산에 모여든 수천, 아니, 수만 명은 모두 정협의 전인을 찾고 있는 중입니다."

자신의 옷을 연충조에게 뺏긴 무림인은 '왜 무림인들이 서북쪽으로 가고 있느냐?'라는 연충조의 물음에 '그런 것도 모르면서 당신은 왜 이 산중에서 얼쩡거리고 있는 것이냐'는 듯한 표정으로 그렇게 대답했다.

'정협의 전인……'

'전설적인 대영웅' 혹은 '천하제일인', '무림의 수호신' 등 숱한 존경과 찬사의 명칭으로 불리는 정협이라는 이름을 연충조가 모를 리 없었다.

'설마 운정이가……'

말이 안 되는 줄 알면서도 거기에 생각이 미쳤다. 그가 본 아들은 형편없는 모습이었다.

수십 일 동안 제대로 씻지도 자지도 못한 몰골이어서 누군가에게 쫓기고 있는 것이 분명했다.

또 비살루가 전례없이 살수를 무려 열두 명이나 파견하면서까지 납치하려고 한 사람이 바로 자신의 아들이었으며, 암중에서 살수들을 죽인 인물 역시 아들을 노리는 것이 거의 확실했다.

또한 얼마 전에 연충조가 보았을 때 아들은 몇 군데 상처를 입은 모습이었다.

그것은 그가 여러 차례 누군가와 싸웠을 것이라는 추측을 가능하게 했다.

이 산중에는 오직 정협의 전인을 추적하는 무림인들만이 우글거리고 있다. 그러므로 아들이 누구와 싸웠을 것인지 추측하는 일은 그리 어렵지 않았다.

'설마 운정이가……'

연충조는 방금 전과 같은 말을 속으로 다시 중얼거렸다. 결국 그는 모든 사람들이 추적하고 있는 자가 자신의 아들이라는 결론에 도달할 수밖에 없었다. 하지만 아들이 정협의 전인이라는 점에 대해서는 여전히 회의적이었다.

거기에는 반드시 무슨 오해가 있을 터였다. 아무리 생각해 봐도 산미촌 산골에 살고 있던 아들이 정협이라는 어마어마한 기인의 전인이 될 확률은 전무했기 때문이다.

하지만 무엇보다도 중요한 것은 아들이 헤아릴 수 없을 정도로 많은 무림인에게 쫓기고 있다는 사실이었다.

어떤 기적이 생기지 않는 한, 아들은 추적자들의 손에서 벗어나지 못할 것이다.

기적.

그것을 아비인 연충조가 만들어내야만 했다.

그는 이제 비살루로 돌아가지 못한다. 임무 수행 중에 이탈하는 자는 발견하는 즉시 죽이는 것이 비살루의 규칙이었다.

연충조는 오직 집으로 돌아갈 날만을 손꼽아 기다리면서 칠 년 동안 견뎌왔다.

그리고 이제 삼 년이 남았다.

집으로 돌아가면 무엇을 어떻게 할 것인지 수없이 계획을 세우고 허물었으며, 또 세웠다. 하지만 그 계획들은 이제 아무 소용이 없게 돼버렸다.

지금 그에게 새로 생긴 계획은 무슨 일이 있어도 아들을 살려내야만 한다는 것뿐이다.

그가 집을 떠나 살수가 되어야만 했던 것도, 지난 칠 년 동안 수없는 사선을 넘나들면서 그의 버팀목이 되어준 것도 오직 '가족'이라는 이름이었다.

가족이 없었다면, 아들과 아내가 없었다면, 그는 자신이 하고 싶은 대로 하면서 살았을 것이다.

천하를 주유하면서 거리낄 것 없이 호호탕탕 대장부의 기개를 마음껏 펼쳤을 것이다.

그렇다고 가족이 그의 짐이 된 것은 아니었다. 오히려 가족은 그의 희망이었고, 유일한 안식처였다. 가족이 없다면, 없어진다면, 연충조 자신도 없는 것이다.

만약 비살루가 살수 삼십구 호를 죽이지 못하게 되면 고향집 산미촌으로 살수를 보낼 것이다. 가족에게 책임을 묻기 위함이다.

고향에는 남편과 아들을 떠나보내고 하루하루를 외로움에 떨면서 눈물을 흘리고 있을 아내가 남아 있다. 비살루 살수들은 필경 그녀를 삼십구 호 대신 죽일 것이다.

지난 칠 년 동안 임무 중에 도주한 살수는 단 두 명뿐이었고, 둘 다 끝까지 추적한 끝에 사살됐다.

그런데 두 번째 사살된 살수 팔십삼 호 때에는 약간의 차질이 빚어졌다. 팔십삼 호의 고향으로 가족을 죽이러 떠난 살수에게 미처 팔십삼 호가 사살됐다는 연락이 전달되지 않았던 것이다.

결국 팔십삼 호 고향의 가족 다섯 명 전원이 잠을 자던 중에 조용히 죽임을 당했다.

하지만 연충조는 아들을 구하는 일이 우선이었다. 비살루는 이탈자 사살에 한 달이라는 기간을 정해놓고, 그 안에 사살하지 못하면 가족을 처단한다.

한 달. 연충조는 무슨 일이 있어도 한 달 안에 아들을 구한 후 고향으로 돌아가서 아내를 데리고 비살루가 찾아내지 못할 장소로 숨어들어야만 한다. 그리고 비살루가 존재하는 한 연충조네 가족은 어둠 속에서 살아야만 할 것이다.

가볍게 흔들리는 연충조의 시선이 진분홍의 낙조가 내리 깔리고 있는 강심으로 향했다.

아들은 이곳 안문수로 오지 않은 것이 분명했다. 그가 이곳으로 올 것이라고만 믿었기 때문에 오는 도중에 아들의 흔적에 전혀 신경을 쓰지 않은 것이 못내 후회스러웠다.

이 상황에서 아들이 왜 이곳으로 오지 않았는지에 대해서 고심하는 것은 무의미한 일이었다.

아들은 나름대로의 사정이 있었을 것이다. 아니면 암중에서 불쑥 전해져 온 낯선 자의 전음을 믿지 않았을 수도 있다. 아마도 후자일 가능성이 높았다.

그것은 아들을 나무랄 일이 아니었다. 연충조 자신이라고 해도 그런 상황에서는 남의 말을 덥석 믿는 어리석은 짓 따위는 하지 않았을 것이다.

그렇다면 이제 아들과 헤어졌던 장소로 되돌아가서 처음부터 다시 시작하는 수밖에 없었다. 아들은 필경 자신도 모르게 여러 흔적들을 남겼을 것이다.

제 딴에는 흔적을 남기지 않으려고 노력했겠지만, 비살루 살수들의 추적술을 뿌리치기에는 역부족일 터이다.

살수가 왜 살수이며, 비살루가 달리 무림사대살수 조직 중 하나가 되었겠는가.

연충조가 찾아낼 수 있는 흔적이라면 다른 비살루 살수들도 찾아낼 것이 분명했다. 또한 암중에서 필요에 의해 잠시 아들을 도왔던 그자 정도라면 어렵지 않게 아들을 찾아낼 것이다.

암중인과 비살루 살수들의 싸움은 어떻게 됐을까? 몹시 궁금했다. 암중인은 절정고수가 분명했다.

하지만 비살루 살수는 다섯 명이 무림이십오기의 한 명과 동귀어진 할 정도의 살인 무기들이다.

만약 암중인이 무림이십오기보다 고강하다면 살아남는 것은 그가 되겠지만, 그게 아니라면 그 반대의 결과가 될 것이다. 그러나 무림에 무림이십오기보다 강한 인물이 결코 흔하지 않기 때문에 전자가 될 확률은 희박했다.

연충조는 살수들이 이기기를 원했다. 그에게 무슨 알량한 동료애 같은 것이 있어서가 아니었다.

만약 살수들이 이겼다면 많은 희생을 치러야 했을 테니 생존자는 많아야 두세 명일 것이다. 또한 운이 따라준다면 부상을 당한 상태일 수도 있다. 그렇게 부상당한 살수 두세 명이라면 연충조 혼자 어떻게든 해볼 수가 있을 것이다.

하지만 예상을 뒤엎고 살수들이 더 많이 생존했거나, 부상을 당하지 않았다면 일이 어려워진다.

그렇지만 암중인이 살아남게 되는 것보다는 최악의 상황이 아닐 것이다.

'아들아, 어디에 있든 부디 살아 있거라.'

연충조는 내심 간절히 소원하며 은신하고 있던 곳에서 빠져나와 왔던 길을 되돌아가기 시작했다.

*　　　*　　　*

콰아아!

물살이 너무 거세져서 감당하기 벅찰 정도였다.

도강의 최상류를 출발한 지 한 시진여 만에 만난 급류, 아니, 탄(灘:여울)이었다.

계류의 너비는 고작 삼 장여에 불과했지만 수심이 깊었고, 급류 양쪽은 깎아지른 암벽으로 이루어져 있었다.

그곳을 일엽편주 뗏목 하나가 거의 곤두박질치듯이 내달리고 있는 중이었다.

양안(兩岸)이 붙잡을 곳도 없는 매끄러운 암벽이라서 뗏목을 댈 수도 없는 상황이었다.

선택의 여지가 없었다. 지금은 마치 쏘아낸 화살 같아서 되돌릴 수도, 방향을 바꿀 수도 없었다.

연운정은 뗏목 복판의 기둥에 사도혜를 단단히 묶고, 자신은 그 옆에 긴 삿대를 움켜쥔 채 두 발로 힘주어 버티고 서서 전방을 노려보았다.

거친 물살이 이미 여러 차례 뗏목을 집어삼킬 듯이 휩쓴 후라 두 사람은 흠뻑 젖은 상태였다.

만약 제때에 사도혜를 기둥에 묶지 않았더라면 처음 한두 번의 물살에 휩쓸려 갔을 것이 분명했다.

촤아아!

이번에 덮쳐 오는 물살은 이제껏 중에서 가장 컸다. 서 있는 연운정의 키보다 절반 이상은 더 높았으며, 폭은 뗏목 서너 개를 삼켜 버릴 정도였다.

연운정은 급히 사도혜를 쳐다보았다. 옷을 찢어서 길게 엮어 이은 끈으로 기둥에 묶여 있는 그녀가 저 물살을 어떻게 견뎌낼는지 사뭇 걱정이 앞섰다.

사도혜는 이미 목전까지 덮쳐 오고 있는 절벽 같은 물살을 그저 담담하게 바라보고 있었다.

아니, 담담하려 애쓰고 있었다. 비명을 지르거나 사색이 되어 허둥거리면서 연운정을 놀라게 하는 것은 전혀 도움이 되지 않는다는 것을 잘 알고 있었기 때문이다.

연운정의 생각은 짧았고 행동은 그보다 더 빨랐다. 그는 즉시 몸을 날려 두 팔로 사도혜와 기둥을 힘껏 끌어안으면서 외쳤다.

"숨을 멈춰!"

촤아아악!

물살이 두 사람을 덮쳤다.

아니, 연운정이 온몸으로 사도혜를 감싸 안고 있었기 때문에 연운정을 덮쳤다는 말이 옳았다.

이후 그를 휩쓴 충격은 마치 거대한 쇠망치로 온몸에 일격을 당한 듯했다.

딱!

종아리 굵기의 기둥이 너무도 간단하게 부러져 나갔다. 이런 물살이 덮치리라는 것을 예상했더라면 더 굵은 기둥을 세웠을 것이다. 아니, 아예 수로(水路)를 택하지도 않았을 것이다.

다행히 묶여 있는 사도혜의 머리 바로 윗부분이 부러졌기에 두 사람은 물살에 휩쓸려 가지 않았다. 불행 중 다행이었다.

연운정은 안도의 한숨을 채 불어내기도 전에 전면을 보다가 소스라치게 놀라고 말았다.

전면 삼 장 거리에 하나의 날카로운 바위가 수면 위로 솟아 있는 것이 시야로 쏘아져 들어왔기 때문이다.

뗏목은 빠른 속도로 곧장 바위를 향해 부딪쳐 가고 있었다. 어설프게 엮어 만든 이 정도 뗏목으로는 바위와 충돌하는 순간 수수깡처럼 풍비박산 나고 말 것이다.

연운정은 빠르게 머리를 굴렸지만 어떻게 해야 할지 방법이 떠오르지 않았다.

그는 급히 자신이 쥐고 있는 삿대를 쳐다보았다. 뗏목이 바위에 부딪치기 직전에 삿대로 힘껏 바위를 찔러서 밀어내 볼까, 하고 순간적으로 생각해 봤다.

하지만 어린아이 팔목보다 가느다란 나무막대 정도는 여지없이 부러지고 말 것이다.

"바위에 장풍을 발출하세요!"

그때 사도혜가 또렷한 목소리로 외쳤다.

"그건 안 돼! 천극붕은……."

외치다가 연운정은 움찔했다. 사도혜가 말하는 장풍이 무엇을 뜻하는지 깨달은 것이다.

그녀는 그저 장심에서 공력을 발출하는 일반적인 장풍을 말한 것이었다.

뗏목은 어느새 바위의 일 장까지 도달해 있었다. 공력을 극한으로 끌어올릴 여유조차 없었다.

그는 천극붕 외에 일반적인 장풍은 한 번도 발출해 본 적이 없었다. 만약 장풍이 뿜어지지 않는다면? 혹시라도 장풍 대신 습관처럼 천극붕이 발출된다면 어찌 되겠는가? 찰나지간에 그런 염려가 뇌를 관통했다.

하지만 지금 즉시 장풍을 발출하지 않으면 그나마도 해보지 못하고 수중고혼이 되고 말 일촉즉발의 상황이었다.

"혜 매! 날 꼭 끌어안아!"

휘잉!

뗏목이 바위와 대여섯 자 거리로 좁혀져 충돌하기 직전에 연운정은 크게 외치며 바위를 향해 힘껏 쌍장을 뻗었다.

순간 두 손바닥을 통해서 무언가 굵은 물줄기 같은 것이 분출되는 느낌이 들었다.

빡!

바위에서 짧은 격타음이 터지면서 돌조각이 튀는 것과 동시에 연운정은 두 손바닥에 찌르르한 반탄력을 느꼈다.

순간 그는 눈앞으로 바위가 커다랗게 확산되는 것을 발견하고 절망적인 표정을 지었다.

'장풍 따윈 아무 소용이 없다는 말인가!'

급류 위를 달리는 말보다 빨리 짓쳐들어 가는 뗏목이라면 족히 천 근 이상의 무게를 지니고 있을 것이다.

아무래도 연운정이 순간적으로 발출한 장풍은 별무소용이었던 것 같았다.

촤아아—

그때 기적 같은 일이 일어났다. 뗏목 한쪽 끝이 바위에 스칠 듯이 아슬아슬하게 스쳐 지나간 것이다.

연운정의 장풍이 전혀 소용없지는 않았다. 천 근 무게로 짓쳐 가는 뗏목을 석 자 이상 밀어냈으므로.

'휴우, 저승 문턱까지 갔다 왔군.'

그는 속으로 안도의 한숨을 길게 토해내다가 사도혜가 자신의 등에 얼굴을 깊이 묻은 채 두 팔로 허리를 힘껏 끌어안고 있는 것을 느꼈다.

그는 그것으로 인해 방금 전보다 더 진하게 자신이 살아 있다는 사실을 실감했다.

"혜 매, 이제 놔도 돼."

사도혜가 팔을 풀자 그는 다시 삿대를 잡고 일어섰다. 삿대 끝에 줄을 묶어둔 것은 정말 잘한 일이었다.

"……!"

순간, 일어선 연운정은 발밑이 허전한 것을 느끼고 급히 아래를 쳐다보다가 크게 놀라고 말았다.

뗏목이 조그맣게 보였기 때문이다. 아니, 그가 새처럼 허공으로 날아오른 것이었다.

그가 일어서는 순간 물살로 인해 뗏목이 둥실 떠올랐으니 몸을 묶지 않은 그의 몸이 줄 끊어진 연처럼 솟구쳐 오른 것은 당연한 일이었다.

놀란 얼굴로 뗏목을 내려다보는 연운정의 눈에 그보다 더 놀라고 있는 한 소녀의 모습이 쏘아져 들어왔다.

'혜 매는?

그 순간 그는 자신이 허공으로 솟구쳤다는 사실도 망각한 채 아래를 두리번거리며 사도혜를 찾았다.

방금 전에 그가 봤던 소녀는 사도혜가 아니었다. 아니, 결코 사도혜 일 리가 없었다.

'대체 무슨 일이?!'

그는 곧 머리가 혼란스러워졌다. 사도혜는 처음부터 뗏목의 부러진 기둥에 묶여 있었다. 뗏목에 사도혜 말고 다른 사람이 있을 리가 없었다.

그러나 지금 뗏목 기둥에 묶여 있는 사람은 정녕코 사도혜가 아니었다.

'도대체……'

퍽!

"흑!"

그는 자신이 빠르게 하강하고 있다는 사실도 느끼지 못하고 있다가 등을 아래로 하여 바위에 호되게 부딪치며 몸이 절반으로 쪼개지는 듯한 지독한 고통을 느꼈다.

그의 몸은 허공으로 두어 자가량 다시 솟구쳤다가 급류로 떨어져 순식간에 물속으로 사라져 버렸다.

"운정 오라버님—!"

뗏목의 기둥에 묶여 있는 한 소녀가 그걸 보며 거의 실성한 듯이 절규를 터뜨렸다.

절세가인(絶世佳人)이라고밖에는 마땅히 설명할 말이 없을 듯한 미모의 소녀였다.

그 얼굴이 바로 사도혜가 지난 삼 년여 동안 감추고 있던 진면목이었다.

그렇지 않아도 너덜너덜해진 인피면구가 조금 전 거센 물살로 인해 날아가 버려 원래의 얼굴이 드러났던 것이다. 그런데 사도혜 자신은 그 사실을 모르고 있었다.

그래서 연운정이 허공중에서 자신을 내려다보며 경악했다는 것도 당연히 몰랐다.

"오라버님—!"

사도혜는 기둥에 묶인 끈을 풀고는 뗏목 위를 사방으로 기어다니면서 물속을 쳐다보며 미친 듯이 울부짖었다.

인피면구가 벗겨졌지만 예나 지금이나 변함없이 아름다운 눈에서는 비 오듯이 눈물이 쏟아져 나왔다.

잡티라고는 한 점 없이 투명할 정도로 흰 얼굴은 말 그대로 빙기(氷肌)란 이런 것이다, 라고 보여주는 것 같았다.

그 안에 시리도록 맑은 가을하늘이 들어가 있는 것 같은 착각이 들 정도로 투명하게 맑은 한 쌍의 눈은 아름답게 진 쌍꺼풀 아래에서 슬픔으로 빛나고 있었다.

도도한 듯 오똑하게 솟은 콧날과 그 아래 약간 작은 듯 균형있게 자리를 잡은 붉은 입술, 갸름한 얼굴 윤곽에 깨물어주고 싶을 정도로 귀여운 귀.

보송보송 솜털이 점점 엷어지며 자란 귀밑머리, 단아하고 부드러운 턱 선 아래 가늘고 우아하게 뻗은 목. 그러한 모든 부위들이 더 이상 최상일 수 없을 만큼의 완벽한 조화로서 천상의 담자(淡姿)를 이루고 있었다.

그녀의 나이 겨우 십이삼 세였을 무렵 그녀의 용모를 본 수많은 사람들이 어째서 그녀를 천봉화용(天鳳花容)이라고 칭송을 아끼지 않았는지 짐작할 만했다.

그리고 그런 미모로 천하를 주유하느라 얼마나 고생했을 것이며, 오죽 했으면 조부 사도천이 그녀의 얼굴에 인피면구를 씌웠는지 그 심정 또한 미루어 추측할 수 있었다.

이제 사도혜의 나이 꽉 찬 십육 세. 이제 석 달만 있으면 십칠 세가 된다.

지금은 그녀가 천봉화용이라는 명성을 듣던 삼 년 전보다 훨씬 더 아름다워졌으며, 몸도 더 커졌다. 완연한 여자가 된 것이다.

그런 미인이 몸부림치면서 울고 있었다. 본가인 하북 사도검가가 참혹하게 멸문당했을 때에도, 한 명뿐인 혈육 사도천의 변고를 전해 들었을 때에도 이처럼 절망하지도, 절규하지 않았던 그녀였다.

다행히 더 이상 천번지복 같던 급류는 이어지지 않았다. 그래도 물살은 여전히 빨랐다.

하지만 사도혜는 뗏목의 사방을 기어다니면서 연운정을 애타게 부르느라 그런 사실을 모르고 있었다.

"흑흑흑! 운정 오라버님……!"

희망은 연운정이 곁에 있을 때 존재했다. 의욕은 그의 미소를 보았을 때 생겨났다. 편안함은 그의 등에 업혀 있을 때만이 온몸과 온 마음으로 끼쳐 왔다.

그러나 지금은 아니었다. 연운정이 사라짐으로써 그 모든 것들이 한순간에 사라져 버렸다.

연운정도 사라졌고, 사도혜도 사라졌다. 지금 남아 있는 것은 바닥을 알 수 없는 슬픔과 절망뿐이었다.

울다가, 울부짖다가 지쳐 버린 사도혜는 망연자실한 표정으로 수면을 바라보았다. 그러다가 무슨 생각을 했는지 움찔 몸을 떨고는 다급하게 서둘렀다.

'거기에서 기다려요. 소녀를 두고 혼자 가지 말아요.'

연운정이 죽었다고 생각한 그녀는 그의 혼이 아직 이 주위를 떠돌고 있을 때 자신도 급히 숨을 끊어 그와 함께 구천으로 떠날 결심을 한 것이다.

두 사람은 어디든 함께 가고 함께 있어야만 한다. 그곳이 이승이든 저승이든. 그것이 사도혜의 마음이었다.

핑!

무릎을 꿇은 자세였던 그녀가 물에 뛰어들려고 막 상체를 세웠을 때 바로 옆에서 활시위를 놓은 듯한 날카로운 음향이 들렸다.

그곳을 보니 뗏목의 부러진 기둥 아래쪽에 묶여 있는 줄 하나가 끊어질 듯이 팽팽한 상태에서 물속으로 이어져 있었다. 그것은 삿대를 묶은 줄이었다.

"운… 정 오라버님!"

순간 그녀는 미친 듯이 줄을 잡아당겼다. 줄은 마치 만 근 바위에 묶여 있는 것처럼 끄떡도 하지 않았다. 하지만 그녀는 이를 악문 채 버티고 서서 줄을 잡아당겼다.

다리가 후들거리고 두 팔이 떨어져 나가는 듯했지만 그녀는 오히려 뒤로 쓰러질 듯한 자세를 취하며 사력을 다했다.

억센 칡넝쿨이 그녀의 여린 손바닥을 훑으며 금세 새빨간 피를 흘려냈지만 그녀는 추호도 아픔을 느끼지 못했다. 오히려 자신에게 힘이 없음을 안타까워했다.

줄이 약간 당겨지자 그녀는 그것을 재빨리 자신의 허리에 한 바퀴 감았다. 만약 힘에 부쳐 줄 끝에 매달려 있는 연운정을 끌어올리지 못할 경우, 자신이 물속으로 끌려들어 가겠다는 각오였다. 공생(共生) 아니면 공사(共死)의 처절한 심정인 것이다.

대저 무엇이 불치병을 앓고 있는 이 여린 소녀로 하여금 이 같은 초인적인 힘을 발휘하게 하는 것인가.

아주 느리고 또 조금씩이지만 줄이 당겨져 왔다.

그럴 때마다 사도혜는 자신의 허리에 줄을 감았다. 세 겹, 다섯 겹…겹이 늘어날수록 그녀의 희망도 커져 갔다.

“……!”

일순 사도혜의 눈이 커다랗게 떠지면서 만면에 기쁨이 햇살처럼 번졌다.

뗏목에서 멀지 않은 수면으로 삿대가 불쑥 숫아오르더니 곧이어 삿대를 움켜쥐고 있는 연운정의 오른팔이 숫구쳤다. 이어서 그의 축 늘어진 어깨와 얼굴이 드러났다.

툭!

사도혜의 악문 입술이 터지며 피가 턱을 타고 흘렀다.

쿵!

두 발이 꺾이면서 두 무릎이 뗏목의 거친 나무를 짓찧었다.

‘제발… 조금만 더 힘을……!’

그녀는 연운정을 뗏목 가장자리로 붙이기 위해 안간힘을 다했다. 연운정의 구릿빛으로 그을리고 거뭇거뭇 수염이 자란 얼굴이 너무도 생생하게 보였다.

꾹 감은 눈과 굳게 닫혀 있는 입.

저 눈이 사도혜를 바라볼 때에는 더할 수 없이 온화한 눈빛으로 일렁였었고, 저 입이 미소를 짓는 것을 바라볼 때 사도혜는 자신이 살아 있는 것에 감사했었다. 그러나 이제 다시는 그 눈빛을, 그 미소를 볼 수 없을지도 모른다.

뚝!

"아앗!"

연운정의 몸이 뗏목에 거의 닿으려는 찰나 줄이 맥없이 끊어졌다. 칡넝쿨이 뗏목 가장자리의 날카롭고 거친 부위에 문질러졌기 때문이다.

연운정의 몸이 떠오를 때보다 백 배쯤은 더 빠르게 물속으로 가라앉기 시작했다.

순간 사도혜는 몸을 날리며 팔을 뻗었다. 그리고 연운정의 손을 잡았다.

그 손을 타고 싸늘한 체온이 전해져 왔다.

뚜둑—

그를 잡은 사도혜의 오른팔이 금방이라도 어깨에서 뽑혀 나갈 것만 같았다. 아니, 그녀의 자세는 몸이 금방이라도 물속으로 곤두박질칠 듯 위태로웠다.

그녀의 목구멍에서 비릿한 핏물이 넘어와 입 밖으로 줄줄 흘러내렸다.

연운정의 체중에 가녀린 몸이 끌려가면서 두 무릎이 뗏목의 거친 바닥을 긁으며 찢어져 나갔다.

하지만 그녀는 두 손으로 연운정의 팔을 붙잡는 데 성공했다.

'하늘이시여…….'

너무도 간절하게 기원했다.

'제발… 소녀를 정랑(情郎)과 함께 있게 해주세요…….'

연운정이 눈을 떴을 때 밤하늘에 잔별들이 너무도 많아서 마치 그곳에 누군가 은가루를 뿌려놓은 것처럼 보였다.

'어떻게 된 것인가?'

문득 자신의 몸이 허공으로 높이 솟구쳤을 때 뗏목에 사도혜가 아닌 다른 소녀가 앉아 있는 것을 내려다보며 놀라던 것과 바위에 떨어진 후 물에 빠졌던 일이 생각났다.

연운정은 눈을 깜빡였다. 뺨을 스치는 상쾌한 바람의 느낌과 고막을 잔잔하게 울리는 물소리.

'나는 살아 있다.'

믿기 힘든 일이었지만 현실인 것 같았다.

그런 게 아니라면 저승도 이승처럼 바람이 불고 물소리가 들리는 것인가.

"우웩!"

순간 그는 돌아누우면서 폭포처럼 물을 게워냈다. 위장 속에 남아 있는 최후의 한 방울까지 다 쏟아낸 후에야 정신도 몸도 개운해졌고, 자신이 죽지 않았다는 사실을 재확인했다. 죽은 혼백이 구토를 할 리는 없을 테니까.

엎드린 자세에서 무릎을 꿇으며 상체를 일으키던 그는 이곳이 뗏목 위라는 것과 한옆에 사도혜가 엎드린 자세로 누워 있는 모습을 거의 동시에 발견했다.

"혜 매!"

그가 급히 무릎걸음으로 다가가 보니 그녀는 뗏목 가장자리에 축 늘어진 모습으로 엎드린 채 한쪽 팔과 삼단 같은 머리카락이 물속에 잠겨 있었다.

약간의 충격만 가해져도 물에 빠질 듯 아슬아슬하게 걸쳐져 있는 모습이었다.

연운정은 조심스럽게 찬찬히 그녀의 전신을 빠르게 훑어보았다. 그녀가 입고 있는 옷이나 체형, 머리카락. 심지어 손과 발까지 사도혜가 분명했다.

그녀와 한 몸이나 다를 바 없이 오십여 일 동안 생활했던 그가 그런 것을 알아보지 못할 리가 없었다.

아니, 그녀의 눈빛과 숨결만으로도 그녀가 무슨 생각을 하고 있는지, 무엇이 필요한지, 어디가 불편한지조차도 간파해 낼 수 있는 연운정이었다.

'혜 매가 분명한데 아까 그 얼굴은…….'

그렇다면 자신이 허공에 떠올랐을 때 보았던 그 소녀는 누구라는 말인가?

헛것을 보았던 것인가? 아마도 그랬던 모양이다.

그는 서둘러 사도혜를 안아 들었다.

"헛!"

순간 그는 몸이 돌려지면서 드러난 사도혜의 얼굴을 보는 순간 화들짝 놀라며 급히 그녀를 놓아버리고 뒤로 물러났다.

헛것이 아니었다. 아까 그가 허공중에서 보고 놀랐던 그 소녀의 얼굴이 지금 그의 눈앞에 있었다.

연운정은 눈을 비비고 다시 자세히 쳐다보았다. 사도혜가, 그녀의 추한 곰보 얼굴이 아니었다. 그로서는 한 번도 본 적이 없는 아름답기 그지없는 소녀였다.

그는 크게 놀란 얼굴로 곰보 얼굴의 사도혜를 찾기라도 하려는 듯 주위를 두리번거렸다.

그러나 잘게 부서지는 흰 포말과 변함없는 강변의 풍경. 끊이지 않고 들려오는 물소리뿐 주위는 괴괴한 적막에 잠겨 그의 시선을 외면했다.

세상에는 상상도 할 수 없는 괴이하고 요망한 괴변이사(怪變異事)들이 흔하다고 들었다.

지금 자신 앞에 벌어져 있는 현상도 그런 것일는지도 모른다는 생각이 들었지만 곧 고개를 가로저었다.

여러모로 미루어 볼 때 여기 누워 있는 사람은 사도혜가 분명했다. 다만 얼굴이 바뀌었을 뿐이다.

그것을 연운정의 이성과 감성이 쉽사리 받아들이지 못하고 있는 것이었다.

그는 한동안 사도혜에게 다가가지 못한 채 서너 자 떨어진 거리에서 망연히 그녀를 바라보기만 하며 자신이 지니고 있는 지식을 총동원하여 이 상황을 이해하려고 애썼다.

그렇지만 어떻게 해서 추한 곰보 얼굴이 아름다운 미모로 순식간에 바뀌었는지 해답은커녕 도저히 추측조차 할 수가 없었다.

그때 그는 사도혜의 안위가 와락 걱정이 됐다. 곰보든 미인이든 그녀는 사도혜가 분명했다.

그는 그녀를 발견하는 순간 왜 생사부터 살피지 않은 것인지 어이가 없었다.

그는 즉시 사도혜의 맥을 짚고 심장에 귀를 대어본 후에 그녀가 극도로 탈진해서 혼절해 있다는 사실을 확인하고 안도의 한숨을 토해냈다.

문득 그의 눈길이 사도혜의 피로 범벅이 된 한쪽 손바닥에 고정되었다. 손바닥이 갈가리 찢어졌다는 것을 한눈에 알 수 있었다. 오늘 밤은 회삭(晦朔:그믐과 초하루 사이)이라 달도 없어서 칠흑처럼 어두웠지만, 천극정신공으로 축적된 사십 년 정심한 공력을 지닌 연운정의 눈에는 그녀의 손바닥이 자세하게 보였다.

그가 그녀의 몸 전체를 비로소 자세히 살펴보니 두 손이 다 그랬으며, 양쪽 무릎은 긁히고 찢어져서 그야말로 피투성이였다. 그리고 그녀의 가느다란 허리에는 칡넝쿨이 대여섯 바퀴나 바짝 옥죄어진 채 감겨져 있었다.

순간 연운정은 그녀가 어쩌다가 이 지경이 되었는지, 자신이 어떻게 살아났는지를 깨닫고 격심한 감동에 휩싸여 눈물을 왈칵 쏟아내고 말았다.

"혜 매……."

그는 지금의 심경을 뭐라고 형언할 수가 없었다. 그저 온몸이 떨렸고 눈물이 끊임없이 흘렀다.

그가 여태까지 사도혜에게 느껴왔던 감정은 부모님에게 느끼는 것과는 사뭇 다른 것이었다. 그러나 그것보다 더 강하고 끈끈하다고 감히 단언할 수 있었다.

그런데 또 이런 일이 생겼다. 두 사람은 원래 더 이상 가까워질 수 없을 만큼 친밀한 사이였는데, 이제는 '두 사람'이라는 경계마저도 허물어지는 듯한 느낌이었다.

연운정은 사도혜가 자신을 끌어 올리면서 얼마나 절박했을지, 또 얼마나 간절했을지를 어렵지 않게 짐작할 수 있었다.

그리고 끊어져 있는 칡넝쿨과 그녀의 두 손, 두 무릎을 보면서 당시의 그녀가 생사를 도외시했다는 사실도 추측할 수 있었다.

"혜 매, 정말 너는……."

그는 울먹이며 중얼거리다가 퍼뜩 정신을 차리고 금창약을 꺼내려고 서둘러 품속을 뒤졌다.

그러나 물속에 빠졌을 때 흘렸는지 품속에는 아무것도 남아 있지 않았다.

깜짝 놀라서 급히 어깨를 만져 보니 다행히 부친이 장만해 준 청강검은 그대로 있었다. 만약 검을 잃어버렸다면 나중에 부친을 뵐 면목이 없게 될 것이다.

낙담한 그는 물로 사도혜의 양 손바닥과 양 무릎의 환부를 깨끗이 닦은 후 그녀의 단전에 장심을 밀착시켜 오랜 시간을 두고 정성껏 진기를 주입시켜 주었다.

"후우……."

손을 떼고 긴 한숨을 토해낸 후 그녀의 맥을 짚어보니 아까보다 많이 좋아져 있었다.

그는 그제야 약간의 여유를 되찾고 주변을 둘러보았다. 계류의 폭은 오 장 정도로 넓었으며, 양안은 여전히 긴 절벽으로 이어져 있었고, 유속은 그리 빠르지 않았다.

쿵!

그때 뗏목이 무언가에 약하게 부딪치면서 연운정의 몸이 가볍게 흔들렸다.

그가 쳐다보고 있는 중에 방금 물 위로 솟은 바위에 부딪쳤던 뗏목이 옆으로 빙그르 방향을 틀면서 계류 옆에 형성된 하나의 아담한 소(沼)로 진입하고 있었다.

소의 한쪽 면은 계류 변의 절벽으로 이루어졌고, 다른 곳들은 크고 작은 바위들이 드문드문 둘러쳐져 있었다.

빠져나가려고 노력하기 전에는 뗏목이 저절로 소를 벗어나지 못할 것 같았다.

하지만 연운정은 그대로 내버려 두기로 했다. 아니, 사도혜는 혼절해 있는데다 자신 역시 몹시 지쳐 있는 상태였기 때문에 차라리 잘됐다 싶은 생각이 들었다.

더구나 소의 한쪽 면 거의를 차지한 암벽 아래쪽에 자라 있는 몇 그루의 소나무 가지가 소 쪽으로 뻗어 장막처럼 뗏목을 덮어주었기 때문에 이쪽 절벽은 물론 맞은편 절벽 위에서도 여간해서는 뗏목을 발견할 수 없을 듯했다.

연운정은 사도혜 곁에 나란히 누웠다.

이어서 그녀의 얼굴을 한 번 쳐다보았다. 가슴이 설렐 정도로 아름다운 미모였다. 하지만 낯선 얼굴이었다.

❖ 第三十六章 ❖
홍예파(虹霓帕)

第 三十六 章

연운정은 나뭇가지 사이로 스며든 가느다란 햇살에 눈이 부셔 잠에서 깼다.

한 번도 깨지 않고 꼼짝도 하지 않은 채 마치 죽은 듯이 잤기 때문인지 산행을 시작한 이래 정신이 가장 상쾌했고, 피로도 말끔히 가신 것 같았다.

문득 그는 사도혜가 자신 쪽으로 얼굴을 향한 채 옆으로 누워 웅크려 자는 것을 발견했다.

지난밤에 보았을 때보다 더욱 아름다운, 아름답다는 말로는 턱없이 설명이 부족한 그런 천상의 미모가 연운정의 얼굴 바로 앞에 놓여 있었다.

어쩌면 속눈썹이 저리도 섬연(纖妍)하며 길 수 있을까?

어떻게 인간을 부모로 둔 인간의 얼굴이 이토록 보는 사람의 가슴을 설레게 만들 수 있을까?

이것은 운명인가? 그렇다면 나는 어떻게 대처해야 하는가? 이 천자(天

姿)의 소녀는 내게 어떤 미래를 가져다줄 것인가?

그런 두서없는 의문들이 꼬리를 물고 피어났다.

도주하는 동안 잠깐씩 틈날 때마다 토끼잠을 잘 때면 사도혜는 언제나 이런 모습이었다.

아니, 때로는 연운정이 팔을 내주기도 했는데, 그럴 때면 사도혜는 팔베개를 하고 그의 품에 안긴 채 손을 그의 가슴에 얹고 다른 때보다 더 평온한 모습으로 잠을 자곤 했다.

그러나 지금 연운정은 예전처럼 자연스럽게 팔을 내어주는 행동을 하지 않았다.

아니, 그럴 생각조차 하지 않았다.

한술 더 떠서 그녀에게 막연한 괴리감(乖離感)마저 느끼고 있는 그였다.

그녀는 여전히 사도혜였지만 연운정에겐 아직 사도혜가 아니었다. 그랬기 때문에 예전 그녀에게서 느꼈던 여러 감정들이 거의 느껴지지 않는 것이었다.

그는 그녀에게서 시선을 거두고 조심스럽게 상체를 일으켜 앉았다.

잠깐만 눈을 붙이고 동트기 전에 출발해야겠다고 생각했던 것이 서너 시진이나 자버렸다.

추적자들 때문에 지금 당장이라도 출발해야 했지만 너무도 곤히 자고 있는 사도혜를 깨우고 싶지 않았다. 그는 대신 그녀가 깨어날 때까지 운공을 하기로 했다.

사도혜가 갑자기 예뻐졌다고 해서 그녀에 대한 마음까지 사라져 버린 것은 아니었다.

연운정이 운공을 끝내고 눈을 떴을 때 사도혜는 맞은편에 다소곳이 앉아서 그를 말끄러미 바라보고 있었다.

그 숨막히도록 아름다운 눈과 입가에 더할 수 없이 부드러운 미소를 떠올린 채.

연운정은 놀라고 당황했다. 눈을 뜨자마자 처음 시야에 들어온 것이 사도혜의 얼굴이어서 놀랐고, 그녀의 햇살 같은 미소가 너무 눈부시고 생경해서 당황했다.

그는 여전히 사도혜를 예전의 사도혜로 인정하지 못하고 있었다. 또한 그녀가 지금 짓고 있는 미소는 추한 곰보 소녀가―연운정은 조금도 추하다고 여긴 적이 없었다―지었던 미소보다 아름답지도 편안하지도 않았다.

"운정 오라버님."

방금까지 아름답게 미소 짓던 그녀가 조용히 그를 부르더니 그 큰 눈에 금세 눈물이 가득 고여 들었다. 두 사람 모두 살아 있음이 너무도 기뻤기 때문이다.

그녀의 목소리는 사도혜의 것이 분명했다.

그리고 연운정을 '운정 오라버님' 이라고 부르는 것도 변함이 없었다. 세상천지에 연운정을 그렇게 부를 사람은 한 사람뿐이었다. 그녀는 틀림없는 사도혜인 것이다.

연운정은 잠시 묵묵히 앉아 있었다. 사도혜의 큰 눈에서 넘쳐 난 눈물이 새하얀 뺨을 타고 흘러내려도 그는 아무런 반응을 보이지 않았다.

아니, 시선이 마주치는 것마저 어색해서 짐짓 다른 곳을 쳐다보고 있었다. 그러면서 그는 기다렸다. 사도혜가 자신의 얼굴이 변한 것에 대해서 납득할 만한 설명을 해주기를.

하지만 자신의 인피면구가 벗겨진 사실을 아직 깨닫지 못한 사도혜는 이상한 행동을 하는 연운정을 오히려 이해하기 어렵다는 표정으로 바라보기만 할 뿐이었다.

그렇게 오해는 아주 작은 것에서부터 생겨났다.

"운정 오라버님, 어디 다쳤어요?"

사도혜는 연운정이 오랫동안 다른 곳을 보면서 침묵을 지키자 이윽고 조심스럽게 입술을 뗐다.

연운정은 그녀를 쳐다보지도 않은 채 고개를 절레절레 가로저었다.

"그럼… 소녀가 뭘 잘못했나요?"

"아니! 잘못은 내가 한 것 같군!"

연운정은 자신이 들어도 냉랭하게 느껴질 어조의 말을 툭 뱉어내고는 벌떡 일어나 물가로 가서 얼굴에 물을 끼얹다시피 거친 세수를 했다.

늦가을 깊은 산중을 흐르는 계류의 물은 차디차 정신이 번쩍 들었다.

'그래! 혜 매가 날 농락했던 거야!'

그는 웃통을 활활 벗어 젖히고 얼굴과 상체에 얼음처럼 차가운 물을 끼얹었다.

사도혜는 그런 연운정의 뒷모습을 바라보며 우울한 표정을 지었다.

'운정 오라버님이 왜 갑자기 변했는지 이유를 모르겠어.'

그녀는 한숨을 호로록 쉬고 나서 뗏목 가로 다가가 무릎을 꿇고 세수를 하기 위해 고개를 숙였다. 그리고 모은 두 손에 찬물을 담아 조심스럽게 얼굴을 적셨다.

"……!"

그런데 두 손바닥에 곰보의 울퉁불퉁함이 아닌 부드럽고 매끄러운 감촉이 느껴졌다.

그 순간 그녀는 자신의 인피면구가 벗겨졌다는 사실과 연운정이 왜 갑자기 변했는지를 동시에 깨달았다.

그러나 놀라움보다는 안도와 기쁨이 앞섰다. 왜 연운정이 갑자기 변했는지 비로소 알게 되었기 때문이다.

인피면구는 너무 낡아서 더 이상 보수할 수도 없을 지경이었다. 그래서 한낮에 연운정이 그녀의 얼굴을 그저 잠시 쳐다보기만 했더라도 들통이 날 수밖에 없는 상황이었다.

개방오척의 일척도 그녀를 한 번 보고 역용한 사실을 알아내지 않았던가.

또한 여분이 없었던 터라 쓰고 있던 인피면구가 낡아서 버려야 할 형편이 되면 더 이상 역용을 할 수도 없는 형편이었다.

게다가 더 중요한 사실은 사도혜가 연운정 앞에서까지 인피면구를 쓴 채 자신의 진면목을 감추고 싶지 않다는 마음이 날이 갈수록 커져만 갔다는 것이다.

물론 그녀는 자신의 아름다운 모습을 연운정에게 보이고 싶어서 안달이 난 것은 결코 아니었다.

다만 연운정에게만은 티끌만한 거짓도 없이 그저 투명하고 싶을 뿐이었다.

본의든 타의든 간에 그녀는 자신이 갖고 있는 모든 것에서 연운정에게 진실하고 싶었다.

거센 물살이 날려 버린 것은 그녀의 낡은 인피면구만이 아니었다. 그녀를 마지막까지 속박하고 있던 조부의 명령과 어쩔 수 없이 쓰고 있어야만 했던 위선마저도 가져가 버린 것이었다.

사도혜는 갑자기 몹시 부끄러워졌다. 연운정이 자신의 진면목을 어떻게 받아들였을까, 라고 생각하니 목덜미까지 붉어지고 얼굴이 화끈거렸다.

조부의 명령 때문에 인피면구를 쓰고 있었다는 사실을 차근차근 설명한다면 이해하지 못할 연운정이 아니었다.

해서 그런 것보다는 그가 자신의 진면목을 보고 마음에 들어할까, 아니면 탐탁지 않게 여길까 하는 것을 더 염려하는 사도혜였다.

일찍이 십이삼 세 시절에 지닌바 천상의 절가(絶佳)함으로 세상 사람들을 놀라게 했던 그녀였다.

하지만 연운정 앞에서는 그저 한없이 가슴 졸이고 수줍어하는 소녀일 뿐이었다.

'혹시……'

문득 그녀는 연운정이 갑자기 자신에게 냉랭해졌다는 사실에 생각이 미쳤다.

그는 그녀보다 먼저 깨어나 그녀의 진면목을 발견하고 크게 놀랐을 것이 분명했다.

그렇다면 그는 충분한 시간을 두고 사도혜의 진면목을 감상(?)했을 터이다.

결국 그가 예전처럼 다정다감하지 않은 까닭은 지금 그녀의 얼굴이 마음에 들지 않기 때문일 가능성이 높았다.

'어쩌면 좋아……'

거의 그렇게 단정해 버린 사도혜는 안타까운 표정으로 연운정을 바라보았다.

"아!"

순간 그녀는 상체를 벗어 젖힌 연운정의 목에 걸려 있는 하나의 수파(首帕:목걸이)를 발견하고 너무 놀라서 자신도 모르게 탄성을 터뜨렸다.

은사(銀絲)와 만년한사(萬年寒絲)를 꼬아서 만든 줄에 은은한 홍예(虹霓:무지개)의 광채를 뿜어내고 있는 둥근 금강석이 달려 있었으며, 금강석 중앙에는 '혜(惠)' 라는 한 글자가 너무도 정교하게 음각되어 있었다.

그 수파는 다름 아닌 사도혜 자신의 것이었다. 물론 금강석에 새겨진 '혜' 자는 사도혜의 '혜' 였다.

삼 년여 전, 조부 사도천이 그녀에게 인피면구를 쓰라고 지시하면서 수파를 가져가며 말했었다.

"혜아, 너의 남편감은 할애비가 구해주마. 훗날 혹여 할애비가 없더라도 언젠가 한 사내가 이 수파를 지니고 네 앞에 나타나는 날 역용을 풀고, 그를 남편으로 섬기되 지성을 다하여라."

'어떻게 이런 일이……'
사도혜는 연운정을 바라보며 망연자실한 표정을 떠올렸다.
아주 짧은 시간, 해풍현 운정각에서 연운정을 처음 만났던 날부터 오늘에 이르기까지의 숱한 기억들이 그녀의 뇌리로 주마등처럼 빠르게 스쳐 지나갔다.
'할아버지께선 운정 오라버님이 마음에 드셨기 때문에 홍예파(虹霓帕)를 주었던 거야. 그런 것도 모르고 나는……'
사도혜는 가슴속을 짓누르고 있던 수만 근짜리 근심덩이가 한순간에 사라져 버리는 것을 느꼈다.
그때 연운정은 옷으로 얼굴과 상체를 다 닦고 나서 사도혜가 자신을 빤히 바라보고 있는 것을 발견하고 뜨악한 표정으로 마주 쳐다보고 있는 중이었다.
사도혜는 미소 짓고 있었다.
태어나서 이날까지 단 한 번도 지어 보지 않았을, 그런 행복하고 아름다운 미소였다.
그녀의 미소를 본 연운정은 부지중 가벼운 현기증을 느꼈다.
그는 아직 세상 경험이 많지 않아 아름다운 것들을 많이 보지는 못했지만, 지금 자신이 보고 있는 사도혜의 미소야말로 세상에서 가장 아름다운 것이라고 확신했다. 이후 무엇을 보더라도 이것보다는 아름답지 않을 것이다.

"운정 오라버님."

사도혜가 영롱한 옥음으로 연운정을 불렀다.

곰보 얼굴이었을 때에도 목소리만큼은 청아했는데, 똑같은 음성이 붉은 장미 꽃잎 같은 입술에서 흘러나오자 그것은 더 이상 같은 음성이 아니었다.

장미 꽃잎이 바람에 스치우면 아마도 그런 소리일 터이고, 가시나무새가 죽기 전에 심장을 가시에 찌르면서 일생에 단 한 번 소리 내어 울면 필경 그런 옥음을 낼 터이다.

연운정은 사도혜의 부름을 듣지 못했다. 아니, 분명 들었는데도 듣지 못했다.

그는 사람이 잠이 들지 않고서도 꿈을 꿀 수 있다는 사실을 그때 처음 깨달았다.

"운정 오라버님."

이번에는 사도혜가 그의 앞에 바짝 다가서서 손을 잡고 가볍게 흔들며 재차 불렀다.

"으… 응?"

그제야 연운정은 퍼뜩 정신을 차렸다.

그는 자신이 사도혜의 미모와 목소리에 잠시 동안 넋이 나갔었다는 사실이 부끄러웠다.

그래서 얼굴이 벌게져서 서둘러 상의를 입고는 삿대를 잡고 뗏목을 웅덩이 밖으로 밀어내려고 허둥거렸다.

"너, 너무 늦었어! 어서 출발하자!"

그 모습을 보며 사도혜는 손으로 입을 가리며 소리없이 웃었다.

‘훗! 너무 귀여워!’

유속은 적당했다.

물길은 아직 계류의 형태를 벗어나지 못했으며, 양안은 여전히 날카로운 칼로 쪼갠 듯이 깎아지른 암벽이 끝없이 이어지고 있었고, 계류에는 더 이상 수면 위로 솟은 바위들이 없어서 뗏목은 거침없이 유유히 흘러갔다.

연운정은 뗏목의 뒤쪽에 우뚝 서서 뗏목이 암벽 가까이 다가가면 삿대로 밀어내고, 또 뗏목이 회전하지 않고 곧장 흘러가도록 능숙하게 조종했다.

그 앞에는 사도혜가 뒷모습을 보인 채 가부좌의 자세로 운공을 하고 있었다.

그때 운공을 끝낸 사도혜가 가부좌를 풀면서 가만히 연운정 쪽으로 돌아앉았다. 그런데도 그는 계류의 전면을 응시하며 무언가 생각에 잠겨 있느라 알지 못했다.

“미안해요.”

사도혜가 연운정을 말끄러미 올려다보며 고즈넉이 말했다.

연운정은 그녀의 뜬금없는 말에 의아한 표정을 지었다.

“이곳 도강의 최상류가 안문수보다 멀다고 전에 소녀가 우겼던 것 말이에요.”

“…….”

“이제 운정 오라버님 말이라면 무조건 따르겠어요.”

“고맙군.”

연운정의 반응은 여전히 시큰둥했다.

사도혜는 손을 뻗어 연운정의 손을 가만히 잡았다.

"잠깐 앉아보세요."

"왜 그래!"

연운정은 화들짝 놀라서 정도 이상으로 사도혜의 손을 뿌리쳤다. 그래놓고는 놀라는 그녀를 적이 당황해서 쳐다보며 변명했다.

"갑… 자기 손을 잡으니까 놀랐잖아."

사도혜는 빤히 연운정을 올려다보았다.

"소녀가 미워요?"

"아… 니."

연운정은 다른 곳을 보며 더듬거렸다.

"소녀의 지금 모습이 싫은가요?"

"그건 아니지만… 예전 모습이 더 좋아."

사도혜는 슬기롭게 엉킨 실타래를 한 올씩 풀어나가고 있었다. 그녀는 정이 많은 연운정이 예전 자신의 모습에 정이 들었을 것이라고 생각했다.

연운정은 외모보다는 심성을 중히 여기는 사람이다. 그래서 사도혜는 그런 그가 더 좋았다.

"예전 모습도 지금의 모습도 다 소녀예요."

"……"

"운정 오라버님을 속이려는 게 아니었어요. 할아버님의 명령 때문에 어쩔 수 없이 역용을 하고 있었던 거예요."

"명령?"

그제야 연운정은 약간의 관심을 보였다.

"네. 소녀는 지난 삼 년 동안 밤에 잠을 잘 때를 제외하곤 늘 인피면구를 쓴 채 지냈어요."

사도혜가 그토록 오랫동안 역용을 했다면 연운정을 속이기 위함은 아닌 게 분명했다.

그러나 사람이란 원래 얼굴에 티끌 하나만 붙어 있어도 간지럽고 성가셔서 견디기 어려운 법인데, 그녀가 장장 삼 년씩이나 인피면구를 뒤집어쓴 채 살았다고 하니 연운정은 놀라움보다는 그녀가 너무 안쓰럽게 여겨졌다.

사도혜는 쓸쓸한 얼굴로 조부가 왜 그런 명령을 내려야만 했는지에 대해서 자세히 설명해 주었다.

그러나 조부가 준 수파를 지니고 그녀 앞에 나타나는 남자가 자신의 남편이라는 사실은 밝히지 않았다. 별다른 뜻이 있는 것은 아니고, 그저 부끄러웠기 때문이다.

더구나 너무나 좋아하는 사람이 그 수파를 지니고 자신의 앞에 늠름하게 서 있을 때에는 더 하기 어려운 말이었다.

연운정은 사도혜의 얘기에 심취해서 어느새 자기도 모르게 그녀 앞에 마주 앉아 있었다.

이윽고 설명을 다 듣고 난 그는 크게 놀라는 한편 이해할 수 있겠다는 듯 고개를 끄덕였다.

"노선배님의 심정을 이해할 수 있겠어. 해야 할 일은 태산 같은데, 손녀의 뛰어난 미모 때문에 가는 곳마다 지장을 받으니까 어쩔 수 없으셨겠지."

사도혜는 아름답다는 찬사를 귀에 딱지가 앉을 정도로 많이 들었지만 연운정의 말 한마디만은 못했다. 그녀는 눈을 내리깔고 살며시 얼굴을 붉혔다.

"소녀가 예뻐요?"

"그럼! 그걸 말이라고 해? 아마 혜 매보다 아름다운 여자는 천하 어디에도 없을 거야!"

연운정은 물을 걸 물으라는 듯 외치듯 말해놓고는 어색함을 감추지 못하고 얼굴을 붉혔다.

"가, 갑자기 그렇게 물으면 어… 떻게 해?"

"운정 오라버님."

사도혜는 작은 두 손으로 연운정의 손 하나를 덮듯이 잡으며 해사하게 미소 지었다.

"소녀는 변함없는 사도혜예요, 운정 오라버님 없이는 아무것도 하지 못하는."

"……."

"소녀를 미워하지 마세요."

연운정은 화들짝 놀라며 외쳤다.

"누, 누가 혜 매를 미워한다고 그래?"

사도혜는 맑은 눈빛으로 말끄러미 연운정을 바라보았다.

"그럼 소녀를 예전처럼 대해주실 거죠?"

"물론이야."

와락!

"고마워요, 운정 오라버님!"

사도혜는 연운정의 품으로 쓰러지듯 안겼다.

예전 같았으면 연운정은 그녀를 자연스럽게 품에 깊숙이 안으며 등을 토닥여 주었을 것이다.

그러나 지금은 그러지 못했다. 그는 그녀를 안지도 밀어내지도 못한 채 어정쩡하게 있었다.

방금 입으로는 그녀를 예전처럼 대하겠다고 했지만 실상 행동은 따라 주지 않았다.

왜 그러는지는 그 자신도 이해하지 못했다.

‘이거 참······.’

그는 허공을 쳐다보며 난감한 표정을 지었다.

순간 무심코 쳐다본 한쪽 절벽 위에 한 사람이 우뚝 서 있는 모습이 보였다.

“······!”

그는 깜짝 놀라서 사도혜를 떼어내고 벌떡 일어서서 시력을 돋구어 자세히 주시했다.

거리는 오십여 장 정도. 혈포 자락을 표표히 날리며 서 있는 마른 듯한 체구의 중년인이었다.

사신 중에 살신, 바로 그였다.

그는 한쪽 허벅지와 등과 어깨에 가볍지 않은 검상을 입은 상태였는데, 한동안 뗏목을 굽어보더니 이윽고 뗏목의 속도에 맞춰서 암벽 위를 천천히 달리기 시작했다.

‘그 사람이다!’

연운정은 살신을 보는 순간 자신이 살수들에게 급습당했을 때 암중에서 구해주었으며, 또 안문수의 갈대섬으로 가라고 전음을 보낸 사람이라고 확신했다.

‘누굴까?’

한 번도 본 적이 없는 얼굴이었다.

“그 사람이죠?”

사도혜도 일어서서 연운정의 시선을 따라 살신을 바라보며 긴장된 어조로 물었다.

무공이 없는 그녀의 눈에는 그저 붉은 옷을 입고 있는 사람 정도로만 보일 뿐이었다.

“그런 것 같아. 그런데 저 사람의 의도는 무엇일까?”

연운정은 사도혜가 말하는 ‘그 사람’이 암중인을 가리킨다는 것을 알
았다.

“이런 상황에서 우린 아무도 믿을 수 없어요.”

사도혜가 확인하듯이 말했다.

“그래.”

그때 살신이 걸음을 멈추고 맞은편 절벽 위를 쳐다보자 연운정도 따라
서 그곳을 보다가 움찔 놀랐다.

맞은편 절벽 위에는 흑의에 검은 복면을 한 여섯 명의 비살루 살수들
이 나란히 서서 연운정을 굽어보고 있었다. 연운정을 급습했던 바로 그
자들이었다.

“살수들이야.”

연운정이 무겁게 중얼거리자 그제야 사도혜도 맞은편 절벽 위의 살수
들을 발견하고 적잖이 놀라는 표정을 지었다.

연운정은 그들이 살수라는 사실을 사도혜에게 들어서 알게 되었다.

사도혜는 살신과 살수들을 번갈아 바라보고 나서 가라앉은 목소리로
속삭였다.

“저들끼리 운정 오라버님을 두고 싸운 것 같아요.”

“그런가?”

연운정의 머리는 아직 사도혜를 따르지 못하는 것 같았다. 그녀는 눈
으로 보지 못한 것들을 추리하고 판단하는 데에도 비상한 재주가 있었
다.

그에 반해서 연운정은 눈으로 직접 목격한 것에 대해서도 제대로 판단
을 내리지 못하는 형편이었다.

하지만 한 번 경험한 것에 대해서는 완벽하게 분석하는 능력을 보이고
있었다.

강호 경험의 최고 경지가 십팔층 석탑을 쌓는 일이라면, 그는 이제 겨우 석탑을 세울 터를 닦았을 뿐이다.

처음 비살루의 살수들은 열 명이었다. 연운정을 급습했다가 암중인, 즉 살신에 의해서 삼십사 호가 죽었으며, 또다시 살신의 도움을 받아 연운정이 삼십이 호를 죽였다.

이후 살신이 연운정을 추격하려는 것을 여덟 명의 살수가 제지하는 과정에서 삼십구 호, 즉 연충조가 이탈해 결국 일곱 명의 살수와 살신이 싸우게 됐다.

그 결과 살수들 세 명이 죽었으며, 살신은 중상까지는 아니더라도 부상을 입게 되었다.

살신의 실력은 무림이십오기의 상위 여섯 명, 즉 천성절(天聖絶)을 제외한 무림십구기와 비슷한 수준이었다.

아마도 한정된 공간 안에서 무림십구기 중 한 명과 일 대 일로 대결한다면 우열을 가리기 어려울 것이다.

하지만 살신은 다분히 살수적인 성향을 지니고 있었다. 그는 싸움이 시작되면 즉시 자신의 모습을 감춰 버린다. 그리고는 상대를 죽이기 위해서 모든 방법을 동원한다.

그에게 무림의 예의나 정정당당함 따위는 추호도 중요하지 않았다. 그의 목적은 오직 상대를 죽이는 것뿐. 그랬기에 그에게 살신이란 별호가 붙여진 것이었다.

어떻게 보면 그는 절정 수준에 도달한 한 명의 살수라고도 말할 수 있었다.

얼마 전 비살루 살수 일곱 명과의 싸움에서도 그는 싸움이 시작되자마자 순식간에 모습을 감추었다. 그리고는 전혀 모습을 드러내지 않은 상태에서 아홉 명을 상대했다.

그들의 싸움에서는 거의 기척이 없었다. 가끔씩 숲 속을 이리저리 스쳐 가는 날카로운 파공성만이 들리거나, 거뭇거뭇한 그림자들이 육안으로는 식별하기 어려울 정도의 빠르기와 은둔술로 바람에 흩날리는 낙엽처럼 허공을 가로지를 뿐이었다.

실제로 그들이 싸우는 동안 그 지역을 몇 명의 무림인들이 지나쳤지만, 그들은 그곳에서 싸움이 벌어지고 있다는 사실조차 전혀 감지하지 못했다.

그 싸움으로 비살루는 세 명의 살수를 잃었고, 살신은 세 군데 부상을 당했다. 살신은 살수 한 명을 죽일 때마다 하나씩의 상처를 입은 것이다.

비살루 살수들의 암중에서의 협공은 실로 무서웠다. 그들 각자는 결코 살신의 일초지적도 될 수 없었다.

하지만 그들의 협공은 천하의 살신조차도 함부로 대처하지 못할 정도로 위력적이었다.

그 싸움에서도 살신은 언제나처럼 목적에 충실했다. 그의 목적은 정협의 전인을 납치하는 것이지 살수들과 싸우는 게 아니었다.

그는 목적을 위한 과정 때문에 자신의 목숨을 허비할 정도로 우매한 사람이 아닌 것이다.

결국 그는 세 군데 부상을 입으면서 세 명의 살수를 죽인 후 그곳을 벗어났다. 전력을 다했기 때문에 여섯 명의 살수는 그를 놓칠 수밖에 없었다.

그러나 잠시 놓쳤을 뿐이다. 그들 네 명은 다시 살신 앞에, 그리고 정협의 전인 앞에 나타났다.

연운정은 묵묵히 양쪽 절벽의 살신과 네 명의 살수를 쳐다보았다. 절벽의 높이는 수면에서 꼭대기까지 대략 사십여 장, 계류의 폭은 오 장여. 양쪽 절벽 꼭대기의 거리는 십이삼 장 정도였다.

양쪽 절벽이 위로 향할수록 약간 뒤로 누운 형태였지만 너무 높아서 거의 수직이나 다름없었다.

게다가 절벽은 매끄러운 암벽으로 이루어졌으며, 만약 뛰어내린다면 아래쪽 절벽 틈에서 드문드문 자라고 있는 나무까지 한 번에 도달해야만 한다.

그런데 그것은 절정고수라고 해도 섣불리 행동에 옮길 수 없을 정도로 무모해 보였다.

그래도 과감히 뛰어내리기를 시도한다면 흘러가고 있는 뗏목의 속도를 감안해서 그 앞쪽으로 뛰어내려야 하는데, 요행히 그곳 절벽 아래쪽에 내려설 만한 나무가 있다고 하더라도 만약 약간의 오차라도 생겨 뗏목과의 거리가 멀어져 버리면 도로아미타불이 돼버리고 말 것이다.

위에서 아래로 뛰어내리는 것과 수평으로 날아가는 것과는 큰 차이가 있기 때문이다.

또한 살신이나 살수들 어느 한쪽이 먼저 연운정에게 손을 쓴다면 남은 한쪽이 유리해질 수도 있는 상황이었다. 남은 쪽은 가만히 있다가 어부지리를 얻을 수도 있는 것이다.

연운정은 그렇게 생각하고 나니 조금 마음이 놓였다.

그는 암중인, 즉 왼쪽 절벽 위에 있는 혈포인의 정확한 실력은 모르지만 연운정 자신을 급습하던 살수 두 명을 그가 어떻게 처치했는지는 똑똑히 보았다.

그 정도 실력이라면 연운정이 강호에 나온 이래 처음으로 맞이하는 최고 고수가 분명했다.

"만약 저 혈포인이 운정 오라버님을 노리는 게 맞다면, 외려 잘된 일이에요."

그때 사도혜가 뜻 모를 말을 했다.

"무슨 뜻이야?"

연운정이 그녀의 깊이를 알 수 없을 정도로 심오한 재지(才智)를 간파하지 못하고 의아한 듯 물었다.

"혈포인의 목적도 살수들처럼 운정 오라버님을 노리는 것이라면, 둘은 함부로 우리에게 손을 쓰지 못할 거예요. 서로를 경계, 방해하기 때문이지요."

"정말 그렇겠군!"

연운정은 반색을 했다.

"적의 적은 동지라는 의미인데, 지금은 혈포인과 살수들이 우리의 적이면서도 또한 서로를 경계하고 있기 때문에 동지라는 특이한 상황이에요."

"적의 적은 동지."

연운정은 나직이 중얼거렸다. 그의 머리 속에는 역사상 최고의 병서(兵書)인 무경칠서(武經七書)가 고스란히 담겨져 있었다.

즉, 오(吳)나라 손무(孫武)가 남긴 손자(孫子), 전국시대 오기(吳起)의 오자(吳子), 제(齊)나라 사마양저(司馬穰苴)의 사마법(司馬法), 주(周)나라 위료(尉繚)의 위료자(尉繚子), 당(唐)나라 이정(李靖)의 이위공문대(李衛公問對), 한(漢)나라 황석공(黃石公)의 삼략(三略), 주나라 여망(呂望)의 육도(六韜)를 일컫는 말이다.

모친 송하려가 아들을 위해서 어렵사리 구해온 귀한 고서들이었고, 연운정은 하루종일 거의 쉴 틈 없이 무공을 연마하고 돌아와 피곤에 지쳤으면서도 모친을 실망시키지 않으려고 밤을 밝히며 그것들을 탐독했다.

그러나 그것은 어디까지나 고서에서 얻은 지식일 뿐, 실제로는 한 번도 사용해 본 적이 없었다.

그런데 방금 '적의 적은 동지' 라는 말을 듣자 머리 속에서 무언가 꿈틀거렸다.

잠자고 있는 지식들이었다. 하지만 아직은 호박조차 베지 못하는 무딘 칼날을 지닌 지식이었다.

사도혜는 초조한 표정으로 절벽을 바라보며 입을 열었다.

"현재는 이곳의 지형(地形)이 우릴 도와주고 있어요. 하지만 계류 양쪽의 절벽이 어디까지 이어져 있을지 알 수가 없으니……."

계류 양쪽의 절벽이 너무 높았기 때문에 사도혜의 눈에는 잘 보이지 않았다.

또한 지리는 잘 알지만 지형지세(地形地勢)에는 약한 그녀라 말을 흐릴 수밖에 없었다.

그녀는 무언가 곰곰이 생각하다가 물었다.

"현재 우린 얼마나 왔으며, 또 용남(龍南)까진 얼마나 남았죠?"

용남은 사도혜가 잘못 알고 있던 도강의 최상류에서 하류 쪽으로 이십여 리 정도에 위치해 있는 산촌의 작은 마을이었다.

연운정은 그것에 대해서 이미 생각해 두었기 때문에 지체없이 대답했다.

"처음 뗏목을 띄웠던 곳으로부터 육십여 리 정도 온 것 같아. 그러니까 용남까진 아마 사십여 리 정도 남았을 거야."

"그렇다면 이곳은 구련산의 서북쪽이겠군요. 이 지역은 험준하기로 소문난 곳인데……."

"맞아. 이 일대는 대부분이 평균 사천 척의 고지대야."

사도혜는 걱정스럽게 절벽을 바라보았다.

"만약 머지않아서 절벽이 끊어지거나 평지가 나타난다면, 저들도 어떻게든 손을 쓰려고 할 거예요."

연운정은 무겁게 고개를 끄덕였다.

"그때가 되면 적의 적은 동지라는 균형도 금이 가겠지."

그때그때의 상황, 혹은 환경이 얼마 전까지의 적을 동지로도 만들고 또다시 적으로 돌려놓기도 하는 것이다.

만약 지금 이런 지형이라고 해도 살신이나 살수들 어느 한쪽만 이곳에 있었다면, 그들은 무슨 수를 써서라도 뗏목으로 접근을 시도했을 것이다.

그것이 곧 환경이 적을 동지로 만드는 상황이다.

그러나 지금 같은 지형이 끝나게 되어 손만 뻗으면 정협의 전인을 제압할 수 있는 환경이 되면 또 다른 상황이 전개된다. 적의 적은 동지가 아니라 모두 적이 되는 현상이다.

"하지만 그럴 일은 없을 것 같군."

잠시 계류가 흘러가는 하류 쪽의 산세와 지형을 살피던 연운정이 조용히 입을 열었다.

사도혜가 의아한 표정만으로 왜 그렇게 생각하느냐고 묻자 연운정은 전면에 높게 솟은 여러 개의 산봉을 응시하며 조용한 어조로 말을 이었다.

"저기 전면에는 서쪽에서 동쪽으로 일곱 개의 산봉이 부챗살처럼 펼쳐져 있어."

"그렇군요."

"일곱 개의 산봉은 모두 암봉(岩峰)들이야. 그리고 그 어디에도 산의 능선은 한 곳도 보이지 않아. 그것은 저곳의 산 전역이 바위로 이루어졌으며, 완벽하게 높은 봉우리와 깊은 절곡으로만 이루어졌음을 보여주고 있지."

"아!"

사도혜는 낮은 탄성을 터뜨렸다.

그녀의 머리 속이 환하게 밝아졌으며, 여태까지의 걱정이 눈 녹듯이 사라졌다.

"운정 오라버님의 말씀은 계류 양쪽의 절벽이 계속되거나, 아니면 그와 비슷한 지형이 되기 때문에 저들이 여전히 손을 쓰지 못할 것이라는 뜻이죠?"

"응. 내가 사부님께 배운 산세 읽는 법이 틀리지 않았다면."

연운정의 사부가 정협이라는 사실을 잘 알고 있는 사도혜다. 정협이 틀릴 리가 있겠는가.

사도혜는 비로소 그 아름다운 미소를 지어 보였다.

"운정 오라버님 말이 맞을 거예요. 틀림없어요."

"어떻게 나보다 더 확신할 수가 있지?"

"정협의 전인께서 하시는 말씀이니까요."

"뭐야? 혜 매까지 날 정협의 전인이라고 놀리기야?"

"호호홋!"

"하하하하!"

두 사람은 자신들이 어떤 처지라는 것도 잊은 듯 명랑한 웃음을 터뜨렸다. 그러면서 두 사람은 한 가지 공통된 생각을 거의 동시에 떠올렸다.

서로를 위해서라면 기꺼이 죽을 수 있다는…….

❖ 第三十七章 ❖
와룡봉추(臥龍鳳雛)

第 三十七 章

'운정아…….'

연충조는 마침내 아들을 찾아내고 말았다.

그는 살신이 있는 쪽 절벽에서 삼십여 장 뒤쳐진 거리의 어느 바위 뒤에서 뗏목을 굽어보고 있었다.

살수는 지형지물이나 엄폐물 따위를 극한으로 이용하는 기술이 있지만 그것은 한정된 공간 내에서다. 넓은 범위에서의 지리에는 익숙하지가 않다.

그러므로 연충조는 이곳이 구련산이라는 것만 알 뿐이었다. 그가 안문수와 갈대섬을 알고 있는 것은 자신들이 그곳을 지나왔기 때문이다.

그가 지켜보고 있는 가운데 아들이 탄 뗏목은 점점 더 멀어지고 있었다.

그는 아들의 뒷모습밖에 볼 수가 없었다. 아들의 앞모습이나 옆을 보기 위해서는 살신을 지나치거나 살신 곁에 있어야 하는데, 그것은 죽음을 자초하는 일이었다.

그는 천신만고 끝에 아들을 발견했지만 기쁜 마음도 잠시, 곧 암담한 심정이 되고 말았다. 양쪽 절벽에서 살신과 비살루 살수들이 뗏목을 따라가고 있는 것을 발견했기 때문이다.

아들이 자신의 말을 듣고 안문수의 갈대섬으로 갔더라면 자신이 아들 앞에 모습을 나타내지는 못하더라도 여러모로 도움을 줄 수 있었을 것이다.

그러나 그가 아들 앞에 나타나는 것은 위험천만한 일이었다. 그는 비살루의 절세적인 추적술과 배신자에게 어떤 형벌이 가해지는지 너무도 잘 알고 있었다.

삼십일 호는 이미 비살루에 삼십구 호의 이탈과 이곳 상황에 대해서 보고했을 것이다.

그러므로 당연히 조만간 살수들이 더 보강될 것이다. 어쩌면 부루주 정도가 직접 올는지도 모른다. 만약 그들이 도착하면 저기 있는 혈포인은 그로서 끝장이다. 그리고 연충조 자신도 천라지망을 벗어나지 못하게 될 것이다.

그래서 그는 아들이 안문수의 갈대섬으로 갔더라도 그 앞에 나타나지 못했을 것이다. 아들까지 위험해지기 때문이다. 그렇지 않아도 위험지경에 처해 있는 아들이 아닌가.

산세에 대해서 모르는 연충조는 아들이 최악의 상황에 처해 있다고만 판단했고, 그래서 또 걱정하고 있었다.

절벽이 끝나고 평지가 나타난다면 아들은 혈포인이나 살수들의 먹이가 되고 말 것이다.

그전에 아들을 구해야 하는데, 입 안만 바짝바짝 탈 뿐 아무런 방법도 떠오르지 않았다. 아니, 방법이 없었다.

그는 아들을 너무도 사랑하는 마음만 갖고 있을 뿐 절정의 무공도, 뛰어난 머리도 가지고 있지 않았다.

그는 자신이 무능해서 아들에게 적절한 도움을 주지 못한다는 사실 때문에 견디기 힘든 분노가 치밀었다.

연충조는 살신과의 거리가 백여 장으로 멀어지자 민첩하게 절벽 가에서 물러나 숲으로 들어간 후 하류 쪽으로 기척없이, 그러나 빠르게 이동했다.

"……!"

한순간 그는 동작을 멈추고 급히 나무 뒤로 몸을 숨긴 후 한쪽 방향을 주시했다.

십오륙 장 거리의 숲 속에서 두 명의 무림인이 절벽 쪽으로 빠르게 쏘아가고 있는 것이 보였다.

그들의 뒷모습을 좇는 연충조의 눈에서 살기가 번뜩였다. 저들도 아들을 노리는 것이 분명했다. 그는 그들을 좇기 위해 숨어 있던 나무에서 나왔다.

아니, 나오려다가 흠칫 놀라서 오히려 몸을 바닥에 거의 밀착시키고 풀숲 속으로 숨어들었다. 자신의 뒤쪽에서 미약한 파공음이 들려오는 것을 포착한 것이었다.

휘익! 휙!

그가 숨어 있는 곳에서 이 장밖에 떨어지지 않은 곳으로 세 명의 무림인들이 바람처럼 스쳐 지나갔다.

그들이 모두 지나갔음에도 연충조는 그곳에서 나오지 못했다. 이번에는 또다시 십여 명의 무림인들이 무더기로 쏘아오고 있었기 때문이다. 그들의 복장과 지니고 있는 무기가 각양각색인 것으로 미루어 서로 일행이 아닌 것 같았다.

연충조는 머리 속이 흙탕물처럼 마구 어지러웠다. 이곳에 아들이 있다는 사실을 어떻게 알았는지 무림인들이 꾸역꾸역 몰려들고 있는 것이다.

그는 한동안 더 그곳에서 꼼짝도 하지 못했다.

무림인들이 꼬리를 물고 여러 방향에서 쏘아오고 있었다. 그들은 서로를 경계하지도 않았다. 마치 불구경을 하려는 동네 아이들처럼 꾸역꾸역 끝없이 몰려들고 있었다.

그중에 준수한 약관의 한 청년도 섞여 있었다. 오랫동안 산행을 했는지 더러워진 청의 무복을 입고 있었지만, 태양혈이 약간 솟은데다 두 눈에서 맑은 정광을 뿜어내는 것이 일견하기에도 정파의 후기지수가 분명했다.

바로 강영이었다.

그가 지나간 지 얼마 되지 않아서 그를 쫓고 있는 해남검파 이대제자인 임필이 지나갔다.

'도대체 얼마나 많은 자들이…….'

연충조는 고개를 숙이며 암담하게 중얼거리다가 문득 자신이 입고 있는 옷에 시선이 멈춰졌다. 무림인들이 흔하게 입고 다니는 황의 경장이었다.

'그렇군!'

그는 외관상으로는 더 이상 비살루의 살수가 아닌 것이다. 그러므로 이렇게 두더지처럼 숨어 있을 하등의 이유가 없었다. 비살루 살수들의 눈에만 띄지 않으면 되는 것이다.

화는 홀로 오지 않고 복은 쌍으로 오지 않는다는 옛말이 있지만, 그에게는 틀린 말 같았다.

'무림인들이 몰려드는 것이 오히려 잘된 일일 수도 있다.'

갑자기 그는 역으로 생각해 보았다. 손에 넣어야 할 것은 하나인데 그것을 얻으려는 사람들은 많다. 그런 상황에서는 당연히 어지러운 드잡이질이 벌어지기 마련이다.

정협의 전인으로 오해받고 있는 아들에게 누군가 손을 뻗는다면, 그는 그 순간 이곳에 모여든 모든 무림인들의 공적(公敵)이 되고 말 것이다. 그러므로 어쩌면 이런 상황이 아들을 더 안전하게 만들어줄 수도 있을 것이라는 생각이 들었다.

'그 와중에 기회를 잡아 운정이를 구해내야만 한다!'

연충조는 결심을 하고 숨어 있던 풀숲에서 일어섰다. 때마침 그 옆을 빠르게 스쳐 지나가던 한 명의 무림인이 갑자기 불쑥 나타난 그를 보고 깜짝 놀랐지만 곧 개의치 않고 가던 길로 쏘아갔다. 아마도 연충조가 급한 볼일이라도 봤을 것이라고 여긴 듯했다.

연충조는 호흡을 가다듬으면서 한차례 주위를 둘러보았다. 무림인들은 점점 더 많아지고 있었다.

지금까지 그곳을 지나간 무림인들의 수효는 그가 확인한 것만도 무려 백여 명에 달했다.

그러는 중에도 계속 몰려들고 있었다. 연충조는 태연히 그들 속으로 끼어들어 절벽 가로 향했다.

무림인들이 몰려들기는 비살루 살수들이 있는 오른쪽 절벽 위도 마찬가지였다.

그러나 최초에 무림인 두 명이 그쪽 절벽에 나타났을 때 그들은 그곳에서 비살루 살수들을 발견하지 못했다. 살수들은 이미 모습을 감춘 후였다.

그렇다고 살수들이 그곳을 완전히 떠난 것은 아니었다. 그들은 무림인들이 볼 수 없는 곳만을 택해서 이동하며 예의 뗏목을 따르고 있었다.

살수들이 사람들 앞에 모습을 드러내는 것은 표적을 죽여야 할 때와 살수이기를 포기할 때, 이 두 가지 경우에만 가능한 일이었다.

오른쪽 절벽 위에는 족히 백오륙십 명의 무림인들이 늘어선 채 뗏목을 굽어보며 줄지어 행진하고 있었다.

그들 중에 중년 거지 다섯 명이 끼어 있었는데, 그중 한 명이 맞은편 절벽을 가리키면서 적잖이 놀란 표정으로 말했다.

"저자! 혈천검(血穿劍)이로군!"

다섯 거지는 개방오척이었고, 그중에서 일척이 가리키고 있는 인물은 살신이었다.

살신은 왼쪽 절벽 가의 수많은 무림인들 사이에 섞여 있었으며, 무림인들은 그를 알아보지 못하는 것 같았다.

'혈천검'은 살신이 십구 년 전 천사련주에게 패하여 수하가 되기 전에 무림에서 불리던 별호였다.

이척이 적이 놀라는 표정으로 살신에게 시선을 고정시킨 채 일척에게 물었다.

"천사련주의 심복인 사신 중에 살신이란 말이오?"

"그렇네. 저자가 이곳에 있는 것을 보니 나머지 삼신도 이 근처에 있을 가능성이 크네."

"사신이 모두……."

막내 오척이 놀라서 중얼거릴 때 살신은 비로소 개방오척을 발견하고는 잠시 그들을 쳐다보더니 이내 숲 속으로 모습을 감추었다.

왼쪽 절벽 가에도 백여 명 이상의 무림인들이 우글거렸는데, 그들은 혈천검이나 살신이라는 공포스러운 별호는 수없이 들었지만 그의 얼굴을 알고 있는 사람은 아무도 없었다.

만약 그곳의 무림인들 중에서 살신을 알아보는 사람이 단 한 명이라도 있었다면, 지금 이 순간 절벽 가에는 아무도 남아 있지 않았을 것이다.

"살신이 우릴 알아보고 꼬리를 내렸군요."

삼척이 살신이 사라진 것을 보고 조금 의기양양해서 말했다.

그 말에 일척이 빙긋 미소 지었다.

"지조불격필면기수(鷙鳥不擊必俛其首)다."

머리에 먹물보다는 식탐(食貪)이 더 많은 삼척은 퉁방울 같은 눈을 데록거리며 의아한 표정을 지었다.

"그 말에 새 '조' 자가 들어간 걸 보니 새 요리가 맞군요?"

오척이 배를 잡고 쓰러질 듯이 웃었다.

"푸헷헷헷! 삼 형님! 대형의 말씀인즉슨, '맹금은 먹이를 잡을 때 외에는 고개를 숙이고 있다' 라는 뜻입니다!"

그래도 삼척은 끝까지 먹는 타령이었다.

"맹금이 뭔데? 걔가 고개를 숙이고 있는 것은 음식이 나올 때까지 기다리고 있는 거야?"

이척이 빙그레 미소 지으며 삼척의 식탐을 일깨워 주었다.

"삼제, 그 말은 독수리나 매 같은 맹금류는 평소에는 있는 듯 없는 듯 가만히 웅크리고 있다가 먹이를 잡을 때만 날개를 펴고 행동을 개시한다는 뜻이야. 즉, 살신은 완전히 사라진 것이 아니라 이 근처 어딘가에 숨어 있다가 결정적인 기회가 포착되면 정협의 전인을 낚아채려 한다는 얘기지."

삼척은 끝내 툴툴거렸다.

"대형, 앞으로는 좀 쉬운 말로 합시다."

그러나 일척은 그 말을 듣고 있지 않았다. 그는 유유히 흘러가는 뗏목을 굽어보며 어두운 표정으로 나직이 중얼거렸다.

"어디든 숨어 있으면 우리가 반드시 찾아내겠다고 했더니, 정협의 전인은 우릴 너무 과대평가한 것 같군. 그는 최악의 방법을 선택하고 말았어."

이런 상황 하에서는 개방오척이 아니라 개방의 전체 고수가 한꺼번에 몰려온다고 해도 정협의 전인에게 별다른 도움을 줄 수가 없을 듯했다.

무림인들이 지금 이 정도의 숫자에서 멈춰준다면 모를까, 계속 몰려들어 수천, 수만 명이 된다면 개방이 감당할 수 있는 한계를 넘어서 버리는 것이다.

지금도 무림인들은 끊임없이 모여들고 있었다. 무림인들은 잠깐 사이에 수백 명으로 불어나서 양쪽 절벽 가에는 발 디딜 틈조차도 없을 정도였다.

하지만 이들은 정협의 전인을 노리는 자들 중에서 그나마 소식이 빠른 소수일 뿐이었다. 이제 머지않아서 다른 자들에게도 이 소문이 퍼져 나갈 것이다.

언비천리(言飛千里)라고 했다.

이곳 구련산은 물론이고, 광서 북부 지역과 강서 남부 지역 산중에서 혈안이 되어 정협의 전인을 찾고 있는 수만 명의 무림인들이 모여드는 것은 시간문제였다.

그렇게 되면 정협의 전인은 설혹 날개가 달려 있다고 해도 빠져나가지 못할 것이다.

연운정과 사도혜는 제정신이 아니었다. 둘이 명랑하게 한바탕 웃고 났더니 양쪽 절벽에 무림인들이 구름처럼 몰려들어 있었기 때문이다.

또한 처음에 있던 혈포인과 여섯 명의 살수는 어디로 사라졌는지 보이지 않았다.

"운정 오라버님, 이젠 어떻게 해요?"

사도혜는 잔뜩 겁먹은 표정으로 연운정의 품에 거의 안기다시피 한 채 양쪽 절벽을 번갈아 바라보며 가늘게 몸을 떨었다.

그 광경은 수많은 구경꾼들이 우리에 갇힌 두 마리 원숭이를 침을 흘리면서 구경하는 것 같아서 천하의 재녀인 사도혜마저 겁에 질리게 하기에 충분했다.

그러나 연운정은 곧 빙그레 미소 지으며 사도혜의 어깨를 안은 팔에 가볍게 힘을 주었다.

"후후, 이렇게 많은 무림인들을 한꺼번에 보게 되다니 정말 행운이로군."

"운정 오라버님."

사도혜는 어이없는 얼굴로 연운정을 바라보았다.

"내기할까? 나는 저들 중에서 이곳으로 뛰어내릴 사람이 한 명도 없다는 쪽에 걸겠어. 혜 매는?"

공포 때문에 잠시 외출했던 그녀의 총명함이 귀가했다. 그녀는 곧 화사하게 웃었다.

"그렇군요! 소녀가 잠시 깜빡했어요. 게다가 앞으로는 지형이 더 험해질 테니 아무도 우릴 건드리지 못하겠군요. 소녀도 운정 오라버님이 건 쪽에 걸겠어요."

"하하! 그럼 내기가 안 되잖아!"

"호홋! 그럼 내기를 하지 말죠, 뭐!"

사도혜는 연운정의 말이라면 지옥에라도 서슴없이 뛰어들 준비가 되어 있는 소녀였다.

"둘 다 웃고 있는데요?"

오척이 뗏목을 가리키면서 어이없다는 표정을 지었다.

그러나 그가 굳이 말할 필요 없이 개방오척을 포함한 양쪽 절벽의 모든 무림인들은 뗏목의 연운정과 사도혜가 명랑하게 웃고 있는 모습을 똑똑히 보고 있는 중이었다.

"자포자기한 것 같군요."

곱상하게 생긴 사척이 연민의 표정으로 중얼거렸다. 그는 평소에도 학문을 가까이하고 말수가 적은 편이었으며, 또한 정이 많은 사람이기도 했다.

"뭔가 있군."

일척이 연운정의 얼굴에 시선을 고정시킨 채 중얼거리자 네 명의 거지가 의아한 표정으로 그의 얼굴을 쳐다보았다.

일척은 공력이 심후해서 연운정의 표정 하나도 놓치지 않을 정도로 시력이 좋았다.

다른 사람들은 연운정과 사도혜가 자신들이 처한 상황도 잊은 채 그저 웃고만 있다고 여기는 반면, 일척은 연운정의 표정에서 어떤 자신감과 확신을 발견했다.

"무슨 뜻입니까?"

오척이 참지 못하고 물었다.

일척은 고개를 가로저었다.

"나도 모른다."

무언가 있다고 말한 사람이 무슨 뜻이냐는 물음에 자기도 모른다고 한다. 그리고 그는 덧붙였다.

"그는 정협의 전인이다. 정협께서 저 소년을 왜 전인으로 삼았겠느냐? 정협의 전인은 범인들과는 비교도 할 수 없을 정도로 다를 것이다. 또 반드시 달라야만 하고."

네 명의 거지 중 사척과 이척만이 고개를 끄덕이면서 알 것 같다는 표정을 지었고, 삼척과 오척은 어리둥절하며 방금 전보다 더 답답한 표정을 지었다.

"대형, 이제 우린 무얼 하면 되오?"

이척이 양쪽 절벽으로 득실거리는 무림인들을 쓸어보며 물었다.

일척은 연운정의 얼굴에 시선을 고정시킨 채 담담히 말했다.

"정협의 전인을 놓치지 않는 것."

"저… 저… 여자!"

그때 개방오척에게서 멀지 않은 곳의 무림인 한 명이 뗏목을 가리키면서 숨넘어가는 소리를 냈다.

그러자 사람들의 시선이 일제히 뗏목으로 집중됐다.

그가 뗏목을 가리키면서 '저 여자!' 라고 했으니 사도혜를 말하는 것이 분명했다.

"저 여자… 천봉화용이야! 틀림없어!"

방금 숨넘어가는 소리를 냈던 사람이 뗏목을 가리키며 이번에는 흥분이 극에 달한 탄성을 터뜨렸다. 그의 말에 무림인들의 안색이 돌변했다.

천봉화용이란, 십이삼 때의 사도혜의 미모에 넋이 나간 사람들이 붙여 준 아호였다.

그러나 당사자인 사도혜가 모르고 있는 것이 있었다. 천봉화용이라는 아호가 당금 천하에서 가장 아름다운 미녀, 즉 천하제일미를 지칭하고 있다는 사실을 말이다.

세상일이란 참으로 묘하고, 또 사람들의 심리란 또 얼마나 희한한 것인지. 사람들이 사도혜의 미모를 본 것은 불과 이 년도 못 되는 시기였으며, 그것도 소수에 불과했다.

이후 사도혜는 인피면구를 쓰고 다녔기 때문에 사람들은 두 번 다시 그녀의 미모를 볼 수 없었다.

　그러나 그녀의 미모는 사라졌지만, 천봉화용이라는 아호의 위력은 사라지지 않았다. 아니, 오히려 세월이 흐를수록 사람들의 상상력에 힙 입어 더 크게 멀리 퍼져 나갔다.

　"십이삼 세 어린 나이에도 지난바 용모가 천향국색(天香國色)이었거늘, 세월이 흐르면 얼마나 더 아름다워졌겠는가. 가히 천하에 비교할 미녀가 없으리라!"

　십이삼 세 때의 사도혜를 한 번이라도 보았던 사람들은 그녀가 사라진 이후 꿈에라도 한 번 그녀를 볼까 싶어 목을 매고 살았으며, 그들에게서 천봉화용에 대한 찬사를 전해 들은 많은 사람들은 죽기 전에 그녀를 단 한 번만이라도 보는 것을 생의 목표로 삼았다.
　또한 많은 사람들이 소문이 너무 과장됐다면서 고개를 가로저었지만, 그들 역시도 어디에 가서 천봉화용에 대해서 말할 때는 입에서 침을 튀기기 일쑤였다.
　그렇게 본인인 사도혜도 모르는 사이에 천봉화용이란 아호는 사실이 삼분의 일, 상상력이 삼분의 일, 그리고 소문 삼분의 일이 보태져서 오늘날의 천하제일미가 되었다.
　천봉화용이 천하제일미라는 사실에 반발하는 사람들도 꽤 있었다. 그들은 자신들이 미모로는 누구에게도 빠지지 않는다고 자신하는 이른바 천하의 미녀군(美女群)이었다.
　그러나 지난 삼 년여 동안 천봉화용이 천하에 출현했다는 말은 없었다. 그래서 작금에 이르러서는 천봉화용이라는 미녀가 실제로 존재했는지에 대해서도 구구한 억측이 난무하더니, 끝내 하나의 전설처럼 승화돼 버렸다.

또한 천봉화용이라는 말이 미인을 설명하는 말, 즉 화용월태나 침어낙안 같은 어휘의 하나로 발전하여 '아무개는 정말 천봉화용 같다'라고 하면 최고로 아름다운 미인을 칭송하는 뜻이 돼버리는 지경에 이르고 말았다.

오른쪽 절벽에 운집한 무림인들의 한쪽 귀퉁이에서 시작된 일련의 작은 소요는 순식간에 전체로 번졌다.

그러더니 곧이어 맞은편 절벽에서도 천봉화용을 알아보는 사람이 생겨나서 마침내 양쪽 절벽은 때 아닌 탄성과 함성의 도가니로 변해 버렸다.

"맙소사! 진정 천봉화용이로다!"

"오오! 이런 곳에서 천하제일미를 보게 되다니……."

오척은 눈을 휘둥그렇게 뜨고는 사도혜를 가리키면서 덩달아 신이 나서 외쳤다.

"들었습니까? 저 소녀가 전설의 천봉화용이랍니다! 왓핫핫! 이게 꿈은 아니겠지요?"

나머지 사척도 모두 사도혜를 구경(?)하느라 아무도 대답을 하지 않았다.

"살아 있으니까 전설은 아니다. 그런데 예쁘기는 정말 예쁘구나."

좀처럼 자신의 감정을 드러내지 않는 이척이 사도혜에게서 시선을 떼지 못한 채 탄성을 흘렸다.

연운정과 사도혜는 양쪽 절벽 위에서 수백 명의 무림인들이 웅성거리는 소리를 듣고 의아한 표정으로 쳐다보았다.

"무슨 일이죠?"

사도혜는 자기 때문에 그런 소란이 벌어졌으리라곤 추호도 생각하지 못하고 그렇게 물었다.

연운정은 청력을 돋우어 잠시 무림인들의 소리를 듣더니 적잖이 놀란 얼굴로 사도혜에게 물었다.

"혜 매, 아호가 천봉화용이야?"

"삼사 년 전에 사람들이 소녀를 그렇게 불렀었는데……. 운정 오라버님이 그걸 어떻게 알았죠?"

"저 사람들이 이 뗏목에 천봉화용이 타고 있는데, 그녀가 천하제일미라고 떠들고 있어. 마치 부처님을 보기라도 한 것처럼 환호하고 있는데 그래?"

연운정은 그렇게 말해놓고서는 마치 경치를 감상하듯이 그윽하게 사도혜를 바라보았다.

"흠! 세상 사람들이 눈은 제대로인 것 같군. 미인 볼 줄은 알어."

"우, 운정 오라버님……."

사도혜는 부끄러워서 어쩔 줄을 모르고 작은 주먹으로 연운정의 가슴을 두드렸다.

"혜 매, 나한테서 좀 떨어져 있는 게 좋겠어."

갑자기 연운정이 정색을 하며 말했다.

"왜요?"

사도혜는 깜짝 놀라서 눈을 동그랗게 떴다.

연운정은 짐짓 두려운 듯한 표정으로 양쪽 절벽 위의 무림인들을 쳐다보았다.

"저 사람들 말을 들어보니 천봉화용은 천하 모든 남자들의 우상이라고 하는데, 혜 매가 내게 안겨 있는 것을 보면 저 사람들이 날 죽이려고 들 거야."

사도혜는 얼굴이 잘 익은 능금처럼 새빨갛게 변해서 고개를 들지도 못하고 연운정의 품에 얼굴을 묻으며 도리질했다.

"모, 몰라요. 놀리면……."

"어, 어? 난 장가도 못 가고 무림공적이 되어 죽기는 싫은데?"

연운정은 엄살을 부리면서도 사도혜를 부드럽게 안아주었다.

그러자 사도혜는 더욱 깊이 그의 품 안으로 파고들었다. 그리고 그녀는 연운정이 장가를 못 갈 것이라고는 조금도 생각하지 않았다.

연운정은 조부가 정해주신 남편감이 아닌가?

아니, 그녀는 연운정의 목에 걸려 있는 홍예파를 보기도 전에 이미 그를 마음속 깊이 정인(情人)으로 새겨두고 있었다.

"흠! 정협의 전인과 천하제일미인이라……. 정말 잘 어울리는군."

일척이 눈을 반개한 채 감상하듯이 뗏목을 굽어보며 흐뭇한 미소를 지었다.

개방오척은 다들 자기 일인 것처럼 흐뭇한 표정으로 뗏목의 두 사람을 굽어보았다.

그러나 대부분의 무림인들은 그러지 못했다. 그들의 얼굴에는 부러움과 질투의 표정이 역력했다.

'설마 저놈은?'

인파를 뚫고 절벽 가에 이르러 뗏목을 보던 강영은 자신의 두 눈을 의심해야만 했다.

그는 한 명의 절색 미녀를 품에 안은 채 뗏목에 앉아서 미소 짓고 있는 한 소년의 얼굴에서 오 년 전 자신에게 씻을 수 없는 치욕을 안겨준 십이세 소년의 흔적을 찾아내고 적잖이 놀라고 있는 중이었다.

강영은 혹시 자신이 잘못 봤나 싶어 눈을 비빈 후 안력은 돋우어 다시 자세히 쳐다보았다. 하지만 자신의 기억력이나 눈이 틀린 것이 아니었다.

그는 낯빛을 얼음처럼 싸늘하게 굳히면서 이가 시릴 듯한 중얼거림을 흘려냈다.

"음, 틀림없는 연운정이다."

그는 눈을 부릅뜨고 연운정을 쏘아보았다. 오 년 전의 일들이 기억하기 싫은 악몽처럼 조금씩 되살아났다.

몸에 상처가 생기면 그것이 흉터가 되어 죽을 때까지 지워지지 않는 법이다. 그런 것처럼 그의 마음과 기억에 커다랗고도 깊은 생채기를 새겨주었던 연운정이다.

오 년 전, 광동성 양춘현의 이름난 무도관인 조천검무관 관장의 손자인 십사 세의 어린 강영은 해남검파에 입문하기 위해 길을 떠난 지 이틀 만에 자신보다 두 살이나 적은 산골 소년에게 비검(比劍)을 청했다가 보기 좋게 패하고 말았었다.

하늘 높은 줄 모른 채 자신이 천하에서 가장 똑똑하며, 그 나이 또래 중에서는 가장 강하다고 자부하고 있던 강영에게 그날의 패배는 일생일대의 충격이었다.

하지만 그가 그날의 일을 죽을 때까지 잊지 못하게 된 이유는 비검에서의 패배 때문만이 아니었다.

스스로 명문이라고 자부하던 자신이 두 살이나 어린 상대를 어떻게 해서든 이겨보려고 비열한 암습까지 했던 것, 그럼에도 불구하고 패했다는 사실.

또한 어린 연운정이 너무도 의기롭고 당당했던 것에 반해서 상대적으로 자신은 비겁했으며 초라했던 것. 그런 것들이 강영을 더욱 비참하게 만들었다.

"연운정! 지금부터 사력을 다해서 수련해라! 언젠가 내 손에 죽임을 당하지 않으려면!"

연운정과 헤어지기 전에 그렇게 선언했던 강영이다.

그런데 며칠 후 전백현에서 전혀 예기치 못한 일이 벌어졌다. 강영 자신은 연운정에게 적중당한 가슴의 상처 때문에 객잔에서 쉬고 있었는데, 거리 구경을 한다고 외출했던 두 명의 사형이 우연히 연운정을 발견하고 자기들 딴에는 복수를 한답시고 암습을 했다가 오히려 크게 당하고 말았다.

거기에서 끝났으면 어떻게든 강영의 손에서 수습을 했을 것이다. 그런데 운 나쁘게도 두 사형은 전백현의 치안을 담당하고 있는 은한문으로 끌려가 치도곤을 당한 후 뇌옥에 갇히고 말았다.

강영은 나중에 그 사실을 알고 서둘러 은한문에 찾아가서 사형들의 선처를 호소했지만 일언지하에 거절당했다. 그리고 그때 연운정이 은한문주 송명군의 외조카라는 사실을 알게 되었다.

그 후 그는 해남검파의 외삼관에서 신성검자를 선발하는 과정에서 연운정을 다시 만났다. 그 당시 연운정은 심사에서 탈락하여 분루를 삼키며 떠났고, 반대로 입문이 허락된 강영 자신은 그것을 바라보며 득의한 기분을 느꼈었다.

그때 그는 연운정에게 당했던 일에 대해서 충분하고도 넘칠 만큼 보상을 받았다고 여겼었다. 그래서 해남검파의 신성검자가 되어 검법에 매진하여 단시일 내에 사대제자를 거쳐 삼대제자가 되는 동안 연운정에 대한 복수심은 깨끗이 지워 버렸다.

자신의 목표를 단순하게 '연운정에 대한 복수'로 잡기에는 해남검파의 입문에서조차 탈락해 버린 연운정이라는 존재가 너무도 초라했으며, 또한 자신이 너무 빨리, 그리고 너무 높이 성장했다고 판단한 것이다.

그리고 그의 목표는 자연스럽게 무림이십오기의 한 명이 되는 것으로 바뀌었다.

그랬었는데… 지금 그의 눈앞에 연운정이 다시 나타난 것이다. 그것도 전혀 예상하지 못했던 모습으로 말이다.

'설마!'

순간 잠시 잊고 있던 너무도 중차대한 사실이 강영의 뇌리를 뒤흔들었다.

'저놈이 정협의 전인?!'

아니다! 아닐 것이다!

그는 아무도 듣지 못할 거센 외침을 속으로만 터뜨리며 고개를 세차게 흔들었다.

갑자기 그는 옆에 있는 무림인의 어깨를 거칠게 움켜잡으며 득달같이 물었다.

"저자가 정협의 전인이오? 틀림없소?"

"헛?"

이성을 잃어버린 강영이 너무 억세게 자신의 어깨를 움켜잡았기 때문에 무림인은 오만상을 찌푸리며 막 발작을 일으키려다가 강영이 비록 젊어 보이기는 하지만 호락호락하지 않은 검객처럼 보여서 꼬리를 내렸다.

"그… 렇소! 그게 아니라면 여기에 모여든 우리들이 헛것을 추적해 왔을 것 같소?"

"분명하오?"

"여기에 있는 아무나 붙잡고 물어보시오. 저 뗏목의 소년이 정협의 전인이라고 똑같은 대답을 할 테니까!"

강영은 무림인의 어깨를 놓고 비틀거리면서 뒤로 물러섰다.

'빌어먹을! 이것은 악몽이다!'

그는 더 이상 그곳에서 연운정을 보고 있을 자제력이 없었다. 그래서 휘청거리며 숲 가장자리로 물러나 아무 곳에나 털썩 주저앉고 말았다.

그가 한 그루 나무에 기대어 두 손으로 머리를 싸안은 채 오만상을 찌푸리고 있을 때, 조금 전부터 그를 지켜보고 있던 한 쌍의 깊게 가라앉은 눈도 그의 곁으로 따라왔다.

연충조는 강영을 보며 깊은 생각에 잠겼다. 그는 조금 전에 숲에서 나와 인파를 헤치고 절벽 가로 다가갔는데, 그 옆에 강영이 서 있었다.

아마도 그것은 우연을 가장한 필연이었을 것이다.

연충조가 아들의 모습을 보느라 정신이 없을 때 옆에 있던 강영이 느닷없이 '음, 틀림없는 연운정이다' 라고 중얼거렸다. 그것 때문에 연충조가 혼비백산한 것은 두말할 나위가 없었다.

광동성에서도 오지에 속하는 산미촌에 살았던 아들을 한눈에 알아보는 청년이 존재하다니, 연충조가 어찌 놀라지 않겠는가.

연충조는 조심스럽게 강영을 살폈다. 당당한 체구에 늠름한 기상을 지닌 청년이었다.

아니, 어엿한 청년으로 보기에는 이른 듯한 십구 세 아니면 이십 세 정도의 나이일 것 같았다.

하지만 그에게선 이립(而立)에 이른 장한보다 더 굴강한 기개가 물씬 풍겨지고 있었다.

연충조는 강영이 빛바랜 청의 무복을 입고 있는 것을 보고 그가 해남검파의 삼대제자임을 단번에 간파했다.

"잠깐 얘기 좀 할까?"

연충조가 불쑥 입을 열며 강영의 옆에 털썩 앉았다. 무언가를 알아내려고 머리를 쓴다거나 계책을 짜내는 따위는 그에게 어울리지 않는 수법이었다.

역시 강영은 강호 경험이 풍부하지 않은 명문의 제자답게 한층 굳어진 표정으로 연충조를 무시했다.

명문의 제자들이나 후예들은 어느 누가 보더라도 단번에 표시가 나기 마련이다.

정기 어린 용모와 눈빛, 그리고 어떤 상황에서도 흐트러짐 없는 몸가짐이 그렇다.

그런 점에서 강영도 예외가 아니었다. 그것은 마치 진흙탕 속에 박혀 있는 금강석 같은 것이었다.

"내가 보기에 자넨 사사로운 욕심 때문에 저런 부류들과 휩쓸려 다닐 청년이 아닌 것 같은데……."

연충조는 절벽 가에 모여서 하류 쪽으로 이동하고 있는 무림인들을 보며 조용히 입을 열었다. 거짓말을 해야 할 필요를 느끼지 못했기 때문에 그는 자신의 솔직한 생각을 털어놓았다.

역시 그래도 강영은 대답이 없다. 명문의 제자들은 이래서 가까워지기가 쉽지 않은 것이다. 산봉우리에 홀로 자란 낙락장송처럼 고고하기 때문이다.

그럴 것이라고 예견했던 연충조는 쉽사리 포기하지 않았다. 이 청년이 어떻게 아들을 알고 있는지 반드시 알아내야만 했다. 그래서 이번에는 강도를 조금 높일 생각이었다.

"해남검파에서도 정협의 전인 때문에 제자들을 파견했을 줄은 몰랐군. 뜻밖인데?"

과연 그 말에 강영은 가볍게 움찔하더니 처음으로 고개를 돌려 똑바로 연충조를 응시했다. 그러나 입을 열어 무언가를 묻지는 않았다. 그 눈빛이 이미 묻고 있었으므로.

"이렇게 남색(藍色)이 가미된 청의 무복을 입는 사람은 해남검파의 삼 대제자 외에는 그리 흔하지가 않지. 더구나 세 가닥 청섬사(靑纖絲)는 사 람들 눈에 잘 띤다네."

연충조는 말하면서 슬쩍 강영의 검을 쳐다보았다. 그 검은 특이하게도 검신과 슴베(자루 속에 박히는 부분) 사이의 검안(劍眼:검이 자루에서 빠지 지 않도록 비녀장을 박는 구멍)에 세 가닥의 가느다란 청색 강사가 다섯 치 길이로 매달려 있었다.

수실이란 검파의 끝에 고리를 만들어 달거나 드물게는 검환(劍環:칼코 등이)에 구멍을 내어 다는 정도가 보통인 것이니 해남검파의 청섬사는 눈 에 뜨일 만했다.

연충조를 보는 강영의 눈빛이 더 날카로워졌다.

"귀하는 누구시오?"

"연충조라고 하네."

상대에게서 진실을 끄집어내려면 이쪽에서도 어느 정도 자신에 대해 서 밝혀야 한다. 거짓말을 할 바에는 입을 다물고 마는 성격인 연충조이 니 가명을 대는 일 따윈 하지 않는다.

더구나 연충조라는 이름은 과거 이십여 년 전 광동성 양춘현 일대와 전백현 일대에서 조금밖에 알려지지 않았기 때문에 아는 사람이 거의 없 었다. 그러니 밝혀도 무방하다고 생각한 것이다.

그런데 강영의 반응은 뜻밖이었다.

"설마… 검인협 연충조 선배님이십니까?"

이번에는 연충조가 움찔 놀랐다.

"나를 아나?"

강영은 즉시 일어나 앉아 있는 연충조에게 정중히 허리를 굽히면서 포권을 했다.

"후배는 양춘현 조천검무관 출신의 강영이라고 합니다. 선배님을 뵙게 되어 영광입니다."

검인협은 조천검무관이 배출한 가장 걸출한 인물이었다. 단지 해남검파의 삼검법인 비운검법만으로 광동성 내에서 고수라는 소리를 듣는 삼십여 명 중에 한 명이었으며, 그래서 어린 시절 강영의 영웅이었던 인물이다.

강영은 검인협 같은 인물이 되기 위해서 밤낮없이 검술을 연마했다. 검인협은 그의 전부였다.

물론 그가 해남검파에 입문한 후로는 닮고 싶은 인물이 해남검파의 태상문주인 벽파검과 천하제일인 정협으로 바뀌었지만.

"조천검웅 강은술이란 분하고는 어떤 사이인가?"

강영의 성이 강 씨라고 하자 그렇게 묻는 연충조였다.

"후배의 조부이십니다."

'이런 우연이 있나!'

연충조는 일어나서 반갑게 강영의 손을 잡았다.

"반갑네! 조부께선 여전히 건강하시겠지?"

"삼 년 전에 새로운 무공을 연공하신다고 폐관하셨다가 주화입마로 돌아가셨습니다."

"저런……."

연충조의 얼굴에는 크게 놀라는 기색에 이어 안타까워하는 표정이 역력히 떠올랐다.

"아아, 광동의 큰별이 졌구나."

강영은 연충조가 진심으로 애통해하는 모습을 보이자 콧날이 시큰해졌다.

그는 조부를 부모보다 더 믿고 의지했었으니 슬픔도 남다를 수밖에 없었다.

"자네가 어린 나이에 해남검파의 삼대제자가 됐으니, 조부께서도 지하에서나마 크게 기뻐하실 걸세. 아무쪼록 훗날 가문을 빛내는 사람이 되게."

"감사합니다."

이런 식으로 강영 자신을 위로해 주는 사람은 없었다. 부모는 조부의 자식이며 며느리라서 슬퍼했고, 가족끼리는 가족이라서 서로 위로했지만, 이런 진심 어린 위로를 남에게서 듣기는 처음이었다. 그래서 강영은 하마터면 눈시울이 뜨거워지며 눈물이 솟구치려는 것을 간신히 참았다.

강영은 연충조를 본 적이 없었다. 그가 태어났을 무렵에는 연충조가 조천검무관을 떠나 광동 일대를 두루 행협하다가 은한문에 입문한 지 몇 년쯤 지난 후였다.

하지만 강영은 몇 마디 대화가 오간 이후 연충조를 친숙부처럼 생각하게 됐다.

연충조는 남에게 쉽사리 말을 건네거나 자신의 속내를 내보이는 사람이 아니었다. 하지만 일단 그가 상대에게 그렇게 대하면 거의 모두 그의 진심을 믿어주었다. 그러나 그런 경우는 평생을 통틀어 다섯 손가락에 꼽을 정도였다.

"아까 듣자니까 자네가 정협의 전인을 알고 있는 것 같던데……."

이제 본론으로 들어갈 때였다.

"들으셨습니까?"

"응. 옆에 있다가 우연히 들었네."

강영은 정색을 했다.

"선배님께서도 정협의 전인을 원하십니까?"

보통 사람이라면 어린 시절의 영웅이며 친숙부처럼 가까워진 사람에겐 쉽사리 물을 수 없는 말이었다.

그러나 강영은 물었다. 끊고 맺음이 정확하다는 것이 강영의 장점이었다.

반면에 그런 점은 동료들에게는 별로 환영받지 못하는 냉정함으로 비추어지기도 했다.

"나는 정협의 신공 비서에는 관심이 없네."

"그럼?"

이곳에는 정협의 전인을 노리는 사람들만 모여 있었다.

정협의 전인을 돕는 개방오척이나 연충조 같은 사람의 존재를 모르고 있는 강영이 보기에는 그랬다. 그러므로 연충조의 말은 의혹을 사기에 충분했다.

"나는 한 명의 원수를 쫓고 있는데, 그자가 이곳에 있다는 소식을 듣고 달려왔네."

연충조는 평생 거짓말을 하지 않은 사람으로도 유명했다. 그러나 지금 같은 상황에서는 거짓말을 할 수밖에 없었다. 아들을 위해서라면 그보다 더한 일도 서슴지 않을 그였다.

강영은 조금 전에 연충조를 처음 봤지만 그의 강직한 성품에 대해서는 조부와 조천검무관의 사람들, 그리고 소문으로 들어서 익히 잘 알고 있었다.

그랬기에 연충조의 말을 의심하지 않았다.

"그놈도 정협의 전인을 노리는 모양이니, 정협의 전인의 근처에 있다 보면 만나게 되겠지."

"그렇겠군요."

강영은 연충조의 원수에 대해서는 별 관심이 없었기 때문에 그저 건성으로 대답했고, 거짓말로 원수를 만들어낸 연충조도 건성으로 받아들였다.

"후배는 정협의 전인이라는 저 소년을 오 년 전에 만난 적이 있습니다."

이윽고 강영은 설명을 시작했다. 자신이 연운정을 처음 만나 비검을 하여 패했던 일. 이후 해남검파에서 자신은 입문에 통과했고, 연운정은 탈락한 일. 그리고 오 년이 지난 후 이번 임무 중에 연화산 근처 해풍현에 갔다가 객잔 겸 주루를 운영하고 있는 연운정의 모친 송하려를 만났던 일 등을 두루 이야기해 주었다.

연충조는 평소에 감정의 기복이 심하지 않은 사람이지만, 강영의 설명을 듣는 동안에는 그럴 수가 없어서 표정이 수시로 변했다.

다행히 강영은 먼 허공을 응시한 채 과거를 회상하면서 그 자신도 얼굴 표정을 변화시켜 가며 설명을 하느라 연충조의 표정이 미미하게 여러 차례 변하는 것을 발견하지 못했다. 설명을 끝낸 후에도 그는 한동안 허공을 응시하고 있었다.

그러는 사이 연충조는 감정을 얼굴에 드러내지 않으려고 애를 쓰고 있었다.

하지만 그게 생각처럼 쉽지 않았다. 칠 년 만에 처음 접한 가족의 소식이었다.

그는 집을 떠날 때 아내 송하려에게 이 년 후 아들이 십이 세가 되면 해남검파에 입문시키라고 당부했었다.

자신이 이루지 못한 한을 풀려는 마음도 있었지만, 그보다는 연운정을 훌륭한 검객으로 만들고 싶었기 때문이다.

그러기 위해서는 산미촌과 같은 광동성에 위치해 있으면서도 실력이나 명성이 결코 구파일방에 뒤지지 않는 해남검파에 입문시키는 길이 최선이었다.

아내는 남편의 당부를 잊지 않고 아들을 데리고 해남검파까지의 천오백여 리 먼 길을 떠났다. 그 도중에 강영이 아내와 아들을 만났다는 것이다.

그 당시 강영은 십사 세로 아들보다 두 살이나 위였으며, 그가 지방의 명문가인 조천검무관의 후계자로서 어렸을 때부터 좋은 환경에서 조부와 부친으로부터 탄탄한 기초 무술과 검법을 연마했으리라는 것은 누구라도 쉽게 짐작할 일이다.

반면에 자신의 아들은 연충조에게 여덟 살 때 겨우 검을 잡는 법과 기본적인 자세 정도만을 직접 배웠을 뿐이으며, 그나마도 가끔 틈날 때뿐이었다.

열 살이 되면 본격적으로 가르칠 계획이었는데, 아들이 열 살 되던 해에 노모가 급병으로 죽는 일이 벌어졌다.

의원이 치료비로 요구하는 은자 다섯 냥이 없어서 연충조는 비 오는 거리에서 숨이 끊어지는 노모를 품에 안은 채 소리 죽여 오열해야만 했다.

그래서 연충조는 돈을 벌어야겠다고 이를 악물고 결심했으며, 거금 천 냥을 선불로 내놓는 어떤 조직을 선뜻 따라나섰다가 예상하지도 못했던 비살루의 실수가 되고 말았다.

어쨌든 그래서 그는 계획대로 아들에게 검법을 제대로 가르치지 못했고, 부랴부랴 해남검파의 삼검법인 비운검법의 자세와 구결만 겨우 가르쳐 주고 떠나는 데에 그쳤다.

그런데 이 년 후 강영이 그 아들과 비검을 하여 패했다는 것이다. 암수와 꼼수가 아닌, 정정당당히 비운검법 대 비운검법으로 싸운 결과였다고 한다.

비검에서 패한 강영의 입에서 그 말을 들었을 때 연충조는 너무 기뻐서 자신도 모르게 얼굴 가득 함박웃음을 지었다. 곁에 강영이 없었다면 시원하게 파안대소를 터뜨렸을 것이다.

만약 강영이 그런 연충조의 얼굴을 봤더라면 매우 껄끄러운 상황이 벌어졌을 것이다.

패한 당사자의 설명이 그 정도였으니, 정작 아들은 더 통쾌하게 승리하지 않았겠는가. 연충조는 그것까지 미루어 짐작하고는 더 흐뭇했다.

그러나 이후 아들은 해남검파의 문턱을 넘지 못하고 분루를 삼키면서 돌아섰다고 한다.

강영은 그것을 보며 통쾌했다고 말했다. 그러나 그 말을 전해 들은 아비의 심정은 참담했다.

강영은 아들이 탈락된 이유가 사파인인 조부 때문이라고 했다. 조부, 즉 연충조의 부친은 그가 어릴 때 집을 나갔는데, 결국 사파 적도단의 단주인 자신의 부친을 찾아간 모양이었다. 그것 때문에 아들 연운정은 탈락의 쓰디쓴 고배를 마셔야만 했다.

이 대목에서 연충조는 부친 연도상에 대한 원망과 증오 때문에 숨을 쉬기 힘들 정도로 분노했다. 그리고 같은 선상에서 살수인 자신의 신분 때문에 어쩌면 아들이 장래에 치명적인 난관에 봉착할는지도 모른다는 생각을 하기에 이르러 목이 조여지는 고통을 느꼈다.

그래서 그는 그때 한 가지 결심을 했다. 자신이 비살루의 살수였다는 사실을 완벽하게 감추지 못할 경우에는 죽을 때까지 아들과 아내 앞에 나타나지 않겠노라고.

강영은 마지막으로 사십여 일 전에 광동 해풍현에서 운정각이라는 객잔을 운영하는 연운정의 모친 송하려를 만났다고 말해주었다.

그는 그녀를 보면서 과거에 연운정에게 품었던 부질없는 앙금을 깨끗이 씻어버렸던 것이다.

그런데 연운정이 정협의 전인이라는 어마어마한 신분으로 이곳에 있을 줄은 꿈에도 예상하지 못했기에 어이없어하다가 지그시 어금니를 악물었다.

슥!

그때 강영이 일어서서 꽤 멀어진 무림인들을 향해 빠르게 쏘아가자 연충조도 즉시 뒤따랐다.

강영과 연충조는 무림인들을 거의 밀쳐 내다시피 하며 절벽 가로 향했다.

두 사람이 다다른 절벽 가에서는 뗏목에 타고 있는 연운정과 사도혜의 옆모습보다는 앞모습이 더 가깝게 보였다.

그런 위치에 서 있다는 것은 연충조로서는 대단한 모험이었으나 아들의 모습을 잠시라도 더 보고 싶다는 욕망이 더 컸으므로 잠시 동안만 위험을 감수하기로 했다.

그는 그 순간부터 아들의 얼굴에서 눈을 떼지 못했다.

뗏목에 탄 채 거의 한 몸처럼 안고 안겨 있는 두 사람은 거지꼴이나 다름없었다.

그러나 소년은 정협의 전인이고, 소녀는 천하제일미라고 칭송받는 천봉화용이었다.

즉, 와룡봉추(臥龍鳳雛)인 것이다.

천하제일미는 정협의 전인 품에 거의 안긴 듯한 자세로 나란히 앉아 있었다.

그 모습을 바라보는 연충조의 입가에 훈훈한 미소가 감돌았다. 여러 악조건 속에서 그것만이 유일한 위안이었다.

만약 아들이 정말 정협의 전인이라면 연충조의 기쁨은 더 컸겠지만,

하늘이 무너져도 그럴 리는 없다고 생각했다.

그때 옆에 서 있던 강영의 나직한 중얼거림이 연충조의 입가에서 미소가 사라지게 만들었다.

"좋아, 결심했다. 반드시 연운정, 너를 실력으로 꺾고 천하제일미를 내 여자로 만들겠다."

강영은 굳어 있는 연충조의 표정은 아랑곳하지 않고 그를 돌아보며 흐릿하게 미소 지었다.

"선배님, 그 정도면 정말 근사한 복수가 아니겠습니까?"

무엇이 복수라는 말인가? 복수란 상대가 자신의 피붙이를 죽였다던가, 자신을 죽이려고 했다던가, 어떤 큰 피해를 입혔을 때에만 가능한 것이다.

그러나 연운정은 강영에게 잘못한 것이나 실수한 것이 조금도 없었다. 오 년 전의 비검은 강영이 청했던 것이며, 비겁했던 것도 강영 자신이었다. 그러므로 그가 방금 말한 '복수'라는 말은 '질투'라는 말로 바꿔야만 옳을 것이다.

제이대(第二代) 정협

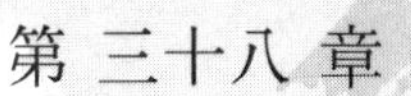

第 三十八 章

　열 명의 도인(道人)이 울창한 숲 속을 가로질러 흐르는 맑은 계류 가 바위 근처에 모여 앉아서 선식(仙食)으로 요기를 하며 휴식을 취하고 있었다.

　한 명의 노도사와 두 명의 중년 도사, 그리고 일곱 명의 청년 도사들로서 모두들 도의(道衣)를 입고 도관(道冠)을 쓴 엄숙한 모습인데, 노도에서부터 소도에 이르기까지 모두 비범한 신태를 지니고 있었다.

　노도인은 혼자 높은 바위에 책상다리로 앉아서 물에 탄 곡식 가루를 훌훌 마시고 있고, 두 명의 중년 도인은 그 아래 낮은 바위에 마주 앉았으며, 나머지 청년 도인들은 자갈 바닥에 앉아서 식사를 하고 있는데 일체의 소리도 흘러나오지 않아서 마치 그곳에 아무도 없는 듯했다.

　노도인은 빈 그릇을 옆에 내려놓고 지그시 눈을 감았다.

　두 명의 청년 도인이 일어나 빈 그릇을 모두 모아 하류 쪽으로 내려가 씻고 돌아오자 모두들 눈을 감고 명상에 잠겨 있었다.

다섯 명의 청년 도인은 노도인과 두 명의 중년 도인이 앉아 있는 두 개의 높고 낮은 바위 둘레를 일정한 거리와 간격을 두고 빙 둘러앉은 모습이었다.

그릇을 씻고 돌아온 두 명의 청년 도인은 빈자리를 찾아 앉고는 곧 눈을 감고 명상에 들어갔다.

그런 그들 열 명의 도인들 모습은 마치 계류나 바위 자갈밭과 일체가 된 듯했다.

즉, 무위자연(無爲自然)의 모습이었다. 그들은 다름 아닌 나부파의 도인들이었다.

"영유(靈流)야."

그때 노도인이 눈감은 채 조용히 입을 열었다.

"네, 사부님."

낮은 바위에 앉아 있던 두 명의 중년 도인이 노도인을 향해 나란히 무릎을 꿇고 머리를 조아리는데, 그중 오른쪽의 도인이 공손히 대답했다.

"얼마나 더 가야 하느냐?"

"정협의 전인은 복건성의 용계현에서 산을 타고 줄곧 북상하다가 방향을 바꿔 서북향으로 했다고 하는데, 다시 방향을 바꾸지 않았다면 아마 지금쯤 무이산 남쪽이나 구련산 북쪽 어딘가에 있을 것으로 추정됩니다. 그리고 이곳은 신풍수(新豊水)의 중류로 구련산의 남단까지는 이백여 리 정도 남았습니다."

광동성의 동쪽은 복건성이고, 동북쪽은 강서성이, 서북쪽은 호남성, 서쪽은 광서성이다.

연운정은 광동성의 해풍현을 떠나 복건성 용계현에서 동북쪽으로 한동안 북상하여 복건과 강서성의 접경 지역인 무이산 한복판까지 갔다가 다시 진로를 서북으로 잡아 밤낮으로 달려 무이산 남단을 지나 현재 구련산 북쪽에 도달한 상태였다.

그가 집을 출발하여 지금껏 걸은 거리는 무려 사천여 리에 달했지만, 기실 집이 있는 해풍현에서 구련산 북쪽까지는 북북서 방향으로 사백여 리에 불과했다.

결국 그는 오른쪽으로 크게 타원형을 그려 집 가까이에 이르러 있는 것이었다.

만약 처음부터 구련산을 향해 출발했더라면 넉넉하게 잡아도 열흘이면 충분히 닿을 거리였다.

"정협의 전인이 무극검법을 어디까지 전개했다고?"

노도인이 눈을 뜨며 다시 물었다. 그는 칠십여 세 정도의 나이에 눈부신 은빛 머리카락과 명치에까지 이르는 은염을 기른 신선 같은 풍모였다.

무진자(無塵子)가 그의 도호(道號)이며, 당금 나부파의 장문인 무애자(無涯子)의 사형으로서 나부파 세 명의 장로인 나부삼로(羅浮三老)의 맏이였다.

지금 무진자를 향해 나란히 무릎을 꿇고 있는 두 명의 중년 도인은 무진자의 두 제자, 영유와 영성(靈星)이었다.

그리고 일곱 명의 청년 도인은 그 둘이 가르치고 있는 칠십 명의 제자 중에서 이번 외유에 선발된 가장 우수한 제자들이었다.

"정협의 전인은 몇 차례 무극검법을 사용했는데, 오검을 전개하는 것이 목격됐다고 합니다."

나부파에서는 무극십이검을 무극검법이라고 한다.

나부파는 닷새 전에 한 사람이 보낸 서찰 한 통을 받았다.

그 사람은 정협의 전인을 쫓던 인물 중 한 명으로 나부파와 깊은 친분이 있었는데, 정협의 전인이 무극십이검을 사용하는 광경을 직접 목격한 후 그가 나부파와 관계가 있다고 판단하여 추적을 포기했다고 한다.

그 서찰에는 정협의 전인이 무극십이검의 오검을 펼치는 것을 봤으며, 완벽한 검초였다고 적혀 있었다.

무극십이검은 나부파의 제자들만 연마하도록 철저히 관리되고 있는 것으로도 유명하다.

그런데 다른 사람도 아닌 정협의 전인이 무극십이검을 전개했다는 것이다. 그래서 그것 때문에 정협의 전인이 나부파의 제자가 아니냐는 소문이 파다하게 퍼져 있는 상황이었다.

나부파는 즉시 자체적인 조사에 착수했다. 지난 오 년 동안 나부파에서 파문당하거나 스스로 나간 문하 제자 삼십여 명의 행적을 추적하는 한편, 나부삼로의 맏이인 무진자가 직접 정협의 전인을 만나기 위해서 문파를 떠난 것이다.

영유의 말에 무진자는 바위에서 내려섰다.

"정협의 전인은 겨우 십칠팔 세에 불과한 소년이라던데 무극오검을 전개하다니 놀라운 일이로군."

그의 말에 영유와 영성은 계면쩍은 표정을, 청년 도인들은 고개를 숙이고 부끄러운 표정을 지었다.

현재 영유와 영성은 무극오검을 수련 중이었고, 청년 도인들은 삼검 혹은 사검을 수련하는 중이었다. 그런데도 그들은 나부파 내에서 일류에 속할 정도로 실력자들이었다.

청년 도인들 중에서 가장 나이가 어린 사람이 이십오 세라는 것과 영유와 영성의 나이가 사십대 중반을 넘었다는 사실을 감안한다면, 불과 십칠팔 세인 정협의 전인은 실로 놀라운 성취를 이룬 것이라 할 수 있었다.

더구나 그는 정협의 신공을 연마하기에도 시간이 부족했을 것이다.

그러니 그는 일부러 자투리 시간을 내어 무극십이검을 연마했을 터이다. 그런 데도 불구하고 짧게는 오륙 년, 길게는 십오륙 년 동안이나 무극십이검 하나에만 전력한 청년 도인들보다 더 나은 성취를 보였다고 하니, 청년 도인들이나 영유, 영성이 부끄러워하는 것은 당연했다.

"그 소년이 누군지 궁금하군."

무진자는 구련산이 있는 북쪽 하늘을 바라보며 중얼거렸다.

영유와 영성은 평소에 극도로 말을 아끼는 사부가 정말 정협의 전인에게 관심이 많다는 것을 알 수 있었다.

무진자뿐 아니라 영유나 영성, 청년 도인들도 정협의 전인이 대체 누군지 궁금하기는 마찬가지였다.

만약 정협의 전인이 나부파의 제자라면, 현재 그를 추적하고 있는 모든 무림인들은 당연히 나부파의 적이 될 것이다.

과거 나부파는 구파일방에 속했을 정도로 명성과 세력을 떨쳤지만, 이백여 년 전부터 문파에서 특출한 인재가 나지 않아 점점 쇠퇴하여 오늘에 이르렀다.

나부파의 성쇠(盛衰)는 무극십이검에 달려 있다고 해도 과언이 아니었다. 문파 내에서 무극십이검을 최소한 십검까지 연성한 제자가 배출되었을 때에는 나부파가 흥했고, 그러지 못했을 때에는 쇠락의 길을 걸어왔다.

그 말은 지난 이백여 년 동안 나부파에서 무극십이검을 십검까지 익힌 인물이 없었다는 것을 의미했다.

하지만 나부파의 강성과 쇠락하고는 관계없이 그들이 개파 이래 지금껏 고수해 오고 있는 것이 있었다. 자신들이 결코 남에게 피해를 주지 않는 대신 남들이 자파에 피해를 주거나 핍박하는 것을 절대로 묵과하지 않는다는 자존심 같은 것이었다.

나부파의 자존심은 천하가 인정하고 있었다. 그러므로 그들은 만약 정협의 전인이 나부파의 제자로 판명이 나면 정말 수만 명의 추적자들을 적으로 삼을 것이 분명했다.

장문인은 그 결정권을 사형인 무진자에게 전적으로 일임했다. 무진자의 결정 여하에 따라서 나부파는 자존심을 걸고 수만 명의 무림인들을 상대해야 될는지도 모르는 일이었다.

"가자."

짧은 말과 함께 무진자는 가볍게 어깨를 흔들어 사 장여 폭의 계류를 단번에 건너갔다.

마치 허공을 걸어가는 듯한 유유한 경공술이었다. 그러자 영유와 영성, 청년 도인들도 분분히 무진자의 뒤를 따랐다.

*　　　　*　　　　*

죽장신개는 초조한 표정으로 초원의 끝을 쳐다보았지만 갈색으로 변한 풀들이 바다처럼 넘실거리는 것 외에는 아무것도 눈에 띄지 않았다.

그는 드넓은 초원이 끝나고 울창한 숲이 시작되는 경계 지점에서 서성이고 있었다.

일각이 여삼추 같은 상황에서 벌써 한 시진 넘게 사람을 기다리고 있는 중이었다.

숲 가의 나무그루터기에는 한 명의 은삼노인이 마치 숲의 일부인 듯한 모습으로 앉아 있었다.

그는 초조한 표정의 죽장신개와는 달리 한껏 여유로운 표정을 지은 채 늦가을의 시리도록 파란 하늘을 비스듬한 시선으로 응시하고 있었다.

성검협(聖劍俠) 은기상(殷琦祥).

무림이 은삼노인에게 헌상한 별호였다.

그는 무림이십오기의 상위 여섯 명, 즉 천성절의 이성(二聖) 중 한 명이었다.

천하는 넓고 기인이사는 모래알처럼 많다고도 하며 진짜 강한 고수들은 모습을 나타내지 않은 채 심산은곡에 칩거해 있다고 하지만, 어쨌든 성검협은 당금 무림을 통틀어 가장 고강한 삼인 중 한 사람에 속한다.

아니, 정협이 죽었으므로 이성, 즉 성검협과 무적도성(無敵刀聖)이 가장 고강한 인물인 셈이다.

성검협 은기상의 외모는 모든 것이 은일색(銀一色)이었다. 은발에 은염, 은삼, 그리고 오른쪽 어깨에 비스듬히 메어져 있는 검조차도 은검(銀劍)이었다.

그의 성 '은(殷)'과 은색의 '은(銀)'은 전혀 다른 의미인데도 그가 은색을 고집하는 것은 아마도 그의 고결한 성품과 깔끔함 탓인 것 같았다.

그는 팔십오 세의 고령이지만 얼굴에는 주름이 거의 없었으며, 오히려 팽팽하기까지 했다. 그리고 어린 소년처럼 은은한 홍조마저 떠올라 있었다.

"기다리시게 해서 죄송합니다, 형님."

죽장신개가 미안한 표정으로 은기상에게 말했다. 죽장신개는 비록 거지들의 우두머리지만 자존심 하나만큼은 타의 추종을 불허할 정도로 높고 강한 인물로 정평이 나 있어서 강호에서는 물론 구파일방의 명숙들조차도 그를 함부로 대하지 못했다.

그런 그에게 '형님'이라는 호칭과 함께 깍듯한 예의를 받을 수 있는 인물은 천하에서 은기상 한 명뿐이었다.

은기상은 만인의 존경을 받는 정파의 거목이었다. 배분으로도 현존하고 있는 무림인들 중에서 최고의 위치에 있었다.

그와 비슷한 연배로는 소림사 방장인 혜각 선사(慧覺禪師)와 무당 장교 현진자(玄眞子), 해남검파의 태상문주 벽파검, 그리고 무림이십오기에 서너 명 있는 정도에 불과했다.

"노부는 개의치 말게. 오랜만에 산에 오니 오히려 좋구먼."

은기상은 손을 저으며 죽장신개의 마음을 가볍게 해주었다.

그는 하늘과 초원을 느긋하게 둘러보면서 마치 산천경개라도 구경하는 듯한 모습이었다.

"본 방의 제자들이 그를 만났다는 전갈을 받은 것이 이틀 전인데, 아직 오지 않는 것을 보면 아무래도 이곳을 못 찾고 헤매는 중인 것 같습니다."

은기상과는 달리 죽장신개는 초조한 표정으로 초원 쪽을 살피면서 덧붙여 말했다.

그러다가 문득 그의 눈이 빛났다. 초원 끝에서 이쪽을 향해 달려오고 있는 몇몇의 사람들을 발견한 것이었다.

달려오는 사람은 송명군과 두 명의 중년인, 그리고 하원과 십여 명의 무사들이었다.

"죽장신개 선배님이십니까?"

죽장신개의 앞에서 멈춘 송명군이 거친 숨을 몰아쉬면서도 정중히 포권하면서 물었다.

"그렇소. 귀하는 은한문주신가?"

"그렇습니다."

처음에 송명군은 죽장신개를 만나기 위해서 복건성 용계현으로 향했다가 중도에 개방 제자의 연락을 받고 방향을 바꿔 이리로 달려온 것이었다.

　죽장신개는 정협의 전인에 대한 보고를 수시로 받고 있다가 사태가 급박해지자 더 이상 앉아만 있을 수 없어서 은기상과 함께 출발하여 이곳 무이산 남단에 이르러 있었다.

　"이리 오시게. 문주에게 꼭 확인해야 할 일이 있네."

　죽장신개는 송명군이 변방 소문파의 문주라고 해서 함부로 대하지 않았다.

　구파일방의 하나인 개방 방주와 은한문은 비교 자체가 되지 않을 정도의 명성과 세력인데도 말이다.

　그는 원래 예절이나 상식에 구애받지 않는 사람으로 유명해서 무림인들을 거칠게, 혹은 안하무인으로 대하지만 송명군에게만은 그럴 수가 없었다.

　정협의 전인은 무림인들에게 쫓기는 과정에서 은한문의 은한팔검과 나부파의 무극십이검을 사용했다.

　그것은 그가 은한문, 혹은 나부파와 밀접한 관계가 있다는 뜻일 수도 있었다.

　정협은 무림의 배분이나 나이에 구애받지 않는 신분이다. 또한 무림의 모든 구속이나 예절, 상식으로부터 초월한 인물이다.

　정협은 문파에 소속되지 않았으면서도 구파일방을 수족처럼 부리며, 혼자이면서도 정파의 정상에 서 있는 인물로서, 무공을 떠나서 인격과 권위만으로도 천하제일인이었다.

　정협이 죽었다는 것은 거의 기정사실이다. 정협의 전인이 출현했다는 사실이 그것을 반증하고 있었나.

　그렇다면 정협의 전인이 곧 정협이었다. 그가 바로 위에 설명했던 정협의 모든 권위와 자격을 고스란히 물려받게 되는 것이다.

　과거 정협과 친분이 있었던 사람은 손가락으로 꼽을 정도로 극소수이다. 그러나 그들은 그 이유 하나만으로도 전 무림인으로부터 존경을 받았다.

만약 송명군이 정협의 전인과 밀접한 관계에 있는 사람이라면, 죽장신개는 지금보다 더 언행에 조심을 기해야 할 것이다.

송명군이 앞에 서고 그 뒤에 두 명의 중년인—이들은 송명군 연충조와 사형제 간이다—과 하원이 뒤에 서 있는데, 그들의 면전에는 은기상이 앉아 있었다.

송명군 일행은 은기상을 보는 순간, 그의 외모와 그에게서 풍겨지는 풍모만으로도 철저하게 압도된 상태였다.

마치 방금 천상에서 강림한 듯한 은기상의 선풍도골한 모습은 과연 지상의 인간들이 지니고 있는 그런 것과는 큰 차이가 있었다. 그러나 송명군은 은기상과는 비교도 안 될 정도로 높은 신위의 인물을 오 년 전에 한 번, 그것도 아주 잠시 대한 적이 있었다.

"이분은 성검협 은기상 대협이시네."

죽장신개가 은기상을 가리키며 엄숙하게 소개했다.

송명군 일행의 얼굴에 극도의 경탄이 떠올랐다.

그들은 즉시 몸가짐을 바로 하고 은기상을 향해 포권하며 깊숙이 허리를 굽혔다.

"무림말학 은한문의 송명군이 은 대협을 뵈옵니다."

송명군 등이 설혹 삼생을 산다고 해도 어찌 은기상 같은 일대영웅을 직접 대면할 기회가 있겠는가. 아니, 개방주인 죽장신개 정도의 인물도 만날 일이 없을 터이다.

"단도직입적으로 묻겠네."

은기상이 초연한 표정과 음성으로 말문을 열었다.

"지금 무림인들이 추적하고 있는 소년이 정협의 전인이라고 분명하게 말할 수 있겠나?"

송명군이 즉시 허리를 굽혔다.

"분명합니다."

모든 사람들이 해연이 놀라서 송명군을 쳐다보았다. 비단 은기상과 죽장신개뿐만 아니라 그의 일행인 두 명의 중년인과 하원마저도 놀라움을 금치 못했다. 그들은 과거 오 년 전에 송명군이 해남도가 마주 바라보이는 해안이라는 포구에서 정협을 만났던 일을 모르고 있었기 때문이다.

송명군은 그날의 일을 지금 이 순간까지 누구에게도 발설한 적이 없었다.

은기상은 당금 무림에서 가장 배분이 높고 수양이 깊은 인물이지만, 이 순간만큼은 얼굴에 긴장하는 기색이 역력했다. 그는 진중히 송명군에게 물었다.

"어째서 그렇게 확신할 수 있는지 물어도 되겠나?"

송명군의 얼굴에 더없는 황송함이 가득 떠올랐다.

"후배는 영광스럽게도 정협을 직접 만나 뵈었습니다."

"오오! 그게 정말인가?"

은기상은 탄성을 터뜨렸다. 그의 얼굴에는 격정이 가득 일렁였다.

그가 그럴진대 죽장신개와 다른 사람들의 반응은 두말해서 무엇하겠는가.

"그래! 언제 그분을 만나 뵈었는가? 그분은 어떠셨는가? 건강하시던가?"

은기상은 흥분을 감추지 못하고 와르르 질문을 쏟아냈다.

죽장신개는 그가 이처럼 격동하는 모습을 일찍이 본 적이 없었다. 하지만 충분히 이해할 수 있었다.

다름 아닌 정협에 대한 얘기가 아닌가? 게다가 은기상은 정협과 특별한 관계였기에 더욱 그랬다.

송명군은 오 년 전 해안에서 정협 담운정을 만나게 된 과정에 대해서 상세히 설명했다. 그러다 보니 조카 연운정에 대해서도 설명할 수밖에 없었다. 연운정이 해남검파에 입문하러 갔다가 생긴 일이었으니 그를 빼고는 설명 자체가 되지 않았기 때문이다.

설명을 하는 송명군이나 듣는 사람들 모두 만면 가득 흥분과 감격을 감추지 못했다.

"아아… 존가(尊哥)!"

은기상은 눈물을 글썽였다. 무림에서 가장 존경받는 노기인의 그런 모습은 중인을 숙연하게 만들었다.

정협이 무림에서 한창 활동할 무렵에 은기상은 그를 형(兄)으로 받들어 모셨다.

은기상과 정협은 나이 차가 사십여 세 가까이 났지만 은기상이 정협을 존경하여 한사코 의형제 맺기를 원했다. 그러나 은기상은 정협을 감히 '형'이라 부르지 못하고 극존칭인 '존가'라고 호칭했다.

정협을 '형'으로 모시는 사람은 천하를 통틀어 단 세 명이 있을 뿐이었다.

은기상과 천성절 '절'의 한 명인 금창절(金槍絶) 도림설(都琳薛)과 무림이십오기 중 한 명인 균천선음(鈞天仙音) 선하린(宣霞潾)이 바로 그들이었다.

세인들은 이들 세 명을 정협의 세 아우라는 뜻으로 정삼제(正三弟)라고 일컬었다. 그들은 정협의 아우들이면서 전령사 혹은 수하를 자처했다.

그때 갑자기 은기상이 일어나 송명군에게 포권하면서 정중히 허리를 굽혔다.

"무례를 용서하시오. 노부 은기상이 귀공께 인사드리겠소."

죽장신개도 옆에서 은기상보다 더 깊숙이 허리를 굽히고 있었다. 송명군은 화들짝 놀랐다. 나이로 보나 배분으로 보나 그 무엇으로도 은기상은 하늘 같은 존재였다.

하지만 송명군은 은기상에게 손을 댈 수가 없어서 오히려 그보다 더 깊숙이, 아예 이마가 땅에 닿을 정도로 허리를 굽혔다.

"이… 러지 마십시오, 두 분."

"귀공은 정협의 전인, 아니, 이제 제이대(二代) 정협이 된 분의 외숙이므로 예우를 받아 마땅하오."

"노선배님……."

"정협은 위대하고 또 위대하오. 그러므로 당연히 우리에게뿐만 아니라 천하인들로부터 무상의 존경을 받아야 하는 것이오."

은기상은 정파인이 아니라 천하인이라고 말했다. 과거 정협은 마종과의 결전에서 그를 굴복시킴으로써 곧 닥쳐올 미증유의 대혈겁을 종식시켰다.

그 당시 궁지에 몰렸던 정파는 균천협맹(鈞天俠盟)이라는 명칭의 무림맹을 결성했다. 그래서 머지않은 미래에 마종이 이끄는 마총신군(魔總神軍)과 대대적인 일대결전을 계획하고 있었다.

만약 정협이 마종을 굴복시키지 않았더라면 오천여 명의 균천협맹 정파인들과 삼만여 명의 마총신군 마도 고수들, 그리고 맹목적으로 마종을 따르는 십만여 명에 이르는 사파인들까지 한데 뒤섞여 최후의 승자가 남을 때까지 공전절후의 무림전쟁(武林戰爭)을 벌였을 것이 분명했다.

그러므로 정협은 십삼만이 훨씬 넘는 인명을 구한 것이고, 그들의 죽음에 몸부림치며 괴로워하게 될 가족과 친지들까지도 절망에서 구한 셈이었다.

실로 누천 년 무림사에 정협과 같은 불세출의 영웅은 오직 그 한 명뿐이었다. 그런 정협의 업적에 대해서 정파인들은 말할 것도 없고, 많은 사파인들과 심지어 마도인들까지 고개를 끄덕이며 인정했다는 후문이 파다했다.

하지만 송명군은 좌불안석이었다. 조부가 살아 있다고 해도 은기상 보다는 어릴 것이며, 그는 당금 무림에서 배분이 가장 높은 무림기인이 아닌가.

은기상이 허리를 펴자 송명군은 비로소 죄를 용서받은 것 같은 심정이 되어 한시름을 덜어냈다.

"제이대 정협에 대해서 자세히 설명해 주시겠소?"

은기상은 정협의 전인을 정협으로 인정하고 물었다.

송명군은 자신이 아는 한 연운정과 그 주변 환경에 대해서 빼놓지 않고 설명했다.

그가 설명하는 중에 그와 동행한 두 명의 중년인, 즉 태한(泰汗)과 국천(菊川), 그리고 하원은 연운정이 정협의 전인, 아니, 정협이라는 경천동지할 사실 때문에 그때까지도 놀라움에서 헤어나지를 못하고 있었다.

태한과 국천은 송명군, 연충조와 함께 사형제 간인데, 한창 시절에 네 사람은 은한문의 사범으로서 은한사웅(銀漢四雄)이라고 불렸을 정도로 광동 전백현 일대에서는 의협심과 우정이 남달랐다.

두 사람은 현재 문주인 송명군의 좌우호법을 맡고 있었다. 그들은 오 년 전에 연운정을 보았을 때 오랫동안 헤어져 있던 친자식을 만난 것보다 더 반가워했다. 그런 그가 정협이 되었다니 천하를 다 가진 것처럼 기뻐하는 것이 당연했다.

"과연! 과연 존가께서 적전으로 삼으실 만한 출중한 인재로고!"

송명군의 설명을 모두 듣고 난 은기상은 격절탄상(擊節嘆賞)하며 흐뭇해하였다.

물론 그는 연운정이 은한문의 은한팔검과 나부파의 무적십이검을 그토록 빨리 습득했다는 사실에도 놀라워했으나, 그가 효심이 지극하고 인품이 후덕하며 천성적인 선함을 지니고 있다는 사실에 더 후한 점수를 주었다.

무림사를 통틀어서 경천동지할 절학을 대성한 인물은 더러 존재했다. 그러나 그런 인물이 군자무본(君子務本)하고 인자지용(仁者智勇)하며 높은 학식까지 갖추고 있는 경우는 손가락으로 꼽을 정도였는데, 정협이 그중 한 사람이었다.

그런데 제이대 정협이 된 연운정 역시 일대 정협과 판에 박은 듯 똑같다고 하니, 은기상과 죽장신개처럼 무림을 염려하는 인물들이 어찌 기쁘지 않겠는가. 과연 정협은 자신과 닮은꼴을 이대 정협으로 고른 것이었다.

"저……."

송명군은 이곳까지 제대로 쉬지도 못하고 달려오는 중에 줄곧 걱정하던 내용을 묻기 위해서 조심스럽게 입을 열었다.

"지금 운정은 어떤 상황입니까?"

"자세한 내용은 우리도 모릅니다. 다만, 정협께서 매우 좋지 않은 상황에 처하신 것만은 분명합니다."

그 순간 송명군은 딛고 선 땅이 아래로 푹 꺼지는 듯한 절망감을 맛보았다.

얼마 전 개방 전백 분타주인 선풍규개로부터 연운정이 처한 상황을 대충 들었을 때부터 잠도 설치고, 음식도 거의 입에 대지 못한 채 줄기차게 달려오기만 했던 송명군과 일행들이었다.

"그동안 정협께서는 줄곧 북상을 하셨는데, 얼마 전부터는 서북쪽으로 향하고 계시는 중이라고 합니다. 물론 극도로 조심하셨겠지만, 현재로서 그 사실을 모르고 있는 무림인은 거의 없을 정도로 파다합니다."

송명군은 또다시 하늘이 무너지는 듯했다. 오 년 전, 연운정이 정협의 전인이 된다는 말에 얼마나 들뜨고 기뻐했던가.

그는 지난 오 년 동안 연운정의 소식을 한마디라도 들으려고 노심초사했었다.

하루에도 수십 번이나 연운정이 있는 산미촌으로 달려가고 싶은 마음을 다잡고 또 다잡았던 그였다. 해안에서 만났던 정협이 그에게 연운정이 대성할 때까지 연락을 끊으라고 말하지 않았다면, 그는 아예 산미촌 송하려의 집에서 함께 살았을 것이다.

그런데 오 년 만에 들려온 소식은 그가 수만 명의 무림인들에게 추적당하고 있다는 절망적인 비보인 것이다.

송명군은 심중의 절망감을 추스르고 죽장신개에게 정중히 말했다.

"선배님, 제발 말씀을 낮추십시오. 못난 외숙이 잘난 조카의 후광을 입자니 감당하기 어렵습니다. 계속 그리시면 후배가 불편하여 대화를 제대로 하지 못할까 심히 우려되는군요."

송명군은 정협의 외숙이라는 지고한 신분이었다.

정파인들의 지탄이 두렵다기보다는 마음에서 우러나 저절로 예우를 갖출 수밖에 없는 입장인 죽장신개였다. 그러나 대화가 불가능하다면 곤란하지 않은가.

그가 쳐다보자 은기상이 가볍게 고개를 끄덕이며 그렇게 하라는 뜻을 비쳤다.

"정히 그렇다면 반공대를 할 테니 용서하시게."

"부탁합니다."

푸드득!

그때 비합전서구 한 마리가 창공에서 맴돌고 있다가 그것을 발견한 죽장신개가 가볍게 휘파람을 불자 쏜살같이 하강하여 그가 내민 팔에 날아내렸다.

전서구의 발목에서 빼낸 서찰을 읽는 죽장신개의 표정이 점차 어두워지더니 끝내 절망적으로 변했다.

"정협과 천봉화용이 뗏목을 타고 구련산 북단에서 발원하는 도강 상류를 흘러가고 있는데, 현재 강 양쪽 절벽 위에 천오백여 명의 무림인들이 모여서 호시탐탐 기회를 엿보는 중이라고 합니다."

은기상 이하 모두의 안색이 급변했다.

"도강 상류면 이곳에서 얼마나 되는가?"

"사백여 리로 산중이라는 것을 감안하면 사흘 정도 거리입니다."

"먼저 가겠네. 설우(薛友)와 린 매(潾妹)에게서 연락이 오면 그리 오라 전해주게."

은기상은 말 한마디 하는 시간도 아깝다는 듯 말을 하면서 숲 속으로 쏘아 들어갔는데, 말의 거의 대부분은 이미 그의 모습이 사라진 숲 속 먼 곳에서 들려왔다.

방금 죽장신개는 실언을 했다. 자신이 사백여 리 산중을 가자면 사흘이 걸리지만, 은기상이라면 이틀, 아니, 전력을 다한다면 하루 반나절 정도면 도강에 당도할 것이기 때문이다.

그는 송명군 일행을 쳐다보며 조금 난감한 표정을 지었다.

그가 볼 때 송명군이 일파의 수장(首長)이긴 하지만 죽장신개 자신에 비해서는 무위가 많이 떨어지는 듯했고, 또 그의 짐작은 그리 틀리지 않았다.

죽장신개의 깜냥으로는 자신이 송명군 일행과 함께 간다면 족히 닷새는 소요될 것 같았다.

송명군은 그가 난색을 표하는 것을 보고 즉시 그의 심중을 알아차렸다.

"후배들은 서둘러서 뒤따라갈 테니 선배님께선 염려 마시고 먼저 가십시오."

"그래주시겠는가?"

죽장신개는 노골적으로 반색을 했지만 송명군은 씁쓸했다. 그러나 내색할 수는 없었다. 자신의 무공이 얕으니 이런 중요한 시기에 조카에게 달려가는 것조차 다른 사람들에게 짐이 된다고 생각하니 그의 심정은 착잡하기 그지없었다.

"후배들에겐 가는 길만 알려주시고 어서 가십시오."

"게 있느냐?"

죽장신개는 기다렸다는 듯이 허공을 향해 나직이 입을 열었다.

그러자 숲과 초원의 풀 속에서 각기 두 명씩 네 명의 청년 거지가 나타나 죽장신개 앞에 나란히 도열한 후 허리를 굽혔다.

"하명하십시오, 방주!"

그들은 개방백영(丐幇百英)이라는 명칭을 갖고 있다. 개방의 수천 제자 중에서 젊으면서도 뛰어난 청년 고수들로만 구성된 조직이었다. 그들은 방주가 직접 수련시키며, 이날까지 숱한 개방 내외의 일들을 처리해 왔다. 또한 그들은 삼십 세가 되면 자동적으로 개방백영에서 물러나야 하는 것으로도 유명했다.

"이분들을 정협이 계신 곳으로 안내해 드려라."

"명을 받듭니다."

네 명의 청년 거지, 즉 개방사영이 깊숙이 허리를 굽히고 복명할 때 죽장신개는 이미 그 자리에 없었다.

송명군은 마음이 급해서 개방사영과 예의를 갖추어 인사를 나눌 여유마저 없었다.

“부탁하오. 어서 안내해 주시오.”

그의 마음만은 이미 조카 연운정에게 당도해 있었다.

개방사영이 앞서고 송명군 일행이 뒤따르며 일제히 숲 속으로 쏘아 들어갔다.

방황하는 부심(父心)

第 三十九 章

"혜 매!"

"하아아… 소녀는 괜찮아요."

급박한 상황 때문에 사도혜에게 추궁과혈수법을 못해준 지 이틀째가 되자 견디다 못한 그녀의 몸이 무너져 가고 있었다.

연운정은 사도혜의 손과 얼굴이 밀랍처럼 하얗게 변해가는 것을 보며 초조함이 극에 달했다.

전신의 혈맥이 막히는 협맥(狹脈) 현상이 급속도로 빠르게 진행되고 있다는 증거였다. 피가 통하지 않으니 몸에 혈색이 사라지는 것은 당연했다.

연운정은 초조하게 양쪽 절벽을 쳐다보았다. 무림인들은 천여 명 이상으로 불어나 있었다.

그러나 절벽이 너무 높아서 뛰어내릴 엄두를 내지 못했고, 설사 능력이나 배짱이 있다손 치더라도 서로 눈치를 보느라 섣불리 먼저 행동에 나서지 못하고 있었다.

추궁과혈을 전개하려면 사도혜의 옷을 모두 벗겨야만 한다.

연운정은 아직 내공이 약하여 옷을 통해서 진기를 주입시키지 못하기 때문이다.

연운정이 옷을 벗긴 채 추궁과혈을 강행한다면 천여 명이 넘는 무림인들이 천하제일미로 추앙받는 천봉화용의 나신을 질리도록 보게 될 터이다.

무림인들이 감히 뗏목에 접근은 못하고 있지만 눈까지 나쁜 것은 아닐 테니까 말이다.

하지만 연운정은 사도혜가 죽어가는 모습을 이대로 지켜보고만 있을 수는 없는 일이었다.

만약 이곳에서 추궁과혈을 시도한다면 정협의 전인이 천봉화용을 나신으로 만들고, 온몸을 마음대로 주물렀다는 소문이 삽시간에 천하에 퍼질 것이다.

연운정은 자신에게 기대어 송알송알 땀 흘리면서 가쁜 숨을 몰아쉬고 있는 사도혜를 보며 갈등을 거듭했다.

"무슨 일이 있는 것 같습니다."

오척이 뗏목을 보며 적잖이 놀란 얼굴로 말했다. 하지만 그가 말하기 전에 개방오척의 네 사람은 뗏목에서 벌어지고 있는 상황을 그보다 더 자세히 보고 있는 중이었다.

"천봉화용이 몹시 아픈 것 같군."

이척이 걱정스럽게 중얼거렸다.

"어디가 어떻게 아픈 거요?"

덩치 크고 식탐이 많은 대신 의협심이 강하며 순박한 삼척이 긴장하며 물었다.

"모르겠어. 무슨 병이 있는 것 같은데……."

사척이 초조한 얼굴로 뗏목을 바라보며 발을 동동 굴렀다.

"무슨 병인지는 몰라도 저대로 놔두면 죽을 것 같습니다. 어떻게 도울 방법이 없겠습니까?"

삼척이 그의 말을 받아 일척에게 따지듯이 요구했다.

"대형! 어떻게 좀 해보슈! 천봉화용을 죽일 셈이오?"

일척은 말은 하지 않았지만 개방사척 네 명을 모두 합친 것보다 더 속이 타고 있었다.

'운정아…….'

아픈 사람은 사도혜지만 연충조의 시선은 아들의 얼굴에 못 박혀 있었다.

아들이 사도혜를 부둥켜안은 채 어쩔 줄 몰라 하는 모습이 너무 안타까웠기 때문이다.

강영은 침묵을 지키며 뗏목만 쏘아보고 있었다. 가끔 그의 목젖이 오르락거리고 주먹을 움켜쥘 따름이었다.

냉정할는지 몰라도 연충조는 사도혜에겐 별 관심이 없었다. 그의 관심사는 오직 아들의 안위뿐이었다. 그가 보기에 아들은 함께 있는 소녀를 좋아하는 것 같았고, 둘 사이가 보통은 아닌 듯했다.

하지만 여자는 많다. 천하의 절반이 여자다. 그러므로 살아 있기만 하면 아들의 나이가 이제 겨우 십칠 세니까 아름답고 건강한 여자를 만날 수 있는 기회는 많을 터이다.

문득 연충조의 눈길이 강영의 얼굴로 향하더니 곧 그의 눈에서 잔잔하게 이글거리는 불꽃을 발견했다. 그것이 질투의 눈빛이라는 것을 연충조는 어렵지 않게 간파했다.

'이 녀석은 저 소녀를 연모하고 있군!'

강영은 아까부터 한마디 말도 하지 않고 있었다. 그리고 그는 뗏목을 보는 것이 아니라 천봉화용을 뚫어지게 주시하고 있었다. 그녀에게서 무엇인가를 느끼고 있는 것이 분명했다.

사람이 첫눈에 이성에게 반하거나 사랑을 느끼는 경우는 종종 있기 마련이다.

게다가 상대가 천하제일미라면 얘기는 또 달라진다. 천하의 남자라면 노소(老少)와 미추(美醜)를 불구하고 누구라도 그녀를 보는 순간 열병과도 같은 사랑에 빠지게 될 것이 자명했다.

지금 강영은 십구 년 동안 한 번도 경험해 보지 못한 감정에 휩싸여 있었다.

그것은 '사랑'이었다. 만약 그가 천봉화용이 아닌 다른 소녀에게 이런 감정을 느꼈다면, 스스로 크게 나무라면서 즉시 그 감정을 거두어들였을 것이 분명했다.

강영은 얼마 전 연운정에게 복수하려는 한 방편으로 그에게서 천봉화용을 뺏겠다고 다짐했었다. 그러나 그때의 그 다짐은 순전히 복수를 위한 방편이었을 뿐이지 그녀에게 다른 감정을 품었기 때문은 아니었다.

그러나 지금은 아니었다. 조금 전까지만 해도 연운정에게서 천봉화용을 뺏음으로써 통쾌함을 맛보려고 했던 게 사실이다.

그래서 그 탈취의 대상인 천봉화용을 탐색한다는 의미에서 잠시 주시했던 것이 화근이 될 줄은 강영 자신도 전혀 예상하지 못했던 일이다.

처음 그녀를 쳐다보는 순간 그는 그녀의 얼굴에서 시선을 떼지 못했다. 그 주시는 연충조가 그의 눈빛에서 사랑이라는 것을 간파해 낸 후에도 계속되고 있었다.

강영은 자신이 여자를, 그것도 처음 본 여자를 사랑하게 될 줄은 꿈에서도 예상하지 못했다. 더구나 이처럼 온몸의 피가 마르는 것 같으며, 지금 당장이라도 그 여자를 내 것으로 만들지 못하면 몸과 마음이 폭발해 버릴 것 같은 무지몽매한 사랑일 줄은 더욱 몰랐다.

한낱 애정이나 우정 따위는 무공 수련을 방해만 할 뿐이란 생각에 눈길조차 주지 않았던 그였다.

하지만 그것은 그가 제대로 임자를 만나지 못해서였다. 그리고 천봉화용이 바로 그 임자였다.

'두고 봐라! 저 소녀를 기필코 내 것으로 만들고 말겠다!'

강영은 다시 한 번 목젖을 울리면서 여태까지보다 더욱 거세게 주먹을 움켜쥐었다.

"저, 저, 정협의 전인이 천봉화용을 눕히고 오, 옷을 벗기는 게 아닙니까?"

삼척이 너무 놀라서 뗏목을 가리키며 심하게 말을 더듬었다.

굳이 그가 설명하지 않아도 개방사척을 포함한 절벽 양쪽의 모든 사람들은 그 광경을 똑똑히 목격하고 있는 중이었다.

웅성거리고 소란스럽기 짝이 없던 양쪽 절벽 위가 그때부터 쥐 죽은 듯이 조용해졌다. 가끔 여기저기에서 마른침 삼키는 소리만 들려올 뿐이었다.

'저들의 이목이나 소문 따윈 조금도 두렵지 않다. 혜 매를 살릴 수만 있다면……'

연운정은 뗏목 위에 반듯하게 눕힌 사도혜의 겉옷을 벗기면서 지그시 어금니를 악물었다.

사도혜는 이미 정신을 잃은 상태여서 아무것도 모른다. 만약 그녀가 조금이라도 정신이 있었다면, 지금 연운정이 하려는 행동을 결사적으로 막았을 것이다.

여자란, 치욕을 당하는 것보다는 차라리 죽음을 택하는 일이 다반사다. 더구나 사도혜처럼 아름답고 자존심이 강한 여자라면 더욱 그럴 것이다.

반면에 사내인 연운정은 그런 것을 잘 모른다. 그저 남에게 알몸을 보이면 창피하다 정도로만 생각했다.

목숨이 만 냥이면 창피는 백 냥쯤으로 여기기 때문이다. 하지만 여자들은 목숨이 만 냥이라면 수치는 백만 냥쯤으로 계산한다. 그것은 창피와 수치의 차이였다.

“으아악!”

“아아악!”

그때 양쪽 절벽 위 앞쪽에서 동시에 여러 마디의 처절한 비명성이 들려왔다.

연운정은 손을 멈추고 즉시 양쪽 절벽 중 한 곳을 쳐다보았다.

“흐아악!”

“으아아!”

“미, 밀지 마라! 흐아악!”

최초의 비명성이 터진 후에도 뒤를 이어 한동안 비명성이 더 이어졌다.

실로 웃지 못할 일이 벌어지고 있었다.

양쪽 절벽이 감쪽같이 사라져 버린 대신에 까마득한 낭떠러지가 펼쳐졌는데, 그곳으로 무림인들 수십 명이 가랑잎처럼 떨어져 내리고 있었다.

원래 양쪽 절벽 가의 무림인들은 뗏목에 맞추어 빠른 걸음 정도의 속도로 이동하고 있었다. 그런데 갑자기 연운정이 천봉화용을 뗏목에 눕히더니 옷을 벗기기 시작하자 사람들의 모든 시선이 그곳으로 집중된 상황에서, 여태껏 수십 리를 지형적인 변화없이 이어져 오던 곧게 뻗은 절벽이 느닷없이 끊어지고 돌연 낭떠러지가 나타난 것이었다.

곧 천봉화용의 나신을 볼 수 있을 것이라고 기대하며 뗏목에 시선을 고정시키고 있던 사람들 중에서 양쪽 절벽 가장 선두의 몇 명이 발밑이 허전한 것을 느끼자마자 낭떠러지 아래로 곤두박질치고 말았다.

그 다음의 몇 명도 낭떠러지를 미처 발견하지 못하고 추락했으며, 낭떠러지를 발견하고서도 추락해야만 했던 또 다른 몇 명은 계속 앞쪽으로 이동하는 거대한 행렬 때문에 멈출 수가 없어 밀려 떨어진 운이 나쁜 축이었다.

양쪽 절벽 선두에서는 난리법석이 벌어졌다.

뒤늦게 낭떠러지를 발견하고 선두의 무리들이 멈춰 섰지만, 앞에 낭떠러지가 있는지 모르고 계속 전진하는 어마어마한 뒤의 행렬에 밀려서 더러는 추락하고 더러는 분분히 신형을 날렸으며, 또 더러는 허공중에서 서로 부딪쳐서 부상을 당하거나 낭떠러지 혹은 계류 쪽으로 추락하기도 했다. 아비규환이란 이런 상황에 꼭 맞는 말인 듯했다.

믿을 수 없게도 순식간에 낭떠러지로 추락한 사람은 백여 명에 이르렀다.

연운정은 절벽 끝 낭떠러지로 사람들이 마치 장난감처럼 떨어지는 광경을 똑똑히 보았다.

'낭떠러지…….'

잠시 아무 생각도 들지 않았다. 그리고 지축을 뒤흔드는 묵직한 음향이 연운정을 일깨웠다.

쿠쿠쿠쿠—

그 음향은 점차 더 커졌다.

그러더니 마침내 그 음향 때문에 귀가 먹먹하고 머리 속이 텅 비게 되었을 때에도 연운정은 그 소리가 설마 폭포에서 나는 것인 줄은 몰랐다.

그는 계류의 전면에서 뽀얗게 피어오르는 수증기를 보았다. 전면에는 온통 수증기였다.

계류도, 절벽도 아무것도 보이지 않았다. 오직 지상과 하늘을 뒤덮은 수증기뿐이었다.

'폭포…….'

너무나 뜻밖이고 어이가 없어서인지 놀라지도 않았다. 그저 멍할 뿐이었다. 그러니 어떻게 할 것인지 대책을 세울 정신이 있을 리 만무한 상황이었다.

아니, 대책 자체가 없었다. 사도혜를 안고 물속으로 뛰어들어 급류를 거슬러 오를 수도 없었고, 그녀를 안은 채 수십 장 절벽 위로 날아오르는 것은 더욱 불가능했다.

연운정이 망연자실하고 있는 시간은 잠시에 불과했다. 다음 순간 그는 퍼뜩 정신을 차리고 재빨리 방법을 강구해 보았다. 그러나 처음부터 없던 대책이 생각한다고 나올 리가 없었다.

그가 할 수 있는 최선이며 마지막 방법은 두 팔로 사도혜를 힘껏 끌어안는 것뿐이었다.

콰콰콰콰아아—

뗏목이 허공으로 둥실 떠오르는 것 같더니 다음 순간 쏜살같이 하강했다.

이어서 뗏목과 함께 연운정과 사도혜는 뽀얀 수증기 속으로 사라져 갔다.

그리고는 끝이었다.

'운정아―!'

낭떠러지 끝에 이른 연충조는 하마터면 목젖이 찢어지도록 절규를 터뜨릴 뻔했다.

자신이 두 눈 뻔히 뜨고 있는 앞에서 아들이 마치 거짓말처럼 폭포 아래로 떨어지며 자신의 시야에서 사라져 버렸다. 폭포에서의 추락은 죽음 아니면 중상을 의미했다.

아니, 보통 대부분의 폭포 아래쪽이 날카로운 암석군으로 이루어져 있으므로 죽을 확률이 더 높았다.

혹독한 오랜 살수 수련과 생활로 한낱 인간의 오욕칠정 따윈 무디어질 대로 무뎌진 연충조였지만, 아들의 불행 앞에서는 결코 초연할 수 없었다.

세상의 모든 아비는 다 똑같다.

그는 제정신이 아니었다.

어떻게 해야 아들을 구할 수 있을지, 어찌하면 아들의 생사라도 확인할 수 있을는지 허둥거렸다.

옆에 있던 강영도 놀라기는 마찬가지였지만 연충조만큼은 아니었다. 그는 일희일비(一喜一悲)했다. 연운정의 불행에는 기뻐했지만, 사도혜의 불행에는 좌절해야만 했다.

그는 폭포 아래로 내려갈 방법을 연충조와 상의하려고 그를 쳐다보다가 가볍게 놀라는 표정을 지었다. 연충조가 정신없이 허둥대는 모습을 발견했기 때문이다.

연충조의 눈에는 초점이 없었다. 강영이 쳐다보고 있는 중에도 눈동자가 이리저리 빠르게 부유했다.

"선배님, 왜 그러십니까?"

강영이 의아한 얼굴로 묻자 연충조는 비로소 막 잠에서 깨어난 표정을 지었다.

"음! 방금 맞은편 절벽에서 그놈을 봤네!"

그는 급한 대로 그렇게 둘러댔다. 자신이 찾고 있는 가상의 원수를 발견했다는 서투른 거짓말은 의외로 쉽게 먹혀들었을 뿐 아니라 강영의 관심까지 끌어냈다.

"어떤 놈입니까?"

"음! 금세 사라져 버렸군. 놈이 완전히 사라지기 전에 잡아야 하는데 낭패로군."

연충조는 시선을 맞은편 절벽에 둔 채 난감한 표정을 지었다. 그런 표정은 아들의 불행을 목도한 아비의 심정하고도 잘 어울려서 굳이 속내를 감출 필요가 없었다.

"저는 폭포 아래로 내려갈 방법을 찾아보겠습니다."

강영이 몸을 움직이며 서둘 듯이 말하자 연충조도 지체없이 그 뒤를 따랐다.

"아마 그놈도 폭포 아래로 내려갈 것 같으니 나도 같이 가세."

폭포 아래로 내려갈 방법을 찾으려는 사람은 연충조와 강영뿐만이 아니었다.

정협의 전인을 추적하던 무림인 모두가 마지막 한가닥 욕심을 버리지 못하고 낭떠러지 가장자리로 몰려들었다.

하지만 그들의 대다수가 일각 이내에 고개를 설레설레 저으면서 그 자리를 떠나 버렸다.

한마디로 그곳은 거대하면서도 둥근 구멍이었다, 수중기 때문에 아래가 조금도 보이지 않는.

계류를 따라서 양쪽으로 이어졌던 절벽은 폭포에 이르러서는 둘레가 높고 낮음의 차이는 있지만 둥글게 변해 있었다.

또한 깎아지른데다 겉면이 매끄러운 암벽일 뿐 아니라 습기까지 흠뻑 머금고 있어서 어딘가를 붙잡고 섣불리 내려가기를 시도했다가는 추락하기 십상일 것 같았다. 그래서인지 아무도 내려가려는 사람이 없었다.

그즈음 대부분이 그곳을 떠나고 남아 있는 사람은 백여 명 정도에 불과했다.

그중 연충조와 강영도 섞여 있었다.

낭떠러지 가장자리에 서 있는 두 사람은 입을 굳게 다물고 있었다. 방법이 있어야 상의든 뭐든 해볼 텐데 방법이 전무하니 할 말이 없는 것은 당연했다.

연충조는 비살루의 살수들이 자신을 발견하게 될 것을 더 이상 꺼려하지 않았다. 아들의 생사가 급선무인 판국에 그런 것을 신경 쓰는 것은 사치라고 생각한 것이다.

콰콰콰아아—

쿠우우웅웅—

폭포 소리에 묻혀 폭포가 가장 아래쪽 바닥에 떨어지는 소리가 묵직하게 들려왔다.

연충조는 소리로 미루어 폭포의 깊이가 무려 칠팔십여 장에 이를 것으로 추측했다. 그 정도라면 웬만큼 경공에 자신이 있거나 암벽타기의 명수가 아닌 이상 내려갈 엄두를 내지 못할 것이다.

그러나 연충조는 살수였다. 살수는 어떠한 극한 상황에서라도 생존해

야 하고, 재신(財神:암살 표적)을 죽여야만 한다. 그러기 위해서 그토록
혹독한 지옥 수련을 거쳤던 것이다.

쿠쿠쿵쿵쿵―

"……."

폭포 아래는 연충조가 예상했던 그 어떤 가혹한 환경보다 더 지독한
상황이었다.

그는 끝내 폭포 아래까지 내려오고 말았다. 내려오는 도중에 몇 군데
상처를 입었지만 심한 정도는 아니었다.

칠 년 동안의 살수 생활로 안 해본 것이 없을 정도이며 상상조차 하기
어려운 극한 상황에 여러 차례 처했던 적도 있는 그였지만, 지금 눈앞에
펼쳐진 것처럼 지독한 광경은 처음 보았다.

폭포 아래는 위와는 달리 수증기가 짙지 않아 주변을 웬만큼은 구별할
수 있었다. 그렇다고 해도 옅은 물안개가 깔려 있었기에 탁 트인 시야는
아니었다.

폭 오 장여의 물줄기가 굉음을 내면서 떨어지는 곳에는 직경 이십여
장 가량의 깊은 담(潭)이 형성되어 있으며, 담 전체는 거세게 소용돌이치
고 있었다. 거기에 한 번 빠지면 결코 빠져나오지 못할 것 같았다.

담 주변에는 예상했던 대로 끝이 칼날처럼 뾰족한 날카로운 암석군으
로 둘러쳐져 있었다. 그곳에는 위에서 떨어진 백여 명의 무림인들이 바
위에 부딪쳐서 갈가리 찢어진 육편들이 어지럽게 흩어져 있었다.

담은 거대하게 소용돌이치면서 십여 장쯤 흐르다가 갑자기 사라져 버
렸다.

"……."

물줄기가 사라지는 곳을 쳐다보는 연충조의 눈은 한껏 부릅떠졌으며,

얼굴에는 불신의 표정이 가득 떠올라 있었다.

콰콰콰아아—

물줄기는 굉음과 함께 곤두박질치면서 지하로 사라지고 있었다. 지하 동굴이었다.

거대한 괴물이 시커먼 아가리를 쩍 벌리고 있는 것 같은 광경이었으며, 그 속은 어두워서 아무것도 보이지 않았다.

연충조는 빠르게, 그러나 날카롭게 담 주변을 세세히 살펴보았지만 아들의 모습은 어디에서도 보이지 않았다.

그 대신 얼마 전까지만 해도 아들과 천봉화용이 타고 있었던 뗏목의 잔해 두어 개가 담 주변에 우후죽순처럼 솟아 있는 날카로운 바위에 걸쳐져 있는 것이 눈에 띄었다.

뗏목이 그 지경이 됐다면 사람의 몸뚱이가 어떻게 됐을는지 어렵지 않게 짐작할 수 있게 해주는 광경이었다.

연충조는 암담했다.

아들은 이대로 죽은 것인가?

믿을 수가 없었다.

아들이 그처럼 쉽게 죽었을 리가 없다. 어쩌면 저 지하 동굴 속에서 절체절명의 위험에 빠진 채 안타깝게 구조의 손길을 바라고 있을지도 모른다.

부모는 좀처럼 자식의 불행을 믿지 않는 법이다.

불행은 자신들의 몫이고, 행복은 자식들의 몫이라는 것을 당연하게 받아들인다. 또한 모든 부모는 자신들의 목숨보다 자식들의 목숨을 더 값지게 여긴다. 연충조도 마찬가지였다.

연충조는 분탕질 치면서 흐르는 급류 쪽으로 이끌리듯이 두어 걸음을 옮겼다. 제일 먼저 떠오르는 일감(一感)은 무작정 급류에 뛰어드는 것이었다.

그 다음에는 어떻게 할 것인지 모른다. 지하 동굴 속에서 자신이 살아남을 수 있을는지, 그래서 아들을 찾게 될 것인지에 대한 확신도 없었다.

그럴 가능성이 일 할만 된다고 해도 그는 망설임없이 급류로 몸을 던질 터이다.

'이것은 아니다!'

그는 걸음을 멈추었다.

목숨이 아까워서가 아니었다. 아들을 위한 일이거늘 무에 목숨 따위가 아깝겠는가. 다만 헛되이 죽게 되어 아들에게 도움을 주지 못할까 봐 염려할 뿐이었다.

"……!"

그때 연충조는 가볍게 움찔하더니 그 즉시 모습을 감추었다. 다른 사람이 이쪽으로 다가오는 것을 감지하고 일종의 은신술을 사용하여 모습을 감춘 것이었다.

연충조는 절벽 가의 날카로운 바위 뒤에 숨어서 방금 전까지 자신이 서 있던 곳을 날카롭게 주시했다.

그곳에 나타난 인물은 핏빛 혈포를 입고 있는 살신이었다. 그는 잠시 동안 담과 급류를 살피다가 연충조에게서 멀지 않은 절벽 가로 쏘아가더니 경신술을 발휘하여 절벽 위로 올라갔다.

과연 그는 절정고수다웠다. 깎아서 세운 듯하며 습기를 머금어 미끄럽기 짝이 없는 암벽을 한 번의 도약으로 오륙 장씩 쑥쑥 솟구치더니 짙은 수증기 속으로 사라져 버렸다.

하지만 연충조는 바위 뒤에서 나오지 못했다. 살신이 사라지자마자 두 명의 흑의인이 그 자리에 나타났기 때문이다. 그리고 그 두 명은 연충조가 너무도 잘 알고 있는 자들이었다. 바로 비살루의 살수들로서 이번 임무의 우두머리인 삼십 호와 삼십오 호였다.

연충조가 내려왔으니 그들이라고 내려오지 못하리라는 법은 없을 것이다.

그 두 명은 살신보다 더 세밀하게 주변을 살폈다. 이윽고 그들의 시선이 담의 맞은편 바위에 걸쳐져 있는 뗏목의 잔해에 멈추었다.

문득 그들의 눈빛이 가볍게 흔들렸다. 재신이 죽었다고 판단하는 것 같았다.

납치해 오라고 명령받은 재신이 죽었다면, 임무는 자연히 종료되는 것이 살수계의 상식이었다.

연충조가 살수들의 우두머리였다고 해도 같은 결정을 내렸을 것이다. 저들은 이제 철수할 것이다.

그렇다면 이제부터 연충조는 여태까지보다 조금쯤은 더 자유롭게 활동할 수 있을 터이다.

우두머리인 삼십 호가 가볍게 고개를 끄덕인 후 두 살수는 주위를 두리번거리다가 조금 전에 살신이 올랐던 절벽 쪽으로 미끄러지듯이 쏘아 왔다.

아무리 처음 오는 장소라고 해도 고수들은 한 번 슬쩍 처다보는 것만으로도 즉시 지형지물을 간파하는 능력이 있었다.

살신이 그곳으로 올랐다면 그 절벽이 다른 어느 곳보다 오르기가 용이하다고 판단했기 때문일 것이다.

살신이 오른 절벽에서 연충조가 숨어 있는 바위 뒤까지는 불과 삼 장 남짓 가까운 거리였다. 그러나 살신은 연충조를 감지하지 못했다. 살신의 능력이 떨어져서가 아니라 연충조의 은둔술이 뛰어나기 때문이었다. 그것은 같은 살수끼리라고 해도 다르지 않았다.

삼십 호와 삼십오 호는 추호의 기척도 없이 절벽 가에 이르러 기어오르기 시작했다.

그들이 손바닥을 펼쳐서 암벽에 대자 손바닥이 자석처럼 암벽에 붙어 버렸다. 이어서 다른 손바닥을 조금 더 높은 곳으로 뻗자 그것 역시 암벽에 붙었다.

다음에는 아래쪽 손바닥을 떼어 더 높은 암벽에 붙이는 방법으로 암벽을 기어올라 갔다.

그것은 사술이 아니라 벽장공(壁障功)이라는 무공이었다. 장심에 내공을 모아 공기를 흡입하는 방법인데, 손으로 잡지 않고서도 손바닥에 물건을 붙인 채 들어올릴 수도 있으며, 그 방법으로 벽에 붙어서 오르내릴 수도 있다.

경신술이 뛰어나지 않은 사람들이 사용하는 수법으로써 연충조도 벽장공으로 절벽을 내려왔다. 경신술에 비해서 매우 느린 반면에 확실한 방법이기도 했다.

연충조는 이곳에 더 머물러야 할 이유가 없었다. 그가 지켜보고 있는 중에도 뿌연 수증기 사이로 십여 명이 담 주변과 급류 가를 오락가락하는 모습이 보였다.

그들은 서로 모르는 사이 같았다. 이곳에 내려올 정도라면 일류고수들이 분명했다.

그들은 정협의 전인의 생사를 확인하려는 목적에만 충실할 뿐이지 서로에 대해서는 별로 신경 쓰지 않았다.

하지만 막상 정협의 전인을 발견하게 된다면 그들은 순식간에 적으로 돌변하여 생사를 건 싸움을 벌이게 될 것이다.

그들 십여 명은 앞서의 살신과 비살루 살수들과 별반 다르지 않은 결론을 내린 듯 하나둘씩 발길을 돌려 나름대로의 방법으로 절벽을 오르기 시작했다.

연충조는 귀식대법으로 호흡까지 멈춘 채 그들이 모두 사라질 때까지 참을성있게 기다렸다.

기다리는 동안 그는 어떻게 해야 아들의 생사를 확인할 것인지, 만약 아들이 살아 있다면 어떤 방법으로 도움을 줄 것인지에 대해서 고심하고 또 고심했다. 그러나 무엇보다도 아들의 생사를 확인하는 것이 우선이었다.

이윽고 그들이 모두 사라지자 연충조는 절벽을 오르기 위해서 천천히 일어서며 몸을 돌렸다.

"……!"

순간 그는 그 자리에서 돌덩이처럼 굳어졌다. 너무 놀라서 하마터면 경악성을 터뜨릴 뻔했다.

그의 전면에 절벽을 등지고 한 사람이 장승처럼 우뚝 서 있었기 때문이다.

그는 다름 아닌 일척이었다.

'고수다!'

연충조는 찰나지간에 놀라느라 상대를 급습할 기회를 놓쳐 버렸다. 살수로서는 치명적인 실수였다. 살수는 상대가 누구든 자신이 노출됐다고 판단되었을 때에는 즉시 급습을 가하는 습관이 있다. 곧 자기 방어인 셈이다.

그는 또 한 가지 실수를 저질렀다는 사실을 약간 늦게 깨달았다. 그가 다급하게 뛰어들기 전부터 이곳에는 이미 한 사람이 있었다는 사실이다.

하지만 그가 뛰어들 때에는 분명히 아무도 없었다. 누군가를 발견했다면 뛰어들지 않고 다른 방도를 취했을 것이다. 상대를 죽이든가 아니면 다른 은신처를 찾든가.

그런데 연충조는 자신이 이곳에 뛰어들 때에도 아무도 없다고 판단했

으며, 머물러 있는 동안에도 누군가 자신의 근처로 접근하는 것을 추호
도 감지하지 못했다.

그는 지금 눈앞에 서 있는 상대가 연충조 자신의 이목을 완벽하게 속
일 정도의 절정고수라고는 믿지 않았다.

기척없이 숨어 있는 것과 접근하는 것은 후자가 더 어려운 일이다. 그
렇다면 상대는 처음부터 이곳에 있었을 것이다.

연충조는 순간적으로 공력을 잔뜩 끌어올린 후 어깨의 검을 잡으려고
오른손을 슬쩍 들어올리다가 멈추었다.

상대에게 공격할 의사가 전혀 없다는 것을 간파했기 때문이다. 이곳에
내려온 사람들은 단순히 정협의 전인의 생사를 확인하는 것이 목적이라
서 굳이 싸울 필요는 없었다. 연충조는 상대가 싸울 의사를 보이지 않는
것을 그런 맥락에서 이해했다.

그렇지만 연충조는 언제라도 공격이나 방어를 할 수 있도록 공력을 풀
지 않은 채 경직된 표정으로 상대를 주시했다.

두 사람은 서로 대치한 채 서로를 응시할 뿐 아무런 행동도 취하지 않
았다.

일척은 담담한 표정으로, 연충조는 긴장을 늦추지 않은 표정으로 그렇
게 약간의 시간을 흘려보냈다.

연충조는 상대가 싸울 의사가 없다면 물러나야 마땅한데도 그대로 서
있자 신경이 거슬렸다.

"이상하군."

문득 일척이 고개를 갸웃거리며 중얼거렸다.

"당신 눈빛에는 이곳에 모여든 대부분의 사람들 같은 탐욕이 보이지
않는군."

연충조는 가볍게 움찔했다.

“내 눈이 정확하다면, 당신의 눈빛은 염려가 맞을 것이오. 그것도 아주 지독한.”

그 말에 연충조는 비로소 상대의 눈을 쳐다보았다.

“…….”

그리고는 이내 가슴에 잔 떨림을 느껴야만 했다. 그는 자신의 눈빛이 어떤 모습을 하고 있는지는 모르지만, 상대의 눈빛과 같을 것이라고 생각했다.

그가 상대의 눈빛에서 느껴낸 것은 ‘염려’였으므로.

연충조는 마침내 끌어올렸던 공력을 거두었다. 살수들은 자신들의 습관과 경계심만을 신봉하지만, 그는 그것에 한 가지를 더 추가한 많지 않은 살수 중 한 명이었다.

아니, 그는 앞의 두 가지보다는 추가된 한 가지에 더 의존해 왔고, 아직까지는 실패를 경험한 적이 없었다. 그것은 ‘감정’이나 ‘느낌’, 혹은 ‘본능’이라는 것이었다. 살수들에게는 치명적인 약점이 될 수도 있는 오욕칠정의 부산물이었다.

“나는 개방오척의 일척이오. 귀하는 누구요?”

그러나 연충조는 대답하지 않았다. 자신의 대답이 아들에게 어떤 영향을 끼칠는지 알 수 없었기 때문이다. 아니, 굳이 그게 아니더라도 아직은 대답할 필요를 느끼지 못했다.

“정협의 전인에게는 적(敵)만 있는 것이 아니오. 적들만큼 많지는 않지만, 다수의 협사들이 그를 돕기 위해서 이곳에 달려와 있소. 개방도 그 중 하나요.”

연충조의 얼굴이 눈에 띄게 밝아졌다. 그의 눈빛도 ‘염려’에서 ‘희망’으로 슬며시 바뀌고 있었다.

하지만 잠시 동안뿐이었다. 살수의 경계는 쉽게 해이해지는 법이 아니다.

"그래도 안심이 안 되는 모양이로군. 그렇다면 한두 가지를 더 말해주겠소."

연충조는 바짝 긴장했다.

얼굴은 무표정하려고 애썼지만 뜨거운 눈빛과 긴장으로 씰룩이는 뺨과 턱은 어쩌지 못했다.

그리고 강호 경험이 풍부한 일척은 결코 그것을 놓치지 않았다. 하지만 그는 자신이 연충조의 얼굴에서 느낀 바를 굳이 내색할 필요는 없었다.

"구파일방 중에서 소림사와 아미파, 화산파, 그리고 우리 개방이 각기 고수들을 파견하여 정협의 전인을 도우려고 나섰소. 다른 문파에서도 곧 가담할 예정이오. 우린 그들을 정협대(正俠隊)라 부르고 있소. 그리고 나 역시 정협대의 일원이오."

일척은 연충조의 눈빛이 크게 일렁이며 안도하는 것을 보면서 말을 이었다.

"또 한 가지, 정삼제께서 나섰소."

"……!"

"그분들 중에 성검협께선 현재 본 방의 방주님과 함께 이곳으로 오고 계시는 중이오. 아마 내일쯤이면 도착하실 것이오."

연충조는 더 이상 자신의 표정에 신경을 쓸 수가 없는 상황에 직면했다.

정협대까지는 그런 대로 평정심을 유지할 수 있었다. 그러나 정삼제가 누구며 성검협이 누군가?

정협의 세 아우로서 호위 고수(護衛高手)를 자처하는 당금 무림의 최절정고수들이 바로 정삼제가 아닌가?

성검협은 무림이십오기의 최정상이었던 일천 정협이 사라진 현재 무림에서 가장 고강한 인물이었다.

그를 설명하는 데 있어서는 그저 고강하다는 것만으로는 턱없이 부족하다. 그는 고강함과 덕망, 존경, 자비 등 같은 것들을 고루 갖춘 정파의 지도자인 것이다.

그가 온다는 것이다. 정협의 전인, 아니, 연충조 자신의 아들을 구하기 위해서.

일이 커지고 있었다. 연충조가 생각하는 자신의 아들은 정협의 전인이 아니었다. 결코 그런 신분이 될 수가 없는 아이였다. 이것은 뭔가 잘못된 것이 분명했다.

"그 소년이 정협의 전인이 맞소?"

연충조는 자신의 아들이 정협의 전인이 아니라고 애써 부인하지 않았다.

자신의 말이 증명되어 현재 아들을 추적하고 있는 모든 추적자들을 물러가게 할 수만 있으면 더할 나위 없이 좋은 일이겠지만, 그럴 가능성은 추호도 없을 것이다.

오히려 눈앞의 일척이라는 인물이 그 사실을 자신의 동료들에게 알려서 아들을 구하러 온 정협대니 정삼제 등의 발길을 돌리게 할 수도 있는 일이라고 연충조는 판단했다.

일척은 진중히 고개를 끄덕였다.

"그렇소. 내 눈으로 그가 정협의 칠천절학을 전개하는 것을 직접 목격했으며, 그의 가까운 인척(人戚) 어른이 그가 정협의 전인이라는 사실을 확인해 주었소."

그는 죽장신개로부터 비합전서를 받았는데 거기에 그런 내용이 적혀 있었다.

아니, 서찰에는 제이대 정협의 외숙부라고 적혀 있었다. 만약 정협의 외숙부를 만나게 되면 전력으로 그를 도우라는 명령과 함께.

"……."

연충조는 할 말을 잃었다.

도대체 어떻게 돌아가고 있는 것인가? 게다가 아들의 가까운 인척 어른이라는 사람은 누구라는 말인가?

그는 아들에게 인척에 대해서 아무것도 말해준 적이 없었다. 그래서 아들은 세상에 자신과 부모, 할머니. 그렇게 네 사람만이 친척이라고 알고 자랐다.

'설마…….'

연충조는 문득 자신의 부친과 조부를 떠올렸다. 만약 조부가 살아 있다면 구십여 세에 가까운 나이일 것이다. 그러나 그가 살아 있을 가능성은 희박했다.

부친 연도상은 연충조가 어렸을 때 집을 나갔다. 후일 연충조는 모친으로부터 부친이 조부를 찾아갔을 것이라는 말과 조부가 사천에 있는 적도단이라는 사도방파의 단주라는 말을 들었다.

어린 연충조는 가족을 버리고 떠난 부친이 미웠고, 부친이 찾아갔을 적도단이 미웠다.

그런 이유 때문에 그는 사파를 증오하면서 성장기를 보냈으며, 어른이 되어 어엿한 무림 검수가 되었을 때에는 사파를, 그리고 악을 원수처럼 생각하게 되었다.

그래서 그는 나름대로 정도의 길을 걸었으며, 광동성에서 약간의 협명을 얻었던 것이다.

그 부친이 뒤늦게 가족을 찾으러 왔다가 손자와 며느리를 만나게 됐던 것인가? 연충조는 그 부분에서 조금 더 생각하다가 고개를 가로저었다.

핏줄은 당긴다는 말이 있으니, 말년의 부친이 자손이 그리워 그럴 수도 있었을 것이다. 그렇다면 아들이 정협의 전인이 된 것을 어떻게 설명할 텐가?

정협은 정의의 상징이다. 그런 분이 사파인의 손자를 제자로 거두었을 리 만무했다.

게다가 성검협이나 개방주 같은 정파의 엄청난 거물들이 한낱 사파인을 정협의 전인의 친척이라고 인정할 수 있겠는가? 불가능한 일이었다.

"인척이라는 사람은 누구요?"

일척은 대답없이 묵묵히 연충조를 응시하다가 잠시 후 씁쓸하게 입을 열었다.

"귀하는 자신이 누군지 밝히지 않았소. 그런데도 나는 귀하의 눈빛만을 믿고 이미 많은 말을 해주었소. 더 이상은 무리요."

연충조의 표정이 복잡하게 변했다.

"당신이 정협의 전인을 염려하는 것은 알 수 있소. 하지만 그것만으로는 부족하오. 만약 더 자세히 알고 싶다면 자신의 신분을 떳떳이 밝히시오. 그게 아니라면 우린 그만 헤어지는 게 좋겠소."

"……."

연충조의 얼굴에 갈등하는 기색이 역력하게 떠올랐다.

일척은 그의 얼굴을 뚫어지게 주시하다가 이윽고 결심한 듯 진중히 말했다.

"단도직입적으로 말하겠소. 나는 정협의 전인을 만난 적이 있고, 바로 지척에서 대화까지 나누었소. 그런데 정협의 전인은 당신을 많이 닮은 것 같소. 내 눈이 잘못된 것이오?"

연충조는 크게 당황했고 또 놀랐다.

그의 기억 속에는 열 살짜리 어린 아들의 모습밖에는 남아 있지 않았

다. 그러니 십칠 세가 된 아들이 어떤 모습으로 변했을지는 알 수 없었
다.

그런데 눈앞에 있는 자는 아들이 자신과 많이 닮았다고 말했다. 아들
이 아비를 닮는 것은 당연한 일이고, 아비를 쏙 빼닮는 일도 비일비재하
다.

문득 연충조는 더럭 의심이 났다. 눈앞에 있는 자가 여태껏 한 말이
모두 거짓말일 수도 있었다.

이자는 그저 아들의 얼굴을 한 번쯤 본 것이 전부일지도 모른다. 그래
서 지금 연충조 자신을 이용하여 아들을 붙잡으려고 꿍꿍이수작을 부리
는 것일 수도 있다.

한 번 생각을 그렇게 먹자 갑자기 연충조는 그런 의심을 떨쳐 버리기
가 힘들었다. 평소의 그였다면 어떤 상황에서든 냉철한 판단력을 지녔을
터이지만, 지금은 아들의 생사가 불명한 판국이라 판단력이 많이 혼탁해
진 상태였다.

일척은 연충조의 눈빛과 표정에 갑자기 경계하는 빛이 역력하게 떠오
르는 것을 발견하고, 그가 자신이 원하는 대답을 하지 않을 것이라고 판
단해서 가볍게 한숨을 토해내더니 몸을 돌려 절벽 앞으로 다가갔다.

"정협의 전인은 죽었을지도 모르오. 아니, 그럴 확률이 높소. 폭포에
서 떨어진 후 저 속으로 빨려 들어갔다면, 누구라도 살아나기 힘들 것이
오."

연충조가 불쑥 내뱉자 일척은 뒤돌아보지 않은 채 확신에 가득 찬 어
조로 대꾸했다.

"정협의 전인은 쉽게 죽지 않소. 그는 일신에 정협의 칠천절학을 고스
란히 지니고 있소. 게다가 그가 단명할 상이었다면 정협께서 그를 제자
로 거두시지도 않았을 것이오. 그가 이 정도 난관에서 꺾인다면 절대 정

협의 전인이 아니오."

어찌 들으면 정협의 전인에 대한 무조건적인 맹신(盲信)처럼 들릴 수도 있는 말이었다.

하지만 그 맹신은 언제나 옳았다. 일대 정협은 평화를 원하는 모든 사람들의 간절한 소원을 저버리지 않고 이 땅에서 마종의 시대를 종식시켰다. 그러므로 그것은 맹신이 아닌 금석(金石)과도 같은 믿음이었다. 그 믿음이 일대에서 이대 정협으로 이어지는 것뿐이었다.

일척은 아직도 연충조에게 약간의 미련이 남아 있었다. 연운정이 그와 너무도 닮았기 때문이다.

일척은 걸음을 멈추고 고개를 돌려 연충조를 쳐다보면서 지하로 유입되는 물줄기를 가리켰다.

"저 계류는 지하로 사라졌다가 이곳에서 이십여 리 북쪽에서 다시 지상으로 모습을 드러내오. 그곳이 바로 사람들이 알고 있는 도강의 최상류이며 발원지외다. 아마도 정협의 전인을 쫓는 자들 중에서 이곳의 지리를 잘 아는 자들은 그곳으로 갔을 것이오. 해서 나 또한 그곳으로 가볼 생각이오."

이어서 일척은 연충조가 어떤 반응을 보이기도 전에 암벽 위로 솟구쳤다. 그는 살신처럼 뛰어나진 않지만 상승의 경공술을 전개하여 암벽을 올라갔다.

그걸 보면서 연충조는 착잡한 표정을 감추지 못했다. 하지만 이미 그의 손을 떠난 일이었다. 그는 즉시 벽장공을 전개하여 암벽을 빠르게 기어올랐다.

일척의 말이 아니더라도 그는 계류의 하류로 내려가 볼 생각이었다. 계류가 지하로 유입된 이상 어떻게 손을 써볼 재간이 없었다. 그렇다고 거대한 물줄기가 언제까지 물속에서만 흐를 거라고는 생각하지 않았다.

계류가 어디에선가 지상으로 흘러나올 터이니 어떻게 해서든 그곳을 찾아내어 기다려 볼 심산이었다.
그런데 일척이 그 장소를 가르쳐 주었으니 한 가지 커다란 난제는 해결되었다.

❖ 第四十章 ❖

지저생사(地底生死)

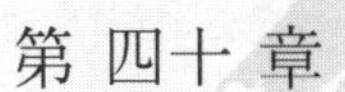

第 四十 章

모든 상황이 최악이었다.

뗏목은 폭포에서 추락하여 바닥에 닿기도 전 허공중에서 이미 박살난 상태였다.

폭포는 곧장 암석군으로 떨어지고 있었다. 연운정은 두 팔로 사도혜의 허리를 힘껏 끌어안고 있었다. 그녀는 이미 의식을 잃은 지 오래되어 축 늘어져 있었다.

만약 연운정이 허공중에서 크게 당황하여 아무런 대비를 하지 못했다면, 두 사람은 그대로 아래쪽의 날카로운 암석군에 떨어져서 처참한 죽임을 당했을 것이 분명했다.

그는 폭포의 중간쯤에 이르렀을 때 혼란한 정신을 수습하고는 왼손으로 천극붕이 아닌 평범한 장풍을 급급히 발출해서 폭포의 물줄기를 때렸다. 그 반동을 이용해서 가까스로 폭포에서 벗어나 암석군이 아닌 물에 떨어질 수 있었다.

하지만 그것은 수많은 위험 중에서 겨우 최초의 것을 넘긴 것에 불과
했다.

그는 거세게 소용돌이치는 담에 떨어진 직후 왼팔로 사도혜의 허리를
안은 채 오른팔과 두 다리로 맹렬하게 물살을 헤치며 발버둥을 쳤지만
역부족이었다.

그것은 마치 힘차게 굴러가는 수레바퀴를 사마귀 한 마리가 막아보려
는 당랑거철에 다름 아니었다. 그나마 다행인 것은 그 발버둥 덕분에 겨
우 수면으로 솟구쳐 올라 숨이 막혀서 죽는 것을 모면할 수 있었다는 사
실이다.

하지만 그런 행운이 오래 지속되지는 않을 것 같은 불길한 예감이 들
었다.

그가 길게 숨을 토해냈을 때 그와 사도혜는 이미 담을 벗어나 지하 동
굴을 향해 휩쓸려 가고 있었다.

담에서 지하 동굴까지의 거리 십여 장은 순식간이었다. 게다가 물살은
거칠고도 빨랐다.

어떻게 손을 한 번 써보지도 못한 채 연운정과 사도혜는 지하 동굴 속
으로 빨려들고 말았다.

거대한 물줄기는 때로는 곧고, 때로는 구불구불한 지하 동굴 속으로
거침없이 흘러갔다.

그 물줄기 속에서 연운정과 사도혜는 그저 두 개의 조그만 가랑잎 같
은 신세였다.

대자연의 거대한 조화와 변화 앞에서의 그들은 너무도 무기력한 피조
물인 것이다.

연운정이 할 수 있는 일은 그저 미친 듯이 허우적거려서 어떻게든 수
면 위로 솟구치는 일뿐이었다. 그렇게라도 하지 않는다면 두 사람은 허

무하게 숨이 막혀서 죽고 말 것이다.

지하 동굴은 한 점의 빛조차도 흘러들지 않는 암흑천지였다.

콰콰아아―

게다가 퍼져 나가지 못한 물줄기의 굉음이 고막을 찢어발기듯이 울려 댔다.

우르릉!

그리 높지 않은 폭포가 나타났다. 물줄기는 세상의 종말을 고하듯이 무지막지하게 곤두박질쳤다.

연운정과 사도혜도 곤두박질쳤다가 다시 물줄기에 파묻혀서 흘러갔다.

연운정은 물속에 가라앉지 않기 위해 미친 듯이 몸부림쳤다. 필사적이라는 말은 이럴 때 적절한 설명이었다. 그는 제정신이 아닌 상태로 쉴 새 없이 오른팔과 두 다리를 움직였다.

그런 외중에도 그는 사도혜가 너무도 걱정됐다. 추궁과혈의 시기를 놓친 그녀는 지금 사경을 헤매고 있는 중이었다. 그런데다가 제대로 숨조차 쉴 수도 없는 상황에 처해 있으니 생사는 이미 연운정의 손을 떠나 버렸고, 모든 것을 운명에 맡길 수밖에 없는 상황이었다.

사도혜가 지금 어떤 상태인지 맥을 짚어서 확인할 수도 없는 노릇이었다. 한시라도 팔과 다리를 젓지 않으면 물속으로 가라앉기 때문이었다.

그때 물살이 점차 조금씩 느려지기 시작했다. 그러더니 유속이 거의 느껴지지 않을 정도로 완만해졌다.

이제 연운정은 숨을 쉬기 위해서 발버둥을 치지 않아도 됐다. 그는 수면에 뜬 상태에서 즉시 사도혜의 맥을 짚어보고는 안색이 크게 변했다.

"……."

맥이 겨우 있기는 했지만 없는 것이나 다르지 않을 정도로 극히 미약했다.

약을 쓸 수도, 추궁과혈수법을 전개할 수도 없는 이런 상황에서는 그녀가 죽는 것을 지켜볼 수밖에 없었다.

물은 아주 느리게 흘렀지만 거의 멈춘 것이나 다름이 없을 정도였다. 연운정은 주위를 돌아보았다.

빛이라곤 한 점도 없는 지하 동굴이지만 그의 눈에는 땅거미 지는 석양 무렵처럼 보였다. 그러나 보이는 것은 물과 동굴 벽뿐이었다. 어디에도 탈출은커녕 잠시 몸을 붙이고 쉴 만한 장소조차 없었다.

그렇게 연운정은 물 위에 떠서 사도혜에게 아무것도 해주지 못하는 자신을 원망하면서 반나절 가까운 시간을 보냈다.

쿠우우—

그때 앞쪽에서 은은한 굉음이 들려왔다. 그와 동시에 물살이 조금씩 빨라지기 시작했다.

연운정은 가볍게 놀라며 전면을 쳐다보았다.

굉음은 전면의 물살이 다시 거칠어졌거나 지하 폭포 같은 것이 있음을 예고하고 있었다.

그는 고개를 돌려 자신이 흘러온 방향을 쳐다보았다. 흐름이 거의 없는 그곳으로 돌아가는 것은 어렵지 않았다. 하지만 그곳으로 돌아간들 죽기만을 기다리는 것 외에 무엇을 할 수 있으랴.

그나마 물길을 따라 흘러가다 보면 지상으로 나갈 수 있는 일말의 기회라도 얻지 않겠는가.

연운정은 지그시 어금니를 악문 채 사도혜를 안은 팔에 더욱 힘을 주고 물살에 몸을 내맡겼다.

콰아아아—

어느 한순간 지하 동굴이 갑자기 급경사를 이루면서 물살이 믿기 어려울 정도로 빨라졌다.

연운정은 물속으로 가라앉기 직전에 급히 수면 위로 솟구쳐 올라 한껏 숨을 들이켰다.

숨을 들이키자마자 마치 물속에서 미지의 거대한 괴물이 연운정의 발목을 잡아당기는 것처럼 그와 사도혜는 순식간에 물속으로 끌려 들어갔다.

그는 한차례 전력으로 허우적거려 보았다가 역시 아무런 소용이 없자 그저 물살에 몸을 내맡긴 채 가만히 있었다.

그렇게 얼마나 지났을까. 그때까지도 급경사는 계속 이어졌고, 점점 숨이 가빠오기 시작했다.

하지만 자신이 문제가 아니었다. 그는 한껏 숨을 들이켰기에 그런 대로 견딜 만했지만 사도혜는 그렇지 못했다.

그는 사도혜의 굳게 닫혀 있는 입에 자신의 입술을 밀착시키고 힘껏 공기를 주입시켰다. 그녀와의 첫 입맞춤이지만 가슴 뛰는 흥분이나 부끄러움을 느낄 상황이 아니었다.

사도혜는 어쩌면 이미 죽었을지도 모른다. 그런데도 연운정은 숨이 멈춘 그녀의 시신을 죽어라고 끌어안고 있는 것인지도 모르는 일이었다.

'죽지 마라! 죽으면 안 된다, 혜 매!'

그러나 그녀를 위해서 아무것도 해줄 수 없는 그는 속으로만 안타깝게 절규할 뿐이었다. 아니, 그 절규조차도 지속할 수 없었다.

숨이 찼다.

심장은 물론 온몸이 조각조각 터져 나갈 것만 같았다.

물 밖에서는 그리도 흔한 한 모금의 공기가 지금 이 순간에는 연운정의 생사를 좌우하고 있었다.

그의 의식이 가물가물해지고 있었다. 지금껏 살아온 짧은 생애의 수많은 기억들이 마치 긴 줄에 연결된 것처럼 차례차례 뇌리를 스치며 지나갔다.

'어머님… 사부님……'

물살은 다시 느려지지도 않았으며 수면이라는 것도 사라져 버린 상태였다.

물이 지하 동굴을 가득 메운 채 까마득한 하늘 꼭대기에서 내리 꽂히듯이 거칠게 흘러갈 뿐이었다.

연운정은 조금씩 숨이 차왔다. 그러나 그는 그 순간에도 자신보다 사도혜를 더 염려했다.

자신이 숨이 찰 정도면 사도혜는 어떻겠는가? 그는 다시 힘겹게 사도혜를 끌어안고 그녀에게 입 맞추며 마지막 한 올의 공기까지 모두 그녀에게 불어넣어 주었다.

이런 급류 속에서는 올바른 자세라는 것이 존재하지 않았다. 연운정은 그저 한 덩이의 묵직한 나무토막에 불과했다.

물살이 휩쓰는 대로 거꾸로, 혹은 옆으로, 아니면 빙글빙글 회전하면서 떠내려갔다.

퉁!

그때 지하 동굴의 왼쪽 벽면에 돌출된 뭉툭한 바위에 연운정의 왼쪽 어깨가 거세게 부딪쳤다.

그 즉시 어깨가 부서져 나가는 듯한 통증이 뒤따랐다. 그의 몸은 빠르게 반대편으로 비스듬히 쏘아갔다.

품에 안고 있는 사도혜의 몸이 먼저 동굴 벽에 부딪칠 것만 같아 연운정은 사력을 다해서 몸을 틀었다.

퍽!

또다시 왼쪽 어깨가 거세게 벽에 부딪치자 연운정은 터져 나오려는 비명을 간신히 삼켰다. 이 정도로 뼈가 부러지지는 않겠지만 통증은 만만치 않았다.

그의 몸이 벽면에서 튕겨지며 빙글 회전했다.

"……!"

그 순간 그의 시선이 전면으로 향하면서 동공이 확 커졌다.

암흑이나 다름없는 지하 동굴이었지만 천극정신공으로 쌓은 사십 년의 정심한 공력을 지닌 그에겐 대낮처럼은 아니더라도 어느 정도 환하게 보였다.

전면 일 장 거리 오른쪽 동굴 벽면에 아주 협소한 틈이 보였다. 만약 그가 동굴 벽에 부딪치지 않았더라면 결코 발견하지 못했을 정도로 교묘하고 좁은 틈새였다. 마치 벽면을 예리한 칼로 그은 듯한 광경이었다.

연운정은 순간적으로 갈등했다.

틈새로 들어갈 것인가? 아니면 그냥 흘러갈 것인가?

어쩌면 지금 이 순간의 결정이 그와 사도혜의 생사를 가를 수도 있을 것이다.

원래 운명이 그렇고, 세상일이 그렇다. 한순간의 선택이 일생을 좌우하는 경우는 왕왕 있다.

어쩌면 저 두 길이 모두 생로일 수도 있고, 사로일 수도 있다. 아니, 다시 합쳐질지도 모르고, 아무런 변화를 일으키지 않을 수도 있을 것이다. 하지만 그것은 아무도 모를 일이다. 그래서 피조물은 한 치 앞도 모르는 것이다.

결과는 늘 나중에 나타나는 법이고, 운명은 언제나 인간을 나쁜 쪽으로 유도하기 마련이다.

그런 후에 검은 장막 뒤에 숨어 절망에 빠진 사람을 몰래 지켜보면서 숨죽여 키득거리는 것이다.

군자는 대로를 간다고 했다. 또 갈등할 때에는 많은 사람들이 가는 길을 택하는 것이 상식이다. 많은 사람들이 가는 길이 곧 대로이고, 큰 물줄기다.

"길이 아닌 것이 곧 길이다."

갑자기 사부 담운정의 인자한 음성이 연운정의 뇌리를 울렸다. 두 갈개 길은 어느새 코앞까지 닥쳐와 있었다. 더 이상 결정을 늦춘다면 그곳으로 가고 싶어도 가지 못하게 될 것이다.

'좁은 쪽이다!'

연운정은 속으로 외치면서 맹렬히 팔다리를 움직였다.

하지만 결정을 내리는 것이 촌각 차이로 늦어버렸다. 그를 실은 물살은 좁은 틈새를 빠르게 스치며 지나가고 있었다.

콱!

순간 그는 재빨리 오른손을 뻗어 큰 물줄기와 좁은 물줄기를 나누고 있는 기둥 부위를 힘껏 움켜잡았다.

드그극—

그러나 물살이 워낙 빠르고 거세서 그의 몸이 딸려가며 곤두세운 네 손가락 끝이 기둥의 거친 벽면을 긁어댔다.

'천강신조(天鋼神爪)!'

그는 찰나지간 오른손에 모든 공력을 모으고 천뢰신수 중에 금나수법의 한 초식을 전개했다.

순간 그의 오른손 다섯 손가락이 단단한 암벽 속으로 깊숙이 박혀들었다.

지상에 존재하는 것들 중에서는 아무리 단단한 것일지라도 두부처럼 뚫어버린다는 천강신조였다. 싸움 중에 천강신조를 발휘하여 상대의 몸 아무 곳이나 움켜쥐면 그대로 끊어져 나가는 무서운 수법이었다.

하지만 연운정은 싸움에서 아직 그 수법을 사용해 본 적이 없었기 때문에 천강신조가 지닌 위력을 제대로 모르고 있었다.

그는 다섯 손가락을 암벽에 깊숙이 박은 채 어금니를 악물고 사력을 다해서 몸을 끌어당겼다.

그저 두 개의 몸뚱이일 뿐인 무게가 이 순간만큼은 천만 근처럼 느껴졌다.

그러나 그의 노력은 헛되지 않아서 아주 느리지만 몸이 두 개의 물줄기를 가르는 분기점으로 간신히 끌어올려졌다.

암벽을 잡고 있는 팔이나 사도혜를 안고 있는 팔 모두 떨어져 나갈 듯이 고통스러웠다. 아예 자신의 팔 같지가 않았다.

얼마나 어금니를 악물었는지 입에서 피가 흘렀다.

거칠게 숨을 몰아쉬자 기다렸다는 듯이 입과 코로 물이 쏟아져 들어왔다.

기침이 터질 듯했지만 그 정도는 극복할 수밖에 없었다.

그리고 그와 사도혜는 가까스로 소로에 진입할 수 있었다.

"……."

다음 순간 연운정은 아차 하는 마음이 들었다.

자신과 사도혜의 몸이 마치 낭떠러지에서 추락하는 것처럼 아래로 푹 꺼졌기 때문이다.

그곳의 물줄기는 거의 수직이나 다름이 없었다. '길이 아닌 것이 곧 길이다' 라는 말은 진리가 아닌 것 같았다.

도무지 정신을 차릴 수가 없었다. 수면 같은 것이 있을 리 없으니 숨을 쉰다는 것 자체가 불가능했다.

그는 물속에서 허우적거리지도 못하고 그저 물의 한 부분이 되어 휩쓸리고 있을 뿐이었다.

아니었다. 수직으로 하강하던 물줄기가 갑자기 방향을 바꾸어 이번에는 위로 솟구치기 시작했다.

아니, 어쩌면 숨을 쉬지 못해서 정신이 몽롱해지고 있었기 때문에 잘못 느낀 것인지도 모르는 일이었다.

물줄기가 아래로 향하는 것인지 위로, 혹은 구불구불 가는 것인지 갈피를 잡기가 어려웠다. 그래도 연운정은 될 대로 되라는 심정은 아니었다.

그는 최악의 난관에 처하더라도 자포자기를 하는 성격과는 거리가 멀었다.

하지만 이 순간의 그가 할 수 있는 일이란 정신을 잃지 않으려고 안간힘을 쓰는 것뿐이었다.

촤아아!

뭐가 어떻게 되어가고 있는 것인가? 연운정은 갑자기 자신의 몸이 둥실 떠오르는 것을 느꼈다.

그것은 마치 몸이 커다란 활시위에 채워졌다가 순간적으로 발사된 것 같은 느낌이었다.

"후아아!"

다만 숨을 쉴 수 있게 되었다는 사실만은 분명했다. 연운정은 있는 힘을 다해서 한껏 숨을 들이켰다.

자신이 죽어서 저승에 당도했기 때문에 숨을 쉴 수 있게 된 것인지, 아니면 지금 환상 속에서 헤매고 있는 것인지 모를 일이지만 숨을 쉬니 살 것만 같았다. 게다가 온몸을 짓누르고 있던 수압이나 빠른 물살이 전혀 느껴지지 않았다.

그때 그의 몸이 다시 아래로 쑤욱 하강하기 시작했다.

풍덩!

그는 하강하는 중에 급히 주위를 둘러보려다가 물방울을 튕기면서 거세게 물로 떨어졌다. 그래서 그는 물속에서 수면으로 떠오르려고 반사적으로 팔과 다리를 허우적거렸다.

하지만 그 물은 여태까지처럼 급하게 흐르는 물줄기가 아니었다. 또한 그가 팔다리를 허우적거리자 어렵지 않게 몸이 수면으로 바로 떠올랐다.

'도대체……'

그는 빠르게 주위를 둘러보았다. 그러자 주위의 경물들이 빠르게 그의 시야에 들어왔다.

"……!"

지금 그의 눈앞에 펼쳐져 있는 광경은 정녕코 믿기 어려웠다. 어떻게 상황이 이처럼 급반전될 수 있다는 말인가?

게다가 그곳은 여태까지의 어둠보다 몇 배나 밝았다. 그렇다고 대낮처럼 밝다는 것이 아니라 같은 어둠이긴 한데 더 밝은 어둠이라는 것이다.

그는 자신이 하나의 아담한 지하 연못에 떠 있는 것을 발견했다. 연못의 둘레는 고작해야 삼십여 장 남짓이었으며, 한복판에서는 분수처럼 물기둥이 솟구치고 있었다.

물기둥의 높이는 대략 삼 장 정도였는데, 연운정은 방금 전 자신이 그 물기둥을 타고 솟구쳤다는 사실을 깨달았다.

연운정의 얼굴은 온통 불신과 경이로움으로 범벅되어 있었다. 지금 그가 보고 있는 상황 때문이었다.

그곳은 하나의 지하 광장이었다. 타원형인데 좁은 곳의 폭이 칠팔십여 장이고, 긴 곳의 폭이 백오십여 장 정도였다. 그 지하 광장의 한복판에 연못이 위치해 있었다.

그런데 믿을 수 없게도 그곳에는 거의 전체가 풀과 나무들로 뒤덮여 있었다.

우거진 정도는 아니었고, 나무들은 키가 작았지만 틀림없는 초지와 숲이 형성되어 있었다.

어떻게 지하에 이런 광장이 존재할 수 있으며 풀과 나무가 있을 수 있는지 모를 일이었다.

그런 것들이 자라려면 어디선가 씨앗이 옮겨져 와야만 할 것이고, 또한 햇빛이 있어야만 가능하다는 것은 코흘리개조차 알고 있는 상식이다. 그러니 지금 눈앞에 펼쳐진 광경은 불가사의한 일이 아닐 수 없었다.

연운정은 혹시 자신이 헛것을 보고 있는 것이 아닌가 싶어서 몇 차례 눈을 비비고 다시 봤지만 결코 잘못 본 것이 아니었다. 지하 광장과 숲은 보란 듯이 여전히 존재하고 있었다.

그는 귀신에 홀린 듯한 기분으로 헤엄을 치며 이끌리듯 연못가로 향했다.

꾸악!

"헛?"

그가 연못가에 이르러 지상과는 다른 키 작은 납작한 풀로 이루어진 풀 더미에 손을 얹었을 때였다.

꾸악!

"헉?"

갑자기 하나의 어린아이 머리통만한 푸른 물체가 풀 더미 속에서 튀어 나와 그의 귓가를 스치더니 물속으로 뛰어드는 바람에 그는 움찔 놀랐다.

그가 급히 돌아보니 한 마리의 개구리 같기도 하고 두꺼비 같기도 한 짐승이 수면 위를 헤엄치면서 유유히 사라져 가고 있었다.

숲이 존재하고 있으니 개구리 같은 짐승이 사는 것은 이상한 일이 아니었지만, 그는 신기한 듯 한동안 그 짐승에게서 시선을 떼지 못했다.

'혜 매!'

문득 그의 생각이 사도혜에게 미쳤다.

그는 즉시 사도혜를 연못가로 끌어올려 풀 위에 눕혔다. 이곳이 어떤 곳인지 살펴보는 것보다 사도혜가 우선이었다.

겉으로 보는 그녀는 시체나 다름이 없었다. 온몸 어디에서도 생존의 징후가 보이지 않았다.

연운정은 즉시 그녀의 생존을 확인해야 마땅하지만 그녀가 죽었을까 봐 겁이 나서 어찌할 바를 몰랐다.

"무슨 일이 있어도 손녀와 헤어지지 말 것이며, 반드시 집에 데려다 주게."

사도천은 죽어가면서 그렇게 말했고, 연운정은 그러마고 굳게 약속했었다.

그러나 사도천과의 약속보다 더 중요한 것이 있었다. 그것은 이제 연운정이 사도혜 없이는 잠시도 견디지 못하는 사람이 돼버렸다는 사실이었다.

'사도혜가 죽었다' 라는 상상조차 할 수 없는 일이었다. 그런 일은 있을 수도, 있어서도 안 되는 것이다.

이윽고 연운정은 조심스럽게 사도혜의 맥을 짚어보았다.

"……!"

그녀는 하루에 한 차례 추궁과혈을 해야만 목숨을 연명할 수 있지만 그럴 경황이 없어서 이틀째 하지 못했다.

더구나 정상적인 상태도 아닌 그녀가 수중에서 오랫동안 있었으니, 성한 사람도 녹초가 된 마당에 그녀의 생존을 바라는 것은 과한 욕심이었다.

"안 돼……."

연운정의 입에서 신음이 흘러나왔다. 그는 서둘러 사도혜의 가슴에 귀를 대보았다.

심장이 뛰지 않았다. 미약하게라도 뛰지 않을 뿐 아니라 아예 차갑게 정지해 있었다.

"흐으으… 아냐… 이건 현실이 아냐……."

그는 넋을 잃고 망연자실 중얼거렸다. 사도혜가 자신의 곁을 떠난다는 절망적인 사실은 단 한 번도 꿈에서조차도 상상해 본 적이 없는 그였다.

그러므로 이것이 현실이 아니라고 생각하는 것은 당연했다. 아마도 사도혜의 몸이 불에 태워져 한 줌의 재가 되었더라도 그는 그녀의 죽음을 받아들이지 않을 것이다.

찌이익! 찌익!

순간 그는 거칠고도 급하게 사도혜의 옷을 찢기 시작했다.

이성을 잃은 것이 아니다. 그의 정신은 어느 때보다 더 명료했다. 다만, 사도혜를 살리고야 말겠다는 집념이 그의 온 마음을 지배하고 있을 뿐이었다.

사도혜는 곧 알몸이 되었다. 그 흔한 점 하나, 잡티 하나 없는 옥처럼 희고 눈부신 나신이었다.

그녀가 사천의 의방에서 처방받은 약을 복용할 때에는 약이 너무 독해서 여자라면 반드시 해야만 하는 월경을 하지 못했다.

여자란 월경을 해야지만 비로소 진짜 여자가 되는 법이다. 임신이 가능한 신체가 되는 것은 물론이고, 몸이 들어갈 곳은 들어가고 나올 곳은 나오게 된다.

사도혜는 예전의 약을 끊고 연운정이 제조한 약을 먹고 나서부터 비로소 월경, 즉 초조를 하게 되었다.

그 후 연운정은 산중에서 도피하는 입장에서 그녀가 월경혈을 처리하지 못해 전전긍긍하는 것을 보고 명월음택심법(明月陰澤心法)이라는 황제내경의 월경 억제 방법을 알려주었었다.

그 운기법은 월경은 하되 체내에서 월경혈이 처음부터 생기지 않게 하는 황궁의 비법이었다.

수많은 후궁들을 거느리는 황제는 그녀들이 월경은 하여 수태는 가능하지만 월경혈은 몸 밖으로 흘려내지 않기를 원했다.

하지만 지금의 연운정은 한가하게 사도혜의 나신이나 감상하고 있을 정신이 아니었다.

그는 그녀의 몸을 세워 앉힌 후 뒤에 서서 그녀의 배를 잡고 들어올려 여러 차례 출렁이게 하였다. 들이킨 물을 토해내게 하려는 것이었다.

그렇게 하자 과연 그녀의 입과 코에서 놀랄 만큼 많은 양의 물이 쏟아져 나왔다.

아마도 위와 폐에 물이 가득 차 있었을 것이다. 연운정은 더 이상 물이 나오지 않을 때까지 그 동작을 계속했다.

이어서 그녀를 똑바로 눕힌 후 입을 벌려 자신의 입을 포개고는 여러 차례 힘껏 공기를 불어넣어 주었다.

그리고는 입을 떼고 두 손바닥을 포개어 그녀의 두 젖가슴 사이에 밀착시키고 약간의 힘을 주어 반복적으로 눌렀다.

그리 크지는 않지만 탐스러우면서도 아담한 젖가슴 사이의 빈 공간은 겨우 두 치도 되지 않아서 연운정의 커다란 손바닥은 그녀의 젖가슴을 거의 덮을 수밖에 없는 상황이었다.

그는 입을 통해서 공기를 주입시키는 것과 가슴을 압박하는 행위를 지

속적으로 반복했다.

"제발… 죽지 마라, 혜 매……. 아니… 너는 절대 죽지 않는다… 헉 헉!"

그는 주문을 외우듯이 중얼거렸다. 처음에는 그저 가슴을 압박하기만 하다가 점차 조금씩 부드러운 진기를 주입시켰다.

그러면서도 그는 끝까지 한가닥 희망을 버리지 않았다. 자신이 그녀에게 명월음택심법과 아울러 천극정심법을 가르쳐 준 것을 상기했다.

천극정심법은 천하에 존재해 있는 그 어떤 심법과도 비교할 수 없을 만큼 탁월한 심법이었다.

꾸준히 운기를 하면 체내에 잠재되어 있던 원기(元氣)를 일깨우고 또 천단만련시켜서 온몸의 장기와 혈맥, 심맥, 정신까지 강건하게 만든다.

그녀는 연운정의 등에 업혀 있는 내내 천극정심법을 운기했었다. 따로 할 일이 없는 그녀가 할 수 있는 일은 하루종일 운기를 하는 것이었다.

만약 그녀의 병약한 체질에도 천극정심법의 오묘한 능력이 어느 정도 작용을 했다면, 그녀는 쉽게 죽지 않을 터이다. 그것이 지금 이 순간 연운정이 부여잡고 있는 유일한 희망이었다.

"하아……."

마침내 그의 간절한 기원이 하늘이 닿았음인가. 그때 사도혜의 입술 사이로 미약한 한숨이 흘러나왔다.

"혜 매!"

연운정은 그녀의 가슴을 누르고 있다가 더없이 기쁜 얼굴로 외침을 터뜨렸다.

"운정 오라버님……."

사도혜는 눈을 뜨자마자 자신을 굽어보고 있는 연운정을 발견하고는 주르르 눈물을 흘렸다.

그녀는 이곳이 어디인지, 지금이 어떤 상황인지는 알 필요도, 알고 싶지도 않았다.

그저 눈을 뜨자마자 사랑하는 사람이 거기에 있다는 사실만으로도 그녀는 기쁨에 넘쳤다.

문득 그녀의 눈동자가 사르르 굴러 자신의 가슴을 짓누르고 있는 연운정의 두 손으로 향했다.

여자란 아무리 위급한 상황이라도 여자일 뿐이다. 그녀는 부끄러움 때문에 다시 눈을 감고 얼굴을 붉혔다.

협맥심경증 때문에 몸에 피가 제대로 돌지 않아서 핏기라곤 없는 그녀였지만, 부끄러운 홍조를 얼굴에 만들어낼 핏기는 남아 있었나 보다.

하지만 연운정은 그녀가 부끄러움 때문에 다시 눈을 감자 뭔가 잘못됐다고 오해하여 울부짖듯이 외쳤다.

"혜 매! 정신 차려! 죽으면 안 돼!"

그러자 사도혜가 다시 살며시 눈을 떴다.

"소녀는… 괜찮아요……."

"혜 매—!"

연운정은 사도혜를 힘차게 끌어안았다.

사도혜는 힘이 한 올도 없어 연운정을 마주 안지는 못했지만 마음은 그를 가장 힘주어 안았다.

"혜 매… 내가 널 지켜주겠어… 넌 죽지 않아. 네가 죽으면… 나는… 살 수 없다."

연운정은 그녀를 품에 꼭 안고 낮게 흐느꼈다.

사도혜는 연운정의 목소리와 그의 몸이 가늘게 떨리는 것으로 그가 흐느끼고 있음을 깨달았다.

사도혜도 울었다.

이 사람을 위해서 나는 살아야 해.

그 누구를 위해서가 아닌, 나 자신이나 가족도 아닌, 오직 이 사람, 이 남자를 위해서 나는 이를 악물고 살아야만 해. 그녀는 온 마음으로 연운정을 안고 그렇게 맹세의 눈물을 흘렸다.

그렇게 오랫동안 연운정은 사도혜를 가슴 깊이 안고 있었다. 그도 나름대로 결심을 하고 있었다.

반드시 사도혜의 병을 고치고 말겠노라고, 그것이 가장 급선무라고, 그 다음에야 다른 것들을 생각하겠다고 말이다.

'음! 너무 심각하다!'

사도혜를 진맥하고 난 연운정은 속으로 무거운 신음을 토해냈다.

그녀는 온몸의 혈맥이 거의 막혀 있는 상태였다. 다만 중요 혈맥 몇 가닥이 간신히 소통되고 있을 뿐이었는데, 그나마도 빠르게 막혀가고 있는 중이었다.

'길면 이틀. 짧으면 하루 정도의 여유밖에 없다.'

그 시간이 지나면 사도혜는 죽는다. 아무리 두 사람이 헤어져서는 못 산다고 해도, 연운정이 그녀를 놓아주지 않으려 하고, 사도혜가 그를 떠나려고 하지 않아도 사신(死神)은 기어코 그녀를 데려가고 말 것이다.

사도혜는 정신이 오락가락했다. 하지만 깨어 있는 시간보다 혼절해 있는 시간이 훨씬 길었다.

물론 깨어 있다고는 해도 시체처럼 꼼짝하지 못한 채 누워만 있을 뿐이었다.

연운정은 지하 광장 한쪽 벽 아래에 풀을 뜯어 푹신하게 만들어 그 위에 사도혜를 눕혀놓은 상태였다.

그는 사도혜 옆에 앉아 물끄러미 그녀를 굽어보았다. 지하 광장이 아

니라 산중이라면 어떻게든 추적자들의 눈을 피해서 죽기를 각오하고 필
요한 약초들을 채집해 보련만은, 이런 지하에서는 약초 같은 것이 있을
리 만무했다.

낯선 절망이 엄습했다. 그 상황은 연운정 자신이 죽음을 목전에 둔 것
보다도 더한 절망이었다.

그는 자신이 죽어서 사도혜를 살릴 수만 있다면 추호도 망설이지 않고
기꺼이 그렇게 했을 것이다.

그는 넋을 잃고 앉은 채 아무것도 하지 않았다. 아니, 아무것도 할 수
없었다.

그 자신도 무척 지치고 곤핍했지만 운공도 하지 않았고, 허기도 느끼
지 못했다.

사도혜가 존재하면 그도 존재했고, 그녀가 없으면 그도 존재하지 않았
다.

그는 그저 앉아서 시름없이 자신의 무재무능(無才無能)함을 꾸짖을 수
밖에 없었다.

자신이 좀 더 뛰어난 의술을 지녔더라면, 더 탁월한 무공을 지녔더라
면 그녀를 이처럼 사경에 처하게 하지는 않았을 것이라고 스스로를 책망
했다.

스르르—

그때 무언가 길쭉하고 구불구불한 것이 한쪽에서 기어와 사도혜의 배
위로 타고 올라왔다.

뱀이었다. 개구리 따위가 있으니 뱀이 있다는 사실이 이상할 것은 없
는 일이었다.

뱀치고는 매우 짧은 한 자 남짓 길이인데, 길이에 비해서 어린아이
손목 정도로 굵었으며 가로로 여러 가지 색깔이 화려한 모양을 하고 있

었다.

　획!

　연운정은 심상한 얼굴로 뱀을 집어 멀찌감치 던져 버렸다. 그가 뱀을 잡았을 때 뱀이 독아(毒牙)를 드러내고 팔을 물려고 했지만 다행히 그전에 허공으로 날아갔다.

　하지만 연운정은 자신이 뱀에 물리는 것 정도는 신경조차 쓰지 않았다.

　그 뱀에게 물리면 운공으로도 맹독을 몰아내지 못하게 되겠지만 개의치 않았다. 그의 머리 속에는 사도혜만이 가득 들어차 있을 뿐이었다.

　"……!"

　아니, 그는 뱀을 집어 던지고 다시 사도혜를 물끄러미 굽어보다가 움찔 놀라는 표정을 지었다.

　"혹시……."

　순간 그는 자신이 방금 뱀을 집어 던진 곳으로 구르듯이 달려가 뱀을 찾아보았다. 하지만 그사이에 어디로 사라졌는지 도통 보이지 않았다.

　대신 다른 뱀 한 마리가 풀숲 사이에서 나와 그의 발 쪽으로 스르르 기어왔다.

　손가락처럼 가늘면서 전체가 핏빛처럼 붉은색인데, 특이하게도 적두(赤豆:팥)알만한 두 눈만 눈처럼 흰색이었다.

　연운정은 우두커니 선 채 뱀에게서 시선을 떼지 못했다. 그는 이 뱀을 한 번도 본 적이 없지만 마치 전에 수없이 본 것 같은 기분이 들었다.

　사부 담운정이 그에게 약초와 더불어 천하의 영물(靈物)에 대해서도 그림을 그려가면서 자세히 설명해 주었기 때문이다.

　"이것은 적린사(赤鱗蛇)!"

　그는 나직한 탄성을 터뜨렸다. 두 번, 세 번 다시 봐도 사부가 설명해

주었던 적린사가 틀림없었다.

적린사는 맹독 중에서도 가장 지독한 맹독을 지닌 독사였다.

세간에서는 적린사에 물렸을 경우 백약이 소용없는 것으로 알려져 있지만 담운정의 의술로는 충분히 해독시킬 수 있었다. 그런데 이런 곳에 그만한 약초가 있을 리 없었다.

약(藥)과 독(毒)은 엄연히 다르다. 하지만 연운정처럼 타의 추종을 불허할 지경에 이른 약 제조사는 약을 독으로도, 또는 독을 약으로 능수능란하게 다룰 줄 안다.

'어쩌면……'

그는 적린사를 보는 순간 가슴에 한가닥 희망을 품었다. 그의 머리 속에서 협맥심경증에 필요한 약과 독이 빠르고도 정확하게 서로 배합되었다.

협맥심경증을 완치시키자면 모두 일곱 종류의 약재가 필요했다.

예전에 임시방편으로 사도혜의 병세를 완화시켜 주었던 환약에 들어간 네 가지 약재는 흔히 구할 수 있는 평범한 것들이었다. 하지만 나머지 세 가지는 그야말로 저잣거리에서는 구하기 어려운 희귀한 약재들이었다.

연운정은 서둘러 자신의 품속을 뒤졌다. 도주하는 동안 틈틈이 구한 약초들을 찾으려는 것이었다.

그러나 그는 곧 더없이 허탈한 표정이 되고 말았다. 있는 줄 알았던 약초가 없었다.

하긴, 그 난리법석을 떨었는데도 품속의 약초가 남아 있다면 오히려 그것이 이상한 일이었다.

그의 머리 속에서 한창 구상되고 있던 약과 독의 배합이 그 순간 씻은 듯이 사라져 버렸다.

‘어차피 약초가 있다고 해도 이런 곳에서는 불가능한 일이었어.’

그는 참담한 심정으로 내심 중얼거렸다. 설사 품속에 세 가지 약초가 남아 있었다고 한들, 또한 적린사의 맹독을 어렵사리 약재로 변환시켰다고 쳐도 여전히 세 가지 약재가 부족했다. 그것들을 이런 열악한 곳에서 구한다는 것은 그야말로 하늘에서 별을 따오는 것보다 어려운 일일 터이다.

그러는 사이에 적린사는 연운정의 발 옆을 스쳐 지나가 버렸다.

그는 힘없이 사도혜 곁으로 돌아와 앉았다. 그리고 죽어가는 그녀를 보고 있자니 가슴이 찢어지는 것만 같았다.

사도혜는 오직 연운정만 믿고 있을 것이다. 그가 자신을 반드시 살려 낼 것이라고 믿으면서 저 죽음으로 이르는 나락으로 한없이 꺼져가고 있는 중이었다.

그런데도 정작 연운정은 어찌할 바를 모르고 망연자실 앉아만 있을 뿐이었다. 그런 자신이 또 너무나 싫어서 머리를 암벽에 들이받고 싶은 심정이었다.

그렇게 얼마나 넋을 잃고 있었을까?

‘이래선 안 된다! 무언가 방법을 찾아야만 해!’

그는 머리를 세차게 흔들면서 스스로를 일깨웠다.

‘음! 어떻게 해서든 일곱 가지 약재를 구해야만 한다!’

마음속으로 그렇게 힘주어 말해놓고는 곧 거기에서 멈춰 버렸다. 그것을 어디에서 구한다는 말인가? 너무나 막막했다.

그는 애써 자신을 추슬렀지만 다시 원점으로 되돌아오고 말았다.

‘일곱 가지 약재… 으음!’

가끔씩 깨어나기도 하던 사도혜는 이젠 아예 깨어날 줄을 몰랐고, 눈조차 뜨지 않았다.

'일곱 가지……'

순간 그는 움찔 한차례 세차게 몸을 떨었다. 아주 날카로운 칼끝에 뒤통수를 깊숙이 찔린 듯한 느낌이었다. 무언가를 깨달았기 때문이다, 그것도 아주 크고 신선한 깨달음을.

'길이 아닌 것이 곧 길이다'는 사부 담운정의 말이 칼이 되어 그의 뇌 한복판을 관통했다.

'이런! 어째서 나는 어리석게도 줄곧 일곱 가지 약재만을 고집했던 것인가?'

커다란 깨달음이었다. 그것은 목적지로 가는 방법은 원래 여러 갈래 길인데, 여태껏 한 길만을 고집해 온 자신의 어리석음에 대한 깨우침이었다.

사부는 그에게 협맥심경증의 완치에는 일곱 가지 약재가 필요하다고 가르쳤다. 하지만 그 방법밖에 없다고는 하지 않았다. 그는 가장 보편적인 치료법을 가르친 것이었다.

세상에는 보편적인 일만 있으라는 법이 없다. 어떤 일이든 특별한 경우가 될 가능성은 지니고 있기 마련이다.

특별함이나 희귀함은 원래 보편적인 것에서부터 비롯하여 진행되다가 변형이 된 경우이다. 처음부터 특별하거나 희귀한 경우는 단연코 없는 것이다.

그러므로 특별한 치료법도 보편적인 것에서 출발해야 마땅할 것이다. 지금이 바로 그럴 때였다.

연운정은 확신했다.

분명히 협맥심경증을 완치시키는 다른 방법이 있을 것이다. 이가 없으면 잇몸인 것이다.

그는 협맥심경증의 원인에서부터 새롭게 차근차근 되짚어보기 시작했다.

여태 그는 이것의 답은 저것이다라고만 외웠지, 이것이 무엇이며 어째서 저것이 답이 되는지에 대해서는 심각하게 궁구해 본 적이 없었다.

불치병의 근원, 즉 발생 원인을 알고 나면 답이 나올 것이다. 그래서 그는 그때부터 협맥심경증의 발생 이유와 그것이 신체 내에서 어떤 작용을 하며, 신체는 또 어떤 반응을 하는지에 대해서 깊이 천착(穿鑿)했다.

눈을 감은 그는 서서히 무아지경에 빠져들었다. 그의 머리 속에는 커다란 인체의 해부도가 그려졌으며, 무수한 굵고 가늘며 길고 짧은 혈맥들이 거미줄처럼 얽혀졌다. 또한 심장과 폐를 비롯한 오장육부 장기들이 채워졌다.

그는 그곳에 복잡하기 이를 데 없는 선을 긋고 칼로 자르면서 침을 찌르며 그것들을 정리하여 글과 그림을 그려 나갔다.

만약 그것들을 커다란 종이에 붓으로 그린다면 알아볼 사람은 아마도 연운정 본인뿐일 것이다.

그렇게 얼마나 오랜 시간이 흘렀을까. 어느 한순간 그는 번쩍 눈을 떴다. 그의 얼굴은 환하게 밝아졌으며, 어떤 확신 같은 것이 넘쳐흘렀다.

'바로 그것이다!'

그는 마침내 깨달았다, 협맥심경증을 꼭 약재가 아니더라도 완치시킬 수 있는 방법을.

천하의 모든 약과 독에는 '성분' 이라는 것이 있다. 그것은 또 적게는 하나에서 많게는 서너 개의 '주성분' 과 여러 개의 '부성분' 으로 나뉜다. 어떤 병에 약재를 처방할 때에는 보편적으로 '주성분' 을 중점으로 삼는다.

그러나 '주성분' 이 없을 경우에는 비슷한 효능을 지니고 있는 '부성분' 을 하나 혹은 여러 개를 혼용함으로써 '주성분' 의 효과를 끌어낼 수도 있는 것이다.

그리고 '주성분' 도 '부성분' 도 없을 경우에는 부득이 다른 방법으로 대체하여 약재를 써서 얻는 효과를 대체할 수도 있다. 바로 '침' 이나 '뜸' , 그리고 '추궁과혈수법' 이었다.

'우선 이곳에 약재로 쓸 만한 것들이 뭐가 있는지부터 찾아보자!'

그는 사도혜를 굽어본 후에 속으로 힘있게 외치며 벌떡 일어섰다. 그는 마음속으로 최악의 경우 추궁과혈수법으로만 치료해 보려는 계획도 세워두었다.

그러나 그것은 확신이 없었다.

또한 말 그대로 최악의 경우에 어쩔 수 없이 사용해야 하는 것이지 처음부터 시도할 일은 아니었다.

"아!"

일어서서 전면을 보던 그는 부지중 나직한 탄성을 터뜨리며 눈을 크게 떴다.

우선 빛[光]이 있었다. 얼마 전까지만 해도 없었던 것이다. 그 빛 때문에 지하 광장이 환하게 한눈에 들어왔다.

빛은 한줄기였는데 위에서 아래 수직으로 비춰지고 있었다. 연운정은 빛줄기를 따라 고개를 들어 위를 쳐다보았다.

거기에는 하나의 구멍이 있어 그곳으로 빛이 스며들었는데, 구멍 밖 까마득히 높은 곳에 파란 하늘과 조각구름이 보였다. 구멍 밖은 바깥 세상이었다.

그 구멍이 이곳 지하 세계에서 바깥으로 통하는 유일한 통로였다. 구멍은 원형이었는데, 폭이 다섯 자 정도였다.

연운정은 그제야 이곳 지하 광장에 풀과 나무가 자라고 짐승들이 살고 있는 이유를 깨달았다.

그곳을 통해서 씨앗과 짐승들이 유입된 것이고, 햇빛이 스며들기 때문에 생물들이 생존할 수 있었던 것이다.

연운정이 이곳에 당도했을 때에는 밤이었다. 그런데도 물줄기가 흐르던 지하 동굴과는 달리 그다지 어둡지 않았던 까닭은 바로 저 구멍을 통해서 바깥 세상의 달빛이나 별빛이 미약하게나마 흘러들었기 때문이다.

어느새 밤이 지나고 아침이 된 것이었다. 그것은 사도혜가 살아 있을 시간이 그만큼 짧아졌다는 것을 의미하고 있었다.

❖ 第四十一章 ❖

소생

第 四十一 章

이곳 지하 광장의 키 작은 나무들은 줄기와 가지가 모두 한복판을 향해 기형적으로 뻗어 있었다. 한 움큼이라도 햇볕을 더 쬐기 위한 저들끼리의 소리없는 몸부림이었다.

연운정은 사도혜를 들쳐 업고 겉옷으로 자신의 몸에 묶었다. 이곳에 어떤 독물이 있는지 모르는 상황이었으므로 그녀를 혼자 방치해 둘 수는 없었다.

폭 칠팔십여 장에 길이 백오십여 장 정도 타원형의 지하 광장을 대충 살펴보는 데에는 그다지 오래 걸리지 않았다.

대충이라고는 하지만 그의 이목을 끌거나 특이한 것들을 발견했을 때에는 조금 더 시간을 할애하여 세심하게 관찰했다.

이곳에는 예상하지 않았던 식물들이 더러 있었지만 사도혜 때문에 마음이 급해서 꼼꼼하게 살필 여유가 없었다.

하지만 대충 둘러본 결과로도 지하 광장의 상황을 어느 정도는 파악할 수 있었다.

우선 지하 광장의 한복판에는 연못이 있었다. 잠깐 살펴보았지만 연못 속에는 꽤 많은 종류의 물고기들이 떼지어 살고 있었으며, 조그만 자라와 거북이도 다수 있었다.

연못가에는 처음에 연운정이 보았던 개구리 같기도 하고 두꺼비 같기도 한 것들이 놀랄 만큼 많이 서식하고 있었다.

사부의 가르침이 틀리지 않는다면 그것은 두꺼비의 일종으로 네 발바닥이 붉은 것을 제외하면 온몸이 푸른색이며, 극음(極陰)까지는 아니더라도 몹시 음기가 강한 짐승이었다.

두꺼비의 이름은 청각섬여(靑角蟾蜍)이며, 세속의 의방에서는 바짝 말려서 강한 음기를 제거한 후에 약재로 쓰인다.

풀숲에는 수많은 곤충들과 다람쥐, 토끼, 들쥐 따위가 살았으며, 그것들을 잡아먹고 사는 뱀들도 우글거렸다.

대부분 독사로, 바깥 세상에서는 보기 힘든 구렁이들도 몇 종류가 있었다.

이런 열악한 환경에 무슨 약초가 있겠는가 하던 연운정의 체념은 성급한 생각이었다.

지하 광장에는 햇빛이 잘 들지 않았기 때문에 바깥 세상에 있는 약초들은 역시 단 하나도 발견할 수가 없었다. 그 대신 연운정이 여태껏 한 번도 구경해 보지 못했던 습지, 혹은 음지에서 자생하는 약초들이 풀숲 사이에 무진장한 군락(群落)을 이루고 있었다.

그야말로 약초의 보고였다. 하지만 사도혜의 병을 치료하는 데 정확하게 필요로 하는 약초는 없었다.

또한 사방의 벽에는 엄청난 버섯들이 벽 전체를 뒤덮다시피 지라고 있었다.

그것들 중에는 식용할 수 있는 것들과 약재로 쓰이는 것들도 더러 눈
에 띄었다.

지하 광장 전체에는 키 작은 나무들이 천여 그루 정도 됐는데, 그중 절
반 가량이 과실수였다.

그 가운데 산 복숭아나 밤, 잣, 모과, 감, 머루, 다래, 대추 등 먹을 수
있는 것들도 있었으며 처음 보는 과일들도 있었다.

이곳 지하 광장의 둘레는 미끄러운 이끼로 뒤덮인 암벽인데, 위로 올
라갈수록 차츰 한복판으로 좁혀져서 구멍에 이르렀다. 마치 만두를 연상
케 하는 모양이었다.

바닥에서 구멍까지의 높이는 무려 오십여 장에 달했다. 더구나 수직이
아니라 안쪽으로 오므려진 형태였으므로 기어오르는 것은 거의 불가능
할 것 같았다.

연운정은 기진맥진한 상태였다.

지하 광장에 도착한 이후 잠시도 쉬지 않고 사도혜를 살리기 위해서
온몸과 마음을 혹사시켰기 때문이다.

그의 앞에는 하나의 돌이 놓여 있었다. 아니, 그것은 돌 그릇이었다.
그가 천뢰신수의 천강신조를 사용해서 납작한 돌을 깎고 다듬어서 만들
었다.

돌 그릇의 움푹한 곳에는 검푸른 액체가 찻잔 두 개 분량 정도 담겨 있
었다.

적린사를 포함한 세 마리 독사의 맹독과 다섯 가지 습지 약초, 버섯군
락에서 발견한 석자지(石紫芝:영지버섯)와 세 종류의 버섯 액의 혼합물이
었다.

연운정은 원래 자신이 알고 있는 협맥심경증의 처방법을 깨끗이 잊어

버린 후에 그 병의 근원을 파헤쳐 자신만의 새로운 처방법을 만들어낸 것이었다.

독을 약으로, 또한 독과 약을 혼용한 처방법이었다. 위험천만한 시도지만 지금으로서는 이 방법밖에 없었다. 그리고 그는 자신의 처방법에 확신을 갖고 있었다.

어쩌면 사도혜를 완치시키지 못하더라도 최소한 병세를 웬만큼은 호전시킬 수 있을 것이라고 말이다.

그는 최선, 아니, 필생의 노력을 경주했다. 이제는 운명이 결과를 지어줄 일만 남았다.

이렇게라도 하지 않으면 사도혜가 죽는 모습을 피눈물을 흘리면서 지켜봐야만 할 것이다.

사도혜는 이미 시체나 다름이 없었다. 호흡도 맥박도 미약하기 이를 데 없어서 금방이라도 멈출 것만 같았다.

연운정은 오른손으로 돌 그릇을 잡고 왼손으로 사도혜의 입을 벌린 후 조심스럽게 약물을 흘려 넣었다. 긴장 때문에 그의 얼굴에 굵은 땀방울이 맺혔다.

사실 그가 준비한 약물만으로 협맥심경증을 완치시키는 것은 부족했다. 그의 분석으로는 추궁과혈수법을 병행해야만 했다.

사도혜는 오래전부터 나신이었다. 연운정은 그녀의 옆에 앉아서 운공을 했다. 운공이라는 것을 시작한 이래 가장 절박하면서도 숭고한 운공이었다.

약물이 그녀의 체내에서 작용을 하려면 반 시진 정도의 시간이 소요될 터이다.

그사이에 그는 추궁과혈수법에 가장 정심한 진기를 주입시키기 위해서 운공을 하는 것이었다.

한차례 운공을 하면 정확하게 반 시진이 흐른다. 이윽고 연운정은 운공을 마치고 두 손에 천극정신공의 가장 정심한 내공만을 주입시킨 후 사도혜의 몸으로 뻗었다.

지금 그의 마음은 명경지수보다 더 고요했다. 운공을 하기 전까지만 해도 사도혜를 살려야만 하는 절박하고 초조한 심정이었지만, 운공을 하면서 그런 것들을 훌훌 털어버렸다.

최상질의 추궁과혈수법을 위해서 가장 정심한 내공을 준비한 것처럼 가장 고결한 정신이 필요한 것이다.

이윽고 그의 두 손이 사도혜의 온몸을 주무르고 쓰다듬으며 춤을 추기 시작했다.

그때마다 각 혈도와 혈맥에 필요한 만큼의 적당한 양의 진기가 맥맥히 주입됐다.

지금 그가 시전하고 있는 추궁과혈수법은 사도혜의 약이 떨어진 후 하루에 한 차례 해주던 것과는 판이하게 달랐다.

반 시진 전에 복용시킨 약물이 그녀의 체내 요소요소에서 각각 다른 작용을 할 때마다 그 부위를 주무르고 쓰다듬으며 두드려서 약효가 더 잘 효험을 보이도록 하려는 것이었고, 약효와는 별도로 혈맥을 열고 경락을 진작시키려는 행동이었다.

예전의 추궁과혈수법은 병세의 억제였지만 지금은 완치를 목표로 하고 있는 것이다.

천하제일미라 추앙받고 있는 사도혜의 눈부신 나신이 연운정의 두 손에 의해 온몸 구석구석이 주물러지고 쓰다듬어졌다.

"후우……."

마침내 한 시진여에 걸친 추궁과혈수법이 끝나자 그는 긴 한숨을 토해냈다.

사도혜의 온몸은 붉은 자국들과 푸른 멍 자국이 가득했다. 그리고 그녀에게서는 아직 어떠한 생존의 징후도 보이지 않았다.

연운정은 이제 자신이 할 수 있는 최선의 노력을 다 쏟아 부었다. 이제는 결과를 기다려야 한다.

털썩!

그때 연운정은 몸이 옆으로 스스르 기울어지더니 그대로 쓰러져서 혼절해 버렸다. 심신이 극도로 곤핍한 중에도 진기를 모조리 쏟아냈기 때문에 더 이상 버티고 있지 못한 것이었다.

사도혜는 살며시 눈을 떴다.

그녀가 처음에 지하 광장에 도착하여 눈을 떴을 때와는 달리 주위가 밝았다. 아직 해가 지지 않았던 것이다.

그녀는 눈을 뜨자마자 좌우를 두리번거리며 연운정부터 찾았다. 마치 혼절해 있는 중에도 계속 연운정을 찾아 헤맸던 것처럼. 그리고 바로 옆에서 그가 사도혜 자신 쪽으로 향한 채 웅크려 있는 모습을 발견했다.

그녀는 연운정의 얼굴이 매우 초췌하다는 사실에 크게 놀랐다. 그의 얼굴은 마치 심한 중병을 앓고 난 사람 같았다.

'어쩌다가……'

사도혜는 부지중 상체를 일으키다가 두 가지 사실을 거의 동시에 깨달았다.

자신이 실오라기 하나 걸치지 않은 벌거숭이라는 것과 얼마 전까지만 해도 생사지경을 헤매던 자신이 조금도 힘들이지 않고 단번에 상체를 일으켰다는 사실이다.

'혹시……'

그녀는 벌떡 일어서 보았다. 그리고는 몸을 이리저리 움직이기도 하고 잠시 걸어보기도 했다.

팔 하나, 다리 하나를 움직이려 해도 천근만근 무겁기만 하던 수족이 마치 날개를 단 것 같았다. 이런 상황은 단 한 가지 경우일 때만 가능했다.

'아아! 병이 깨끗이 나은 거야!'

그녀는 깨달았다. 몸과 마음이 지금처럼 가볍고 상쾌한 적은 태어나서 처음이었다.

꿈을 꾸는 것만 같았다. 자신이 아직도 사경을 헤매면서 이승과 저승을 오락가락하며 못된 저승사자의 심술에 의해서 헛된 남가일몽에 빠져 있는 듯했다.

이것을 현실로 믿기에는 얼마 전까지의 그녀의 상태가 너무도 위중했었다. 그때가 지옥이었다면 지금은 천당이었다.

언제나 멍에처럼 지고 다녔던 피로와 무기력증 따윈 지금 이 순간 씻은 듯이 사라지고 없었다.

아니, 오히려 한 번도 느껴보지 못했던 신비로운 활력이 온몸에 가득 넘쳐흐르고 있었다.

게다가 티끌 하나 없이 맑기만 한 정신은 또 어떤가? 뇌를 얼음물 속에 한참 동안 담갔다가 꺼낸 것처럼 차고도 신선했으며, 눈곱만큼의 탁기도 없었다.

그래서 그녀는 자신이 십육 년 동안 천형처럼 안고 살았던 협맥심경증이 완치됐다는 사실을 깨달았다. 아니, 언제 그런 병으로 고생했는가 싶은 마음도 들었다.

그리고 연운정이 초주검이 된 이유가 자신의 병을 완치시키느라 마지막 한 방울의 힘마저도 쏟아냈기 때문이라는 사실도 더불어 깨달을 수 있었다.

"아아… 운정 오라버님……."

원래도 연운정은 그녀에게 있어서 빛과 소금 같은 존재였지만, 지금 이 순간 그는 사도혜의 절대자(絶對者)가 되었다.

최초에는 객잔의 주인 아들과 숙박객으로 만났다가 여러 우여곡절을 겪은 후 지금에 이르렀다.

그녀의 목숨은 절대자가 주었으니 당연히 그의 것이고, 그녀의 사랑은 절대자의 눈길 한 번에 희비(喜悲)하게 되었으며, 그가 있음에 그녀도 있음이라.

연운정은 사도혜의 삼라만상이었다. 그녀의 인생은 그의 인생 속에 포함되었고, 그가 웃으면 그녀도 웃고, 그가 슬퍼하면 그녀는 통곡할 것이다.

그녀의 처음이며 마지막. 그 무엇으로도 설명할 수 없는 존재. 연운정이 존재함으로써 그녀는 비로소 완벽해질 수 있는 미완의 그 무엇이었다.

사도혜는 눈물을 흘리지 않았다. 대신 연운정의 옆에 살포시 무릎을 꿇고 앉아 두 손으로 조심스레 그의 머리를 받쳐 들고 그의 입술에 자신의 입술을 갖다 댔다. 그렇게 아주 오랫동안 그녀는 움직이지 않았다.

그녀의 영혼이 녹아서 입술을 통하여 연운정의 영혼 속으로 스며들고 있었다.

연운정이 깨어났을 때 사도혜는 천극정심법을 운기하고 있었다.

그녀는 아직 옷을 입지 않은 나신 상태였다. 연운정에게 긴 입맞춤을 하고 난 그녀는 곧바로 운기를 시작했다.

그런데 운기를 하자마자 예전에는 결코 느낄 수 없었던 신비한 일들이 체내에서 계속 일어났기 때문에 현재 세 번 연이어 운기를 하고 있는 중이었다.

연운정이 처음으로 천극정심법을 배워 운기를 했을 때 느꼈던 현상이 지금 사도혜의 체내에서 일어나고 있는 것이었다.

박토(薄土)에는 아무리 우수한 씨앗을 뿌려도 작물이 제대로 자라지 않고 수확도 형편없는 것이 당연하다. 그러나 협맥심경증이 완치되어 기름진 옥토로 변한 사도혜의 심신은 천하에서 가장 탁월하다고 할 수 있는 천극정심법의 경이로운 능력을 만끽하고 있었다.

연운정은 이끌리듯이 부스스 일어나 앉아서 넋을 잃은 채 그녀를 바라보고 있었다. 그녀의 모습은 목석 같은 그의 혼을 빼놓기에 부족함이 없었다.

사도혜는 선천병이라는 사슬에서 완전히 풀려났기에 외모에서부터 크게 달라진 모습이 되었다.

예전에는 핏기 하나 없이 눈부시게 희기만 한 살결이었으며, 병중이었으므로 윤기와 탄력이 크게 떨어져 있는 상태였다. 그런데도 불구하고 빙기옥골 같았다.

하지만 지금은 그녀의 외모만 보더라도 전혀 다른 사람으로 감쪽같이 둔갑한 듯했다. 우선 살결이 더 희고 투명해졌으며 은은한 홍조까지 감돌았다.

또한 눈으로 보기에도 탄력이 넘쳤고, 기름을 바른 듯 촉촉한 윤기가 흘렀으며 매끄러웠다.

믿기 힘든 일이었지만 가슴도 더 커지고 탄력적이 됐으며, 허리는 더 잘록하게, 그리고 골반이 더 커졌으며 엉덩이의 살집도 팽팽하게 변했다.

그리고 그윽이 눈 감고 있는 저 얼굴은 또 어떤가? 얼마 전보다 더 아름다워졌다. 단지 그렇게 밖에는 설명할 방법이 없었다.

병마와 싸울 때의 미모로도 능히 천하제일미라고 불렸는데, 지금의 미모에 비하면 그때의 얼굴은 감히 추녀라고 선뜻 말할 수 있을 정도였다.

인간은 누구나 각기 다른 방면의 완전(完全)을 추구한다. 그러나 몇 번의 생을 다시 살아도 언제나 완전은 요원하기만 한 법이다. 원래 완전이라는 것은 신의 몫이기 때문이다.

그러나 지금 연운정의 눈앞에 그 유일무이한 예외적 존재가 앉아 있었다.

바로 미의 완전인 사도혜였다. 그렇게 밖에는 설명할 수 없을 만큼 그녀는 아름다웠다.

연운정은 그녀의 병이 완치됐는지의 여부도 알려하지 않았고, 자신의 고갈된 기력을 보충하기 위해서 운공을 하는 것도 잊은 채 그저 망연히 사도혜를 바라보고 있었다.

하지만 추호의 음심도 일지 않았다. 그저 절대완미(絕對完美)한 존재를 넋을 잃고 바라볼 뿐이었다.

협맥심경증이 완치된 상태에서 연이어 세 차례의 천극정심법을 운기하고 있는 사도혜는 지금 태어나서 한 번도 경험해 본 적이 없는 상태에 몰입되어 있는 중이었다.

즉, 기력의 충만함이었다.

그렇다고 지금 세 차례 연이어 하고 있는 운기만으로 그런 결과를 이끌어낸 것은 아니었다.

그녀는 병을 앓고 있을 때 연운정에게 천극정심법을 전수받았었다. 이후 한 달여 동안을 거의 하루종일 운기를 했었다.

그 무수한 운기들이 그녀의 병세를 어느 정도 억제해 주었던 것은 주지의 사실이다. 또한 그녀의 체내에 잠재되어 있던 원기를 촉발시켜 기력으로 만들어 단전에 응축시켜 두었다.

협맥심경증 때문에 기력이 소통되지 못한 채 모여 있기만 했던 것이다. 그것이 병이 완치된 지금 그녀의 전신을 돌면서 빠르게 새로운 신체를 만들어가고 있었다.

그 과정에서 혈맥과 경락이 튼튼해지고, 오장육부가 강건해졌으며, 신체 외적으로도 더없이 탐스러운 몸매로 가꾸어지는 중이었다.

"후우……."

그때 사도혜가 운기를 마치고 긴 한숨을 토해내면서 눈을 떴다.

"……!"

그녀는 자신의 바로 앞에 연운정이 마주 보는 자세로 앉아 있는데다 넋이 반쯤 빠져나간 듯한 표정을 짓고 있는 것을 발견하고 그가 무언가 잘못됐는지 알고 화들짝 놀랐다.

그러나 곧 그의 시선이 사도혜 자신의 온몸 구석구석을 홀린 듯이 부유하고 있다는 사실을 깨닫고는 온몸의 피가 한꺼번에 얼굴로 몰리는 것을 느꼈다.

'난 몰라……. 어떻게 하면 좋아…….'

그녀는 크게 당황하여 눈을 꼭 감아버렸다.

그런데 이상한 일이 일어났다. 눈을 감자 부끄러움이 삽시간에 사라져 버리면서 마음이 더없이 평온해진 것이다.

─나는 운정 오라버님 것이야. 내 몸과 정신의 주인이 내 몸을 보는데 무엇이 부끄럽고 수치스러울까?

그런 생각이 자연스럽게 들자 부끄러운 마음은 씻은 듯이 사라져 버리고 뿌듯한 마음까지 들었다.

그것은 그녀 자신도 쉽사리 이해하기 어려운 현상이었다. 감정이 앞서고 이성이 뒤따르는 상태였다.

아니, 오히려 연운정이 자신의 나신을 보고 실망하지는 않을까 하는 조바심마저 생겼다.

평범한 연인 사이라면 있을 수도 없는 일이었다. 하지만 이 두 사람은 결코 평범한 연인이 아니었다.

천하에 이들과 같은 일을 겪고, 이들과 같은 기구한 곡절로 이어진 연인은 아마 이들뿐일 터이다.

그녀의 몸을 구석구석 보지 않은 곳이 없고 만지지 않은 곳이 없는 연운정이었다.

물론 그때마다 한 치의 음심도 품지 않은 상태에서 치료만을 목적으로 삼은 행동이었다. 그것은 고승처럼 수양이 깊은 연운정이기에 가능한 일이었다.

하지만 여자인 사도혜의 생각은 조금 달랐다.

만약 연운정이 아니었다면, 목숨이 당장 끊어지는 절체절명의 상황이었다고 해도 어느 누구에게도 속살은커녕 팔뚝조차 내보이지 않았을 그녀다.

연운정에겐 속살이 아니라 그보다 더한 것도 서슴지 않고 행할 수 있는 그녀인 것이다.

사도혜는 다시 조심스레 눈을 떴다.

'아!'

그러다가 깜짝 놀라고 말았다. 때마침 그녀의 얼굴을 보고 있던 연운정의 시선과 정면으로 딱 부딪치고 만 것이었다.

순간적으로 사도혜는 시선을 어디에 둘지 몰라서 당황했다. 그것은 연운정도 마찬가지였다.

두 사람의 시선이 똑같이 허공을 이리저리 부유했다.

"어, 어때요, 운정 오라버님?"

"으… 응. 최고야!"

연운정은 당황하는 중에도 엄지손가락을 치켜세우며 입에서 침을 튀겼다.

"아… 다행이에요."

"그래, 정말 최고야."

연운정은 사도혜의 아름다운 미모와 몸매가 최고라고 말하는 것이었고, 사도혜는 그의 몸 상태가 최고라는 뜻으로 받아들였다. 말 그대로 동상이몽이었다.

연운정은 얼굴에서 경탄하는 표정을 지우지 못한 채 이왕지사 사도혜가 먼저 말을 꺼낸 김에 기탄없이 찬사를 아끼지 않았다.

"굉장해! 아마 내가 삼생을 산다고 해도 혜 매처럼 아름다운 얼굴과 몸을 지닌 여자는 볼 수 없을 거야! 난 정말 행운아야! 혜 매는 그렇게 생각하지 않아?"

그는 아직도 비몽사몽 중이라 자신이 무슨 말을 하고 있는지 미처 깨닫지 못했다.

"……."

사도혜는 그제야 연운정이 '최고'라고 했던 말의 진의를 깨닫고 얼굴이 노을처럼 붉어지고 말았다.

내 몸의 주인이 연운정이고, 그가 자신의 절대자라고 해도 부끄러운 것은 어쩔 수 없었다.

"아! 내, 내가 무슨 짓을……."

언제나 한 걸음 늦는 연운정은 그제야 자신의 추태를 깨닫고 허둥지둥 어쩔 줄을 몰라 했다.

사도혜는 연운정이 너무 당황하자 다독이려고 그를 바라보다가, 그리고 연운정은 궁색한 변명을 하느라 그녀를 쳐다보다가 또 눈이 마주치고 말았다.

"혜, 혜 매……."

"운정 오라버님."

연운정은 미안한 마음에 그녀의 눈을 마주 쳐다보지 못하고 스르르 시선을 떨구었다.

그런데 하필 그의 시선이 머문 곳이 가부좌 자세를 하고 있는 사도혜의 소중한 부위, 즉 음부가 아닌가. 늑대를 피하려다가 범을 만난 격이었다.

비몽사몽이었다가 겨우 정신을 수습한 연운정은 사도혜의 그곳(?)을 보는 순간 숨이 덜컥 멎었고 눈이 화등잔처럼 부릅떠졌다. 또한 온몸의 피라는 피가 온통 몸의 한 군데로 몰렸다.

그 순간부터는 사도혜의 나신을 음심을 품고 보지 않았다고는 결코 말할 수 없게 되었다.

그러나 문제는 사도혜였다. 뚫어지게 보는 사람이야 그렇다 쳐도, 보이는 쪽은 절대 그렇지 못하는 법이다.

그녀 역시 온몸의 피가 한꺼번에 몸의 한 부위로 몰리는 듯한 느낌이었다.

연운정의 시선은 부끄럽지 않다고 여겼던 그녀였지만, 이 순간만은 예외일 수밖에 없었다.

다리를 오므릴 수도, 비명을 지르지도 못했다. 지금 그녀는 아주 괴이하며 기묘한 느낌에 사로잡혀 있었다.

연운정의 뜨거운 눈길은 흡사 하나의 불에 달군 길고 날카로운 쇠꼬챙이 같았다. 그래서 사도혜는 그것으로 자신의 음부를 깊숙이 찔린 듯한 고통을 느껴야만 했다.

그런데 그 고통 중에는 참으로 모순되게도 묘한 희열이라는 것이 포함되어 있었다.

그녀의 기분은 그야말로 뒤범벅이었다. 여자가 당연히 느끼는 부끄러움이 있는가 하면, 자신의 절대자의 눈길에 몸을 내맡긴 편안함도 있었다. 그런가 하면 온몸에 소름이 돋아나며 생전 처음 맛보는 전율도 있었다.

그녀의 몸은 가늘게 떨리고 있었다. 금방이라도 쓰러질 듯한 것을 그녀는 가까스로 견디고 있었다.

"아……."

마침내 그녀의 입술 사이로 안타까운 신음이 새어 나왔다.

그 소리에 연운정은 퍼뜩 정신을 차렸다. 그리고 그는 자신의 눈길이 어디에 고정되어 있는지를 깨달았다.

'이… 이게 무슨 추태인가…….'

하지만 자책보다는 당황함이 더 컸다. 그래서 그는 당황함을 모면해 보려는 궁여지책으로 튕기듯이 벌떡 일어서며 짐짓 호방한 웃음을 터뜨렸다.

그에게는 자신의 당황함과 사도혜의 무안함을 동시에 해결해야만 하는 과제가 주어져 있었다.

"아… 핫핫핫핫! 혜 매! 옷을 입고 날 따라와! 이, 이곳을 구경시켜 주겠어!"

그렇게 말하고 나서 그는 자신의 아래쪽이 몹시 거북살스럽다는 느낌이 들었다.

하의 속 사타구니에 커다란 쇠방망이 하나를 차고 있는 듯한 그런 느낌이었다.

"……?"

그는 몽롱한 표정으로 자신의 하체를 내려다보았다. 그 쇠방망이가 당장이라도 옷을 뚫고 튀어나올 것 같은 형상을 만든 것을 발견하고는 얼굴이 확 하고 달아올랐다.

그가 당황한 얼굴로 사도혜를 쳐다보자 미상불 그녀 역시 눈을 커다랗게 뜨고 놀라는 표정으로 그의 튀어나온 하체를 뚫어지게 주시하고 있었다.

"혜, 혜 매……. 이건 아냐… 나는… 그냥……."

그는 얼굴이 시뻘게져서 심하게 더듬거리면서도 자신의 말이 얼마나 유치한지 너무나 잘 알고 있었다.

순간 그는 몸을 돌려 연못 쪽으로 나는 듯이 쏘아갔다. 아니, 도망쳤다. 지금 그가 취할 수 있는 유일한 행동이었다.

사도혜의 놀라움은 곧 가셨다. 그녀는 방금 전까지 있었던 일련의 일들에 대해서 아주 겸허하게 받아들였다.

자신들은 신이 아니었다. 인간, 그것도 젊디젊은 남녀이며 서로를 목숨보다 더 사랑하고 있었다.

그러므로 방금 전과 같은 현상은 지극히 자연스럽고도 정상적인 것이지 부끄럽거나 지탄받을 일이 아닌 것이다.

그녀는 저 멀리 연못가에 이쪽을 등지고 앉은 채 고개를 숙이고 있는 연운정을 부드럽게 미소 지으면서 오랫동안 바라보았다.

❖ 第四十二章 ❖

사부지정(師父之情)

第 四十二 章

"이곳을 벗어날 수 있겠어요?"

사도혜의 물음에 연운정은 즉시 심각한 표정이 되었다.

"모르겠어."

그리고 두 사람은 약속이나 한 듯이 동시에 머리 위의 구멍을 올려다보면서 말을 잃었다.

연운정은 조금 전에 다시 한 번 지하 광장을 살펴보았다. 이번에는 오랜 시간을 두고 자세히 살폈으며, 곁에는 사도혜가 동행했다. 물론 그녀는 옷을 입었다. 다 낡고 너덜너덜한 옷이지만.

그가 미처 발견하지 못하고 지나치는 것은 사도혜가 꼼꼼하게 지적해 주었다.

그 결과 하나도 놓친 것 없이 완벽하다고 할 수 있을 정도로 지하 광장의 모든 것들을 관찰한 후 이곳 연못가에 두 사람은 나란히 앉아 있었다.

연운정이 지하 광장을 세밀하게 살핀 이유는 혹시 밖으로 통하는 통로

같은 것이 있는지 알아내기 위해서였다. 그러나 끝내 찾아내지 못하고 실망하는 중이었다.

하지만 사도혜는 달랐다.

그녀는 연운정과 함께 다니면서도 다른 목적 때문에 지하 광장을 일일이 살폈다. 그리고 그녀는 연운정과는 달리 어떤 희망 하나를 가슴속에 품었다.

연운정은 머리 위의 구멍에서 시선을 거두어 연못 한복판의 물기둥을 쳐다보았다.

저곳으로 들어오긴 했지만 거센 물살을 뚫고 왔던 길로 되돌아가는 것은 사실상 불가능했다.

아니, 설혹 되돌아갈 수 있다고 치자. 온몸이 부러지고 찢어져서 큰 물줄기까지 간들 거기에서 무얼 어쩌겠는가?

또다시 사지육신을 꽁꽁 묶어버리는 물줄기 속에서 질식해서 죽거나 또 다른 위험에 직면하게 될 것이다.

십중팔구는 목숨을 잃게 될 터이지만, 어찌어찌 해서 천우신조로 목숨을 건지게 될 가능성이 있다고 해도 그 위험천만한 곳으로 다시 돌아갈 생각은 눈곱만큼도 없었다.

게다가 사도혜까지 그런 위험에 빠뜨리는 것은 상상도 할 수 없는 일이었다.

그때 사도혜가 연운정을 바라보며 조심스럽게 침묵을 깼다.

"운정 오라버님."

"응?"

"아까 우리가 봤던 것들 중에서 먹을 만한 것이 있겠죠?"

"배고파?"

연운정은 눈을 크게 떴다가 아차 하는 표정을 짓더니 벌떡 일어서서 숲으로 달려갔다.

"이런~! 정말 배고프겠다!"

사도혜가 물은 뜻은 그런 것이 아니었는데, 그는 잠시 후에 탐스럽게 익은 과일들을 한 아름 안고 돌아왔다.

연운정은 품속에서 소도를 꺼내 산 복숭아 하나를 깎아 사도혜에게 건네주고 나서 자신은 밤을 깎아 먹었다.

"과일이 지천이야. 이곳에서 탈출할 수 있는 다른 방도를 찾아낼 때까지 과일만으로도 너끈히 견딜 수 있어."

그는 몹시 배가 고팠던 터라 볼이 미어지도록 입 안에 알밤을 밀어 넣고 씹으면서 불분명한 어조로 설명했다. 이어서 바로 옆의 연못을 가리켰다.

"저기 봐. 물고기들이 많지? 바닥에는 자라나 거북이들도 많아. 조개들도 많고, 그것들도 다 먹을 수 있어."

꾸악~!

그는 마침 바로 옆 풀숲에서 뛰쳐나온 청각섬여 한 마리를 덥석 잡아서 내밀었다.

"이건 청각섬여라는 두꺼비의 일종인데 독낭(毒囊)을 제거하면 식용할 수도 있어."

"어멋?"

"아, 미안!"

사도혜가 깜짝 놀라자 연운정은 청각섬여를 연못 쪽으로 멀찌감치 집어 던졌다.

"운정 오라버님은 지형지물에 대해서 잘 알고 있죠?"

사도혜는 그저 담소를 나누듯 조용하고 침착한 어조로 물었다. 그러나 그녀는 연운정이 깎아준 산 복숭아를 아직 한입도 베어 먹지 않은 상태였다.

그만큼 긴장하고 있으며 중요한 이야기를 꺼내려는 것인데 연운정은 열심히 먹으면서 대수롭지 않게 대꾸했다.

"그런데 왜?"

"추적대들이 이곳을 찾아낼까요?"

그 말에 연운정은 먹는 동작을 뚝 멈추고 그제야 사도혜가 무얼 말하려는 것인지를 알았다는 듯한 얼굴로 그녀를 쳐다보면서 빙그레 미소 지었다.

"혜 매는 추적대를 걱정하는 거야? 여기까지 오는 동안 우리가 몇 번이나 죽을 고비를 넘겼는지 혜 매가 몰라서 그러는 거야. 추적대 중에서 지하의 그 거센 물줄기로 뛰어들 정도로 간 큰 사람은 아마도 없을 거야."

그래도 사도혜가 진지한 표정을 풀지 않자 그는 연못 한복판에서 솟구쳐 오르는 세찬 물줄기를 가리키면서 힘주어 설명을 이었다.

"설사 뛰어드는 사람이 있다고 해도 그런 급류에서 살아날 사람은 드물 거야. 게다가 저 물줄기는 본류가 아니라 아주 작은 지류였거든. 그걸 발견하기도 힘들뿐더러 숨을 쉬지도 못하는 상황에 본류에서 갑자기 지류로 옮기는 것도 거의 불가능해. 우리가 이곳으로 올 수 있었던 것은 천행이었어."

그는 다시 허공의 구멍을 쳐다보았다.

"저 구멍은 아마 사화산(死火山)의 크고 깊은 구덩이 가장 아래쪽에 위치해 있을 거야. 그리고 그런 구덩이들은 수천 년 혹은 수만 년 동안 화산이 분출되지 않아서 무성한 숲이 우거지게 되지. 또한 이곳 구련산의 산봉들은 나는 새도 쉽사리 넘지 못할 수천 척 높이의 암봉들로 이루어져 있어. 우리가 물살에 휩쓸려 갔는데 누가 그 높은 암봉으로 기어올라 와서 확인하려고 들겠어? 그러니까 추적자들이 저 구멍을 발견한 확률은 거의 없다고 봐야 해.”

그의 설명은 조목조목 정확했고 설득력이 있었다.

“그렇겠군요.”

사도혜는 가만히 고개를 끄덕인 후 한참이나 무언가 깊은 생각에 잠겼다.

그녀의 표정이 너무 진지해서 연운정은 먹기를 멈추고 물끄러미 그녀를 바라보았다.

“운정 오라버님.”

이윽고 그녀가 생각을 정리한 듯 조용히 입을 열자 연운정은 부지중 적잖이 긴장했다.

“우리 이곳에 있도록 해요.”

“…….”

사도혜의 느닷없는 말에 연운정은 크게 놀랐다.

연운정은 아무도 모르는 이곳에서 둘만이 평생 함께 살자는 말로 알아들은 것이었다.

연운정은 갑자기 가슴이 심하게 쿵쾅거렸다. 사도혜와 아무도 모르는 곳에서 평생 희노애락을 함께한다면 그로서도 더 이상 바랄 나위가 없었다.

하지만 자신이 돌아오기만을 애타게 기다리고 있을 모친과 이제 이 년하고 몇 달만 있으면 돌아오게 될 부친이 떠올랐다.

부모가 돌아오지 않을 아들을 하염없이 기다리면서 애태울 것에 생각이 미치자 연운정은 곧 마음이 무거워졌다.

“혜 매, 그것은…….”

“당분간 만이에요. 소기의 목적을 이룰 때까지 만이죠.”

사도혜의 간단한 말이 연운정의 꿈과 걱정을 한꺼번에 깨뜨렸다.

"소기의 목적?"

하지만 그는 사도혜가 무슨 말을 하는 것인지 도무지 종잡을 수가 없었다.

그녀는 품속에 손을 넣어 무언가를 꺼내려고 하였다. 가슴이 아니라 옆구리 어딘가를 더듬는데 잘 꺼내지지 않는 것 같았다.

이윽고 그녀는 얼굴을 가볍게 붉히면서 상의를 벗었다. 원래 입고 있었던 갖옷(가죽이나 털가죽으로 만든 겉옷)은 도주하는 동안에 어디론가 사라져 버렸으며, 젖가슴을 가렸던 가리개는 연운정이 여러 차례 추궁과혈 수법을 시술하는 동안에 제대로 챙기지 않아서 어디에선가 흘려버렸기 때문에 상의 안에는 아무것도 입지 않은 속살이었다.

아무리 사랑하는 사람 앞에서라도 속살을, 아니, 가리지도 않은 젖가슴을 드러낸다는 것은 너무도 부끄러운 일이었지만 습관이란 참으로 이상했다.

사도혜는 옷을 벗으면서 조금 수줍음을 느꼈을 뿐이지 견디지 못할 정도는 아니었다. 어떻게 보면 몹시 자연스러운 행동처럼 보이기도 했다.

눈부신 상체를 드러낸 사도혜는 슬쩍 연운정을 바라보았다. 그는 그저 담담하게 미소 지으며 바라보고 있었다. 그 미소가 사도혜를 편안하게 해준 것은 말할 나위도 없었다.

그는 상체를 드러낸 사도혜를 보면서 음심을 품지도 않았지만 그저 습관이 된 것처럼 범상하게 바라보지도 않았다.

지금은 그녀를 살려야 한다는 절체절명의 순간도 아니었으므로 가슴이 흔들리고 호흡이 조금 거칠어졌지만 그녀가 무안해할까 봐 내색하지 않으려고 애썼다.

부욱!

그녀는 자신의 상의 옆구리 안쪽에 불룩 튀어나온 덧대어 꿰맨 부분을 뜯어냈다. 그러자 그곳에서 하나의 납작한 금빛 물건이 드러났다.

"……!"

그것을 보는 순간 연운정은 적잖이 놀랐다. 그것은 사도천이 연운정에게 주었던 금갑이었다. 사도혜는 아직도 그것을 고이 간직하고 있었던 것이다.

연운정은 금갑 안에 무엇이 들었는지 모른다. 사도천에게 받아서 사도혜에게 전해준 것으로 그의 임무는 끝났기 때문이다. 전해주고 나서는 금갑에 대해서는 까맣게 잊고 있었던 그였다.

척!

사도혜가 경건한 표정과 동작으로 금갑을 열었다. 금갑은 방수가 되는지 안에 들어 있는 한 통의 봉서(封書)는 조금도 젖지 않은 상태였다.

그녀는 금갑을 대하자 조부 사도천이 생각나서 그리움과 슬픔이 솟구쳤지만 지그시 입술을 깨물며 두 손으로 조심스럽게 봉서를 꺼내 연운정에게 내밀었다.

"읽어보세요."

"내가 왜?"

"운정 오라버님이 읽으셔야 하는 서찰이에요."

연운정은 어리둥절했다. 사도천이 자신에게 서찰을 남겼을 리가 없었기 때문이다.

그는 사도천을 딱 한 번 만났고, 그것이 처음이자 마지막이었다. 그리고 그 당시에 연운정은 사도천이 서찰을 쓰는 것을 본 적이 없었다. 그는 중상을 입고 있어서 그럴 경황이 없었다.

그렇다고 사도혜가 곧 밝혀지게 될 거짓말을 할 리 만무했다. 그녀가 무엇 때문에 거짓말을 하겠는가.

연운정은 의혹 반 호기심 반의 표정으로 봉서에서 두툼하게 접힌 여러 장의 서찰을 꺼내서 펼쳤다.

"······!"

서찰의 첫 장 첫 부분에 시선을 던지던 연운정의 눈이 순간적으로 한껏 부릅떠졌다.

운정아, 읽어 보아라.

그것은 꿈에서도 잊지 못할 사부의 필체였던 것이다.

"혜 매!"

그는 놀라서 사도혜를 쳐다보았다.

사도혜는 엷게 미소 지으면서 고개를 끄덕일 뿐 아무 말도 하지 않았다.

연운정은 그녀에게서 답을 얻기보다는 서찰에서 얻는 쪽을 택했다. 그는 경악을 간신히 억누르면서 다시 서찰로 시선을 옮겼지만 격동하는 가슴을 어쩌지는 못했다.

운정이 네가 이 글을 읽을 무렵이면 노부는 이미 이 세상 사람이 아닐 것이다.

사부를 잃은 너의 심정이 어떠했을는지, 갑자기 집과 모친을 떠나 생면부지의 한 소녀와 함께 대륙을 종단해야 하는 어려움이 어느 정도일지 노부는 능히 짐작한단다.

그러나 그것이 너의 운명이고, 네가 가야 할 길이란다. 다른 사람은 결코 갈 수 없으며, 오직 너만이 가야 할.

노부는 너에게 미처 해주지 못한 몇 가지 말들이 있단다. 그 이유는,

그 당시에는 내가 그 말을 들을 만한 준비가 되어 있지 않았기 때문이었
지.

노부가 너에게 전해주지 못한 것은 말뿐이 아니고 한 가지 무공도 있단
다.

그것을 네가 모두 익혔더라면, 그래서 이 사부의 가슴속 깊이 묻어왔던
지난날의 감추어진 일들을 너에게 얘기해 주었더라면, 떠나는 노부의 마음
이 한결 가벼웠을 터이다.

노부가 어떻게 하면 너에게 한 가지 무공과 못다 한 말을 전할까를 고심
하고 있던 중에 천우신조로 그 옛날 노부를 따르던 사람의 손자가 찾아와
주었다. 그가 곧 사도천이란다. 너는 이미 그를 만났을 것이다.

이 글을 적고 있는 중에도 연화산중으로 많은 무림인들이 헛된 꿈을 품
은 채 노부를 찾고 있다는 말을 도천에게서 전해 들었다. 아마 천하에는
그보다 더 많은 자들이 노부를 찾으려고 혈안이 됐을 것이다.

그들이 노리는 것은 단 하나, 노부가 지니고 있는 무공이란다. 그중에서
도 아직 너에게 가르쳐 주지 못한 그 무공을 가장 탐내는 모양이다.

노부는 사흘을 넘기지 못하고 우화등선할 것이다. 너와 더 오랫동안 사
제지연을 이으면서 그 무공을 완성시켰으면 좋으련만 하늘이 허락하지 않
는구나.

노부는 오래전에 그 무공을 한 권의 책자로 남겼었는데, 그것을 선뜻
너에게 주지 못한 이유는 내가 책자를 제대로 지켜내지 못하여 그것을 노
리는 탐욕자들에게 너와 너의 모친이 혹여 불행을 당할까 염려해서였단
다.

그래서 노부는 도천과 모종의 계획을 세웠단다. 그 계획의 시작이 네가
도천의 손녀를 하북 무령산에 데려다 주는 것이지.

내가 이 글을 읽게 되었다는 것은 아마도 내가 노부의 마지막 한 가지

무공을 익히기에 최적의 장소에 당도했다는 뜻일 게다. 그리고 이 서찰은 도천의 손녀딸이 너에게 주었을 터.

연운정은 더 이상 서찰을 읽어 나갈 수가 없었다. 서찰에는 너무 놀라운 사실들이 적혀 있어서 그것을 읽을 때마다 뒤통수를 호되게 얻어맞는 듯한 충격을 받았다.

또한 그것을 사도혜에게 확인해 보기 전에는 다음 내용을 읽지 못할 것만 같았다.

서찰의 내용을 믿지 못해서가 아니었다. 연운정은 부처의 말보다 사부의 말을 더 신뢰했다. 그저 시간이 필요했다. 놀라움을 가라앉힐 시간이.

연운정이 자신에게 무엇을 원하는지 잘 알고 있는 사도혜는 차분히 말문을 열었다.

"제 할아버님께선 제게 한 통의 서찰을 남기셨어요. 거기에는 운정 오라버님과 함께 집으로 돌아가는 도중에 안전한 장소를 찾아서 그곳에 칩거하여 운정 오라버님에게 무공을 전수하라는 것과 운정 오라버님이 누구라는 것, 추적자들이 많을 테니 각별히 조심하라는 등의 내용이 적혀 있었어요."

"……."

연운정은 사도혜를 통해서 놀라움을 가라앉히려다가 그녀의 말에 오히려 몇 배나 더 놀라고 말았다. 얼마나 놀랐는지 말도 흘러나오지 않았다.

사도혜는 말을 잇지 않고 연운정이 입을 열기를 가만히 기다렸다. 총명한 그녀는 대화의 완급을 누구보다 잘 조절할 수 있는 사람이었다.

연운정은 한참 만에야 의문이 가득한 얼굴과 조금 갈라진 음성으로 말문을 열었다.

"안전한 장소를 찾아서 나한테 무공을 전수하라니? 무슨 무공을? 그리고 나는 나지, 내가 대체 누구라는 거지? 더구나 추적자들이 많을 거라는 사실까지 미리 알고 있었다니……."

의문은 그것만이 아니었다. 하지만 그는 급하게 떠오르는 정도만 쏟아내듯이 물어보았다.

사도혜는 금세 대답하지 않고 연운정의 흥분이 가라앉을 때까지 차분히 기다렸다.

연운정은 비록 몹시 격동했지만 오래지 않아 그녀의 의도를 알아차리고 마음을 진정시키려고 애썼다.

"운정 오라버님의 사부님께선 아주 오래전에 총 일곱 종류의 절학을 지니고 강호에서 행협을 하셨는데, 그분께서 운정 오라버님에게 전수한 것은 여섯 종류예요. 나머지 하나를 책자에 기록해 두신 후 간직하고 계셨으며, 얼마 전에 그것을 저에게 전하셨어요. 그 책자는 금갑 속에 들어 있었어요."

"……."

의문이 풀리기보다는 더 꼬였다.

사도혜는 연운정이 들고 있는 서찰을 눈으로 가리키면서 차분하게 설명을 이었다.

"소녀는 그 서찰을 읽지 않아서 무슨 내용이 적혀 있는지는 몰라요. 다만 할아버님께서 남기신 서찰의 내용대로 따랐을 뿐이에요."

연운정은 처음으로 사도혜에게 실망 비슷한 감정을 느꼈다. 그녀가 무언가 비밀스러운 사실을 알고 있으면서도 지금까지 연운정 자신에게 숨기고 있었다는 것 때문이다.

영리한 사도혜가 연운정의 그런 마음을 모를 리 없었다. 하지만 그녀는 이제부터 자신이 하게 될 말을 듣고 연운정이 충분히 이해해 줄 것이라고 믿었다.

"운정 오라버님께서 사부님께 전수받은 무공은 모두 여섯 종류로서 천극정신공과 천영신지, 천풍비영, 천풍보법, 천뢰신수, 천극신장일 거예요."

놀라움에 자꾸만 놀라움이 더해지자 아예 멍한 기분이 돼버린 연운정이었다.

"그것도 조부님의 서찰에 적혀 있었어?"

사도혜는 고개를 살래살래 가로저었다.

"천하에서 그걸 모르는 사람은 아마 없을 거예요. 대여섯 살짜리 코흘리개조차도 알고 있는걸요?"

"설마……."

도대체 어떻게 된 일인가? 사부의 무공을 코흘리개까지도 알고 있다니? 또한 사도혜도 연운정 자신이 배운 무공을 줄줄 외고 있지 않은가? 그는 사도혜에게 자신이 배운 무공에 대해서 말해준 적이 없었다.

"소녀가 조금 전에 운정 오라버님이 누구인지 안다고 했죠? 그 말뜻을 알겠어요?"

"나… 는 연운정이지. 내가 누구라니……?"

사도혜는 엄숙하게 선언하듯이 말했다.

"운정 오라버님은 제이대 정협이에요."

"……."

연운정은 잠시 어이없는 표정을 지었다가 농담하지 말라는 듯 손을 내저었다.

"무슨 소리야? 그럼 사부님께서 정협이셨다는 거야?"

"네."

"……."

연운정은 또 할 말을 잃었다.

혼란, 아니, 대혼돈이 엄습했다.

사도혜는 말을 아꼈다. 자신이 말을 하게 되면 연운정의 머리가 더 혼란스러울 것이라고 짐작했다.

연운정은 이 혼란을 슬기롭게 잘 이겨낼 것이다. 그저 잠시의 시간이 필요할 뿐이었다. 그래서 그녀는 참을성있게 기다렸다.

연운정은 머리가 터질 것만 같았다. 거친 급류처럼 뒤엉켰으며, 시커먼 먹구름처럼 암흑천지였다.

그는 태어나서 지금처럼 놀란 적도 혼란스러웠던 적도 없었다. 이것은 천지개벽보다 더 경악스러운 일이었다.

방금 그가 들은 사실은 그가 이날까지 살아온 인생 자체를 뒤흔들었다.

하지만 그는 굴강한 정신력과 심오한 수양을 쌓은 사람이었다. 그의 정신력과 수양은 그리 오랜 시간이 지나지 않아서 그의 혼탁한 머리 속을 정리하기 시작했다.

―사부님이 정협이다.

그 사실이 그의 머리 속에서 뚜렷하게 떠오르면서 눈부신 광채를 뿜어냈다.

그것으로 충분했다. 그 광채는 삽시간에 수많은 의문들을 뒤덮어 버렸다.

그 사실을 받아들이기가 힘들었던 것이지, 그것만 극복되면 나머지는 문제될 것도 없었다.

그는 여전히 경악이 범벅된 얼굴로 사도혜를 쳐다보았다.

그녀는 온화한 미소를 머금고 있었다. 그는 알 수 있었다. 사도혜의 말은 거짓이 아니었다.

사부님은 정협이었던 것이다.

'아……!'

그것을 인정하고 나자 여태껏 가장 그를 괴롭혔던 하나의 의문이 자연스럽게 풀렸다.

그것은 수천, 수만의 무림인들이 연운정 자신을 '정협의 전인'으로 오해하여 추적했던 일이었다.

그것 때문에 그는 얼마나 험한 고초를 겪으면서 생사지로를 지나왔던가?

하마터면 죽을 뻔했던 적도 여러 차례나 있었다.

그리고 그는 자신이 정협의 전인이 아니라고 또 얼마나 힘주어 외치면서 억울하게 여겼던가?

그러나 이제는 모두 확연하게 이해할 수 있었다. 자신은 정협의 전인인 것이다.

아니, 일대 정협이었던 사부가 죽었으니 그 뒤를 이어서 자신은 이대 정협이 된 것이다.

그는 정협이라는 인물에 대해서 개방주의 제자인 표랑개에게 처음 들었었다.

표랑개는 '정협'이라는 말이 나오자 더없이 흥분하여 입에서 침을 튀기면서 정협에 대해서 늘어놓았었다. 그의 설명은 정협에 대한 칭찬, 아니, 찬양 일색이었다.

누천 년 무림사에 다시없을 대영웅, 불세출의 기인, 풍전등화에 놓인 천하무림을 구하여 헤아릴 수 없이 많은 생명을 살린 신화적인 절대자, 천하무림이 인정하는 천하제일인 등등 그의 찬양은 끝이 없었다. 그냥 내버려 둔다면 며칠이고 떠들어댈 정도였었다.

그런데 연운정이 정협의 전인, 아니, 이대 정협인 것이었다.

사부 담운정은 그에게 자신의 신분에 대해서 일언반구 입에 담지도 않았었다.

하지만 지금 연운정은 서운하다는 생각이 들지 않았다. 만약 자신이 그런 사실을 처음부터 알고 있었더라면, 모르긴 해도 무공 연마에 많은 지장을 초래했을 것 같았다.

정협의 전인이라는 가슴이 터질 듯한 자부심, 자신도 사부의 뒤를 이어 무림의 수호신이 돼야만 한다는 극도의 부담감, 정협과 정협의 전인을 노리는 세력들로부터 언제 어느 때 급습을 당할는지 알 수 없는 긴장감 등은 당연히 연운정의 무공 연마를 방해하는 요인으로 언제나, 그리고 크게 작용했을 것이다.

그랬더라면 그는 이대 정협은커녕 뱀의 꼬리[蛇尾]가 되고 말았을 것이다.

그래서 그는 사부가 자신의 신분을 말하지 않은 것을 충분히 이해할 수 있었다. 아니, 오히려 감사하게 생각했다.

사도혜는 연운정의 눈빛과 표정이 수시로 흔들리기도 하고 변하는 것을 조용히 지켜보다가 이윽고 그가 평온을 되찾자 온화한 미소를 지었다.

이제 연운정의 마음은 그 어느 때보다도 고요하고 맑아졌다. 그의 수양은 큰일에 대범하게끔 갈고닦아져 있었다. 심성은 모친이, 수양은 사부가 길러주었다.

그는 다시 서찰을 읽기 시작했다. 처음 서찰을 읽을 때와는 전혀 다른 마음가짐으로.

계획대로라면, 도천의 손녀는 노부가 전해준 책자를 모두 외운 후에 불태웠을 것이다.

너는 그녀의 지시에 따라서 이제부터 노부의 마지막 무공을 배우도록 하여라.

말해두지만, 그 무공은 네가 배운 여섯 가지 무공을 모두 합친 것보다 더 위력적이란다. 노부는 그 무공을 배운 후 천하를 주유하면서 오직 한 명의 적수만을 만났을 뿐이란다. 그자에 대해서는 나중에 알려주마.

그 무공은 '천룡팔검'이라는 검법으로서 모두 여덟 개의 초식이며, 각 초식은 열아홉 번, 즉 십구변식(十九變式)으로 이루어져 있단다.

그러나 너에게 전해주게 될 천룡팔검의 검초식은 후반부 사 초식뿐이다.

이제부터 천룡팔검이 왜 후반부 사 초식만 남게 되었는지 설명해 주마. 이것은 또한 노부 생전에 가장 가슴이 아팠던 일이었으며, 또한 네가 해결해야만 할 일이다.

노부는 삼십오 년 전에 한 명의 제자를 거둔 적이 있었느니라.

그의 이름은 냉후(冷珝). 나이는 그 당시 열다섯 살이었다.

냉후는 운정이 너와 여러 면에서 다른 아이였단다. 네가 여리고 순수하며 인정이 많은 반면에 냉후는 강직하고 용맹하며 냉정한 아이였었지.

그 당시 노부는 냉후를 발견한 즉시 노부의 뒤를 이을 후계자로 받아들였단다.

노부의 사명은 오직 무림의 평화와 안녕을 위해서 봉사하는 것인데, 냉후는 천부적인 무골이었을 뿐만 아니라 냉철하고 강직한 성품을 지니고 있어서 후계자로서 제격이라고 판단했었지.

당시의 노부는 무림의 수호신이라는 막중한 임무를 수행하자면 냉후 같은 성격이어야만 한다고 생각했단다.

어쨌든 노부는 냉후를 제자로 맞이하여 그 후 십여 년 동안 노부의 무공을 전수해 주었다.

과연 노부의 눈은 틀리지 않았다. 냉후는 불과 십여 년 만에 만족할 만한 성과를 거두었다.

특히 천극신장과 천뢰신수는 십여 년 만에 구성의 경지에까지 이르렀기 때문에 냉후 혼자 강호에 심부름을 보내는 경우에도 함부로 그에게 대적할 사람이 없을 정도였다.

노부는 냉후에게 그때까지 천룡팔검을 전수하지 않았다. 별다른 뜻이 있었던 것이 아니라 그 아이가 여섯 가지 무공을 만족할 만큼 익힌 후에 전수하려 했었지.

그것은 층계를 하나씩 밟아 올라가는 것과 같단다. 가장 연마하기 쉬운 무공을 처음에 전수하고 차츰 어려운 무공들을 익히게 하는 보편적인 방법인 것이지.

천룡팔검을 층계의 맨 위에 놓은 까닭은 그 검법이 가장 난해하며, 또 연마하기가 어렵기 때문이란다.

냉후는 틈만 나면 천룡팔검을 전수해 달라고 졸랐다. 노부도 때가 무르익었기 때문에 더 이상 미룰 이유가 없었다.

당시 무림의 상황은 만마지황(萬魔之皇)이라고 자처하는 마종(魔宗)이라는 인물이 천하를 어지럽히고 있던 중이었다.

마종 휘하에는 마도십팔계라는 열여덟 개 마도 방파가 있었으며, 그들 중에서 마도의 정예고수만 추려서 만든 것이 마총신군이었다. 마총신군의 수는 무려 삼만여 명에 이르렀지.

마종의 목표는 '마도천하(魔道天下)'였느니라. 온 천하를 마인들의 세계로 만드는 것이지.

그것은 무림이 시작된 이래 여러 마인들로 인해서 끝없이 추구되고 시도되어 왔던 마인들의 영원한 과제이기도 하단다.

그 당시 마종은 천하의 마도와 사파를 완벽하게 장악한 상태에서 정파를 맹공격하여 삼 할 이상을 괴멸시켰었다.

위기를 느낀 정파는 서둘러 '균천협맹'이라는 무림맹을 결성하였는데, 그곳으로 모인 정파고수들은 오천여 명이었단다.

머지않아서 정파와 마도, 즉 오천여 명의 균천협맹과 삼만여 명의 마총신군이 일대결전을 벌일 계획이었다. 무림의 사활을 건 이른바 무림전쟁이었지.

그대로 내버려 둔다면 천하무림은 크게 두 편으로 나뉘어 전대미문의 대혈전을 벌여서 많은 사람들이 죽게 될 것이다.

누가 최후에 승리를 하게 되든 수많은 인명이 죽거나 다치게 될 최악의 결과를 피할 수는 없는 상황이었다.

만약 그렇게 된다면 무림은 회생하기 어려운 파국을 맞이하게 될 것이고, 아비와 자식, 형제를 잃은 중원의 수많은 가족들은 절망에 빠져서 자칫 대륙의 역사 자체가 멈춰 버릴 위기인 것이다.

그래서 노부는 마종에게 제안했다. 노부와 마종이 각자 정파와 마도의 대표로 나서 일 대 일로 싸우되 패하는 쪽이 무조건 승복하기로 말이다.

마종 역시 무림의 파국을 원하지는 않았기 때문에 노부의 제안을 흔쾌히 수락했다.

노부는 냉후에게 천룡팔검을 전수하는 것을 마종과의 대결 이후로 미루어야만 했었지.

이후 노부와 마종은 황산에서 대결을 벌였다. 싸움은 장장 삼 주야(三晝夜) 동안 계속되었다. 노부와 마종은 각자의 무공을 모조리 쏟아내며 전력으로 싸웠다.

　노부가 평생 단 한 명의 적수를 만난 것은 바로 그때였느니라. 노부는 삼 갑자에 이르는 공력과 칠천절학을 전력으로 전개하고서도 여러 차례 수세에 몰리고 생명에 위협을 느낀 끝에 어렵사리 마종을 굴복시킬 수 있었단다.

　아니, 엄밀하게 따지자면 둘 모두 중상을 입은 양패구상이었다. 노부의 천룡팔검 마지막 팔검이 마종의 가슴을 관통시킴으로써 그가 중상을 입고 무릎을 꿇은 후 자신이 패했다고 인정했지만, 기실 노부도 마종의 수라혈강기(修羅血罡氣)에 적중되어 가볍지 않은 내상을 입은 상태였던 것이니라.

　다만 마종은 겉으로 드러나는 중상이었고, 노부는 감추어진 내상이라는 점이 달랐을 뿐이었지.

　만약 마종이 패배를 인정하지 않고 다시 공격했다면, 둘 다 돌이킬 수 없는 중상을 입거나 죽음을 모면키 어려웠을 것이니라.

　어쨌든 그로써 황산정마대전은 마종의 패배로 끝났고, 마종은 무림에서 물러나겠다고 약속한 후 떠나갔다.

　그리고 그는 약속을 지켰다. 황산정마대전 이후 마도십팔계와 마총신군은 무림에서 깡그리 자취를 감추었다.

　무림은, 아니, 천하는 다시 평화가 찾아왔다면서 환호했지. 노부의 승리는 곧 정파의 승리였으므로 정파가 다시 천하무림의 주도권을 잡고 무림을 재건하기 시작했다.

　하지만 노부는 께름칙했다. 마종을 죽이지 못했기 때문이란다. 그는 너무도 강했으며 또한 무서운 집념을 품고 있는 인물이었다.

　그러므로 마종은 언젠가는 다시 출현할 것이다. 그때는 예전보다 더 강해져 있을 것이며, 예전과는 비교할 수 없을 만큼 만반의 준비를 갖추었을 터이다.

무림은 환호했지만 노부는 언제일지 모를 마종의 발호를 염려하지 않을 수 없었다.

그날. 황산정마대전에는 냉후도 함께 갔었다. 그 아이는 노부가 걱정된다면서 한사코 따라와서 근처 숲 속에 은신해 있었다.

황산정마대전에서 마종이 떠난 후 노부가 내상을 이기지 못해서 그 자리에 주저앉자 냉후가 달려와서 노부를 부축했다.

아니, 부축하는 척하면서 노부의 등에 일장을 가격했다. 천극신장의 마지막 삼 초식인 천인강(天刃罡)이었다. 천인강은 천하에 파괴하지 못할 것이 없는 가장 위력적인 강기였다.

노부는 원래 평소에 호신강기로 일신을 보호하였지만, 그 당시에는 내상을 입었기 때문에 호신강기의 강도가 절반 이하로 약해진 상태였었다.

냉후의 오른손은 노부의 호신강기와 등을 뚫고 단전을 파훼시킨 후 복부로 튀어나와 있었다.

노부는 배를 뚫고 나온 냉후의 혈수(血手)를 굽어보면서 비참한 심정이 되었지.

제자가 사부를 해쳤다는 소문은 간혹 들었지만 노부가 그런 제물이 될 줄이야…….

냉후의 목적은 오직 천룡팔검결이었단다. 노부가 그것을 전수하지 않을 것이라고 오해했던 게지.

아니, 그의 목적은 무엇보다도 강해지는 것, 천하제일인이 되는 것이었다. 천룡팔검은 그것을 이루기 위한 수단이었지.

그 아이가 처음부터 그런 마음을 먹지는 않았을 것이다. 노부에게 십여 년 동안 무공을 배우면서 더 강해지고 싶다는 욕심이 싹튼 것일 테지.

노부는 냉후의 일격에 단전의 기해혈이 파괴되어 급속하게 공력이 흩어졌다.

마종과의 결전에서 내상을 입었던 터라 어떻게 손을 써볼 여력조차 없는 상태였지.

냉후는 노부를 급습한 후 노부의 품속을 뒤져서 천룡팔검결 책자를 꺼냈다.

그 순간 노부는 최후의 여력을 모아서 냉후에게 일장을 발출하며 책자를 뺏었다.

노부의 일장에 적중당한 냉후는 피를 뿌리면서 오륙 장 밖에 나뒹굴었는데, 그의 손에는 찢겨져 나간 천룡팔검결 책자 절반이 쥐어져 있었다.

그렇게 천룡팔검결은 냉후가 전반부 절반을, 노부가 후반부 절반을 나누어 갖게 되었단다.

그 아이는 다시 공격하지 않았다. 오륙 장 거리에 우뚝 서서 복잡한 표정으로 노부를 쳐다보고 있었다.

노부는 사력을 다해서 일어나 마주 서서 그 아이를 쳐다보았지. 만약 노부가 일어나지 못했다면 그 아이는 노부를 죽이고 천룡팔검결 후반부를 가져갔을 것이 분명했다.

냉후는 한동안 노부를 쳐다보다가 그 자리에 무릎을 꿇고 노부에게 절을 한 후에 말했다.

'사부님! 세상은 저에게서 부모와 형제, 그리고 모든 것을 빼앗아 갔으며 수많은 시련을 안겨주었습니다! 저는 기필코 세상에 복수를 할 것입니다! 사부님께선 은거하시어 다시는 무림에 나오지 마십시오! 만약 그리하신다면 저와 적이 됩니다! 제발 은거하셨다가 편안히 우화등선하십시오!'라고 말이다.

　노부는 무림의 평화를 평생의 임무라고 여기고 그 일에 모든 것을 헌신했다고 자부해 왔단다.

　사랑하는 사람들, 즉 아내나 가족이 생기면 임무를 소홀히 할지도 몰라서 누군가를 사랑했던 적도 가족을 만들지도 않았었지.

　심지어는 노부와 친분을 맺고자 하는 많은 사람들을 뿌리치기도 했단다.

　노부는 노부의 제자가 뒤를 이어서 무림의 수호신이 되어주기를 원했다.

　그래서 냉후를 제자로 거두었던 것이고, 그의 성품이나 무공의 진전을 볼 때 노부가 세상을 떠난 후에 충분히 그 역할을 대신할 수 있을 것이라 믿었단다.

　그러나 노부의 판단이 틀렸다. 믿었던 제자가 탐욕 때문에 사부를… 노부를 죽이려 하다니……. 노부는 실패했다.

　너무도 부끄러운 일이라서 어느 누구에게도 그런 사실을 말하지 못하고 노부의 가슴속에만 묻었다.

　하늘을 쳐다보는 것조차도 부끄러웠다. 노부는 평생 몇 명의 지인들만을 가졌을 뿐인데, 그들에게도 말하지 못하고 도망치다시피 그길로 은거를 했었다.

　노부는 세상과 인연을 끊었다. 세상이 싫었고, 사람도 싫었다. 무림의 수호신이랍시고 노부가 행했던 그 모든 일들이 부질없었으며 더없이 허탈했다.

　이제 세상이, 무림이 어찌 되든 노부는 상관하지 않으리라 결심하고 연화산 산중에 깊이 칩거했다.

　냉후에게 당한 상처는 아물었지만 파훼된 단전은 끝내 회복되지 않았다.

원래 지니고 있었던 삼 갑자의 내공도 거의 흩어지고 겨우 일 갑자의 내공만 간신히 보존할 수 있게 되었다.

그러나 아까워하지 않았다. 속세와 인연을 끊었으므로 원래의 내공이 있은들 무슨 소용이 있겠는가?

그렇게 세월은 속절없이 흘러갔다. 그런데 세월이 흐르면서 노부가 그저 자연을 벗하여 천수를 다하는 날까지 무위자연(無爲自然)하려던 결심이 점차 엷어지기 시작했다.

그 이유는 순전히 마종과 냉후 때문이었다. 황산정마대전에서 패했던 마종은 언젠가 반드시 출현할 것이고, 그리되면 무림은 또다시 대혼란에 빠지게 된다.

또한 노부의 진전을 거의 이어받은 데다 천룡팔검결의 전반부를 가져간 냉후가 무공에 정진한 후 무림에 나타난다면, 그래서 그가 말한 것처럼 세상에 복수하려 든다면, 그는 제이의 마종이 되고도 남음이 있단다.

노부가 연화산에 칩거한 지 이십여 년이 되어갈 무렵, 마침내 노부의 근심은 하늘을 찌를 지경이었다.

황산정마대전 당시에 노부가 마종을 죽였더라면 그의 발호를 염려할 필요가 없을 터였다.

더구나 냉후는 노부의 제자였다. 만약 그가 무림에 해악을 끼친다면, 그것은 노부로 인함이다.

애초에 그를 제자로 거두지 않았더라면 그런 일은 벌어지지 않았을 것이기 때문이다.

노부는 무림에 대한 걱정과 책임 때문에 잠을 이루지 못할 지경에 이르고 말았다.

그러나 일 갑자뿐인 내공으로는 어쩔 도리가 없었다. 게다가 노부의 천수 역시 몇 년 남지 않았다는 것을 알기에 한숨으로 나날을 보낼 수밖에 없는 상황이었다.

바로 그때 운정이 너를 만난 것이란다. 하늘의 도우심인지 너는 보기 드문 무골이었으며, 성품과 기질마저 영락없는 천품(天品) 그 자체였다.

아무것도 할 수 없을 것이라 체념하고 있던 노부가 너를 만나게 된 것은 하늘의 계시이며 마지막 안배였다.

노부는 너에게 아낌없이 모든 것을 다 전해주었다. 냉후에게는 무공만을 전수했지만, 너에게는 의술과 천문지리법 등 노부가 알고 있는 모든 것을 주었다.

그리고 마지막에는 노부의 일 갑자 내공이 담겨 있는 내단과 공청석유마저 주었다.

만약 노부가 공청석유를 복용한다면 일 년가량 생명을 연장할 수 있었을 것이다.

하지만 네가 천룡팔검을 오성 이상 터득하려면 최소한 사 년 이상이 소요될 터인즉 노부가 일 년을 더 산다고 해도 네게는 별 도움이 되지 못한단다.

오히려 노부의 뒤를 이을 네가 공청석유를 복용한다면 장차 큰 힘이 되어줄 것이라고 판단했느니라.

천룡팔검은 더 이상 오묘하고 난해할 수 없는 검법이다. 그렇기 때문에 위력은 가히 고금제일(古今第一)이라고 말할 수 있지.

천룡팔검을 연마하는 데에는 깨우침이 절반이고 수련이 절반이다. 그만큼 깨우침이 중요하다는 뜻이니라.

운정아.

너에게 선택의 기회를 주마. 천룡팔검 후반부를 모두 익힌 후 네가 노부의 뒤를 잇지 않는다고 해도 노부는 너를 탓하지 않겠다.

무림 수호신이라는 길은 말로 설명하기 어려울 만큼 거칠고 힘든 길이란다. 그러니 노부는 그 길을 강요하지 않으마.

그러나 네가 노부의 뒤를 잇겠다고 결심한다면, 기필코 마종과 냉후를 찾아내어 죽여다오.

이 땅에서 그들이 사라진다면 향후 백여 년 이상 무림은 유례가 없는 평화와 발전을 구가하게 될 것이다.

운정아.

이 사부가 너에게 마지막으로 당부하고 싶은 말이 두 가지 있다.

그 첫째는, 무림 수호신을 수행하는 일이 너무 힘들어서 더 이상 견디기 힘들다고 판단되면 언제든지 그만두어도 된다는 것이다.

너는 노부의 제자이며 유일한 가족이니라. 그러므로 노부는 네가 불행해지는 것을 원하지 않는단다.

노부와 노부의 후계자인 네가 무림의 평화를 위해서 헌신하여 설혹 무림의 판도와 역사를 얼마간 바꾸었다면 그것은 운명일 것이다.

그러나 노부가 애초에 존재하지도 않았으며, 너 또한 무림 수호신이 되지 않음으로 인해서 무림이 피폐해지고 온갖 사마가 천하를 유린한다고 해도 그 또한 운명이니라.

노부와 네가 무림을 위해서 혼신의 힘을 쏟는다고 한들 거대한 운명의 물줄기를 바꿔놓을 수는 없는 일이다. 다만 최선을 다할 뿐이지 않겠느냐?

그러므로 불가항력이거나 너무 힘겨울 때는 그저 평범한 삶을 살아도 되느니라.

둘째는, 너는 노부처럼 외롭게 살지 말고 되도록 많은 사람을 사귀어 친분을 쌓고 마음에 드는 여자와 사랑도 하거라. 그래서 혼인도 하고 가족도 갖는 것이 좋겠다는 것이다.

노부는 너와 오 년여 동안 생활하면서 그것을 뒤늦게야 깨달았단다. 벗과 가족은 결코 걸림돌이나 방해 요소가 아니라 또 다른 조력자이며 힘이라는 사실을 말이다.

운정아, 노부가 너로 인하여 얼마나 행복했는지 아느냐? 솔직히 말하면, 노부가 백여 년 동안 무림에 헌신하면서 얻은 보람보다 너와 오 년여 남짓 함께 지내면서 느꼈던 행복이 더 값지고 소중했다면 믿을 수 있겠느냐?

그러나 사실이란다. 너와 함께 지내는 동안은 정말 행복했느니라.

보아라. 역설 같겠지만 천하의 각양각색의 많은 사람들이 그처럼 가족끼리, 사랑하는 사람끼리, 정겨운 사람들끼리 부대끼면서 살아가고 있단다.

그들은 그것을 행복이며 평화라고 부르지. 그것은 노부가 너와 지내면서 느꼈던 행복과 다르지 않을 것이다.

노부는 그것을 지켜왔느니라. 노부 개인의 행복을 희생시키면서 타인의 행복을 지켜왔던 셈이지. 노부는 지금 너에게도 그런 불공평한 일을 강요하고 있는 것이란다.

그러나 선택은 네가 하는 것이다. 네가 어떤 선택을 하든 노부는 지하에서 기꺼이 기뻐할 터이다.

사랑하는 노부의 영혼의 혈육 운정아.

진정 고마웠느니라.

긴 서찰이 끝났다.

하지만 연운정에겐 추호도 길지 않은 글이었다. 그는 사부의 글이 언제까지나 계속되기를 원했다.

그의 얼굴은 온통 눈물범벅이었다. 그의 가슴속에는 사부 담운정을 그리워하는 마음으로 가득 차 있었다.

그의 눈물 가득한 두 눈에는 연로하신 사부가 한자한자 적어 내려간 정감 어린 사연들이 살아서 꿈틀거렸다.

"사부님……."

한참 만에야 그의 입에서 흐느낌 섞인 음성이 흘러나왔다.

서찰에서 사부 담운정의 넘치는 사랑과 자애로움을 느낀 연운정은 가슴이 터질 것만 같았고, 온몸이 조각조각 떨어져 나가는 듯한 격동을 느꼈다.

"운정아, 너는 노부의 유일한 가족이며 손자이고 또한 제자니라."

연운정이 마지막으로 사부를 뵈었던 날 담운정은 더없이 자상한 미소를 지으며 그렇게 말하면서 연운정의 머리를 쓰다듬었었다.

"할아버지… 으흑흑!"

마침내 연운정은 무릎을 꿇은 채 바닥에 얼굴을 묻으며 오열을 터뜨렸다.

그의 몸이 격렬하게 떨렸다. 그리고 흐느낌이 더욱 거세졌다. 지금 이 순간의 그의 슬픔을, 감동을, 그리움을 그 무엇으로 대신할 수 있으랴.

그래서 그는 울고 또 울었다. 그렇게 울다가 탈진해서 죽지나 않을까 걱정이 될 정도로 격렬하게 울어댔다.

하지만 사도혜는 말없이 그를 지켜볼 뿐 만류하지 않았다. 그녀는 슬픔이 무엇인지, 그것이 어떻게 사람의 가슴을 움켜쥐었다가 갈가리 찢어대는지 너무나 잘 알고 있었기 때문이다.

문득 그녀는 연운정 옆에 흩어져 있는 담운정의 서찰을 발견하고 집어 들어 읽기 시작했다.

오래지 않아서 그녀의 몸도 가늘게 떨리기 시작했으며 아름다운 눈에서는 이슬방울 같은 눈물이 하염없이 흘러내렸다.

서찰을 다 읽었을 때 그녀 역시 풀밭에 엎드려 몸을 떨면서 오열하고 있었다.

위대하고 또 위대한 한 인간이 백삼십오 년 동안 걸어온 발자취가 그녀의 가슴을 관통하여 이루 형언하기 어려운 감동을 남겼다.

그 위대하기만 한 인간 '정협' 의 인간적인 고뇌와 쓰라린 배신, 말년에 간신히 누린 짧기만 했던 한 조각의 행복이 그녀를 더욱 오열하게 만들었다.

그렇게 두 사람은 서로 머리를 맞대고 엎드린 채 언제까지나 일어날 줄 모르고 울었다.

❖ 第四十三章 ❖

일심동체(一心同體)

第 四十三 章

연못가에 마주 앉은 두 사람은 얼마나 울었는지 눈이 퉁퉁 부어 있었
다.

"혹시 할아버님께서 운정 오라버님에게 백옥병을 하나 주지 않으셨나
요?"

"……."

연운정의 머리 속은 아직도 사부에 대한 상념으로 가득 차 있어서 사
도혜의 말을 듣지 못한 것 같았다.

"뭐… 라고 그랬지?"

허공을 응시하던 연운정이 이윽고 사도혜를 쳐다보며 아직도 반쯤은
정신이 나간 얼굴로 물었다.

"할아버님께서 운정 오라버님에게 백옥병 하나를 주셨었나요?"

"으… 웅."

그는 흐릿한 표정으로 자신의 상의 속에 단단히 묶어둔 작은 연낭(練

囊:가죽 주머니)을 풀었다.

소중한 물건이라서 출발하기 전에 꼼꼼하게 간수한 것이 잘한 일이었다.

그동안 여러 험난한 상황 속에서도 백옥병은 흠집 하나 생기지 않은 채 두 사람 앞에 모습을 드러냈다.

"이 안에 담겨 있는 유골분은 혜 매의 조부님께서 가장 존경하시는 분의 것이라고 말씀하셨어."

연운정은 백옥병을 두 손으로 조심스럽게 내밀면서 말했다. 그는 말을 하는 중에 조금씩 현실로 돌아오고 있었다.

"운정 오라버님, 할아버님께서 누굴 가장 존경하셨을 것 같은가요?"

"……."

그 순간 연운정의 심장에 번갯불이 관통했다. 사도천이 누굴 가장 존경했겠는가? 오래 생각하지 않아도 단 한 사람밖에 떠오르지 않았다.

게다가 그는─그가 만약 연화산에서 죽었다면─정협의 천룡팔검결 후반부를 연운정에게 전하기 위해서 목숨마저도 초개처럼 여긴 진정한 의협이 아니었는가.

"바보 같은……."

그런 사실을 뻔히 알면서도 자신의 품속에 늘 간직하고 있던 유골분이 사부의 것인지조차 모르고 있었던 스스로에게 연운정은 화가 치밀었다.

그는 한동안 백옥병을 주시하며 심중의 격동을 가라앉히려고 무던히 애를 썼다.

이윽고 그는 조심스럽게 백옥병을 바닥에 내려놓고는 일어나서 지하 광장을 천천히 둘러보았다.

"혜 매, 이곳에 사부님을 모셔야겠어."

　지하 광장 한복판, 그러니까 위쪽에서 수직으로 햇빛이 비추는 곳에 새로운 봉분 하나가 생겨났다.

　연운정은 커다란 바위를 천강신조의 수법으로 깎고 다듬어 석관(石棺)을 만드느라 두 손이 피투성이가 되었다.

　그의 공력이 좀 더 높고, 천강신조를 완벽하게 터득했다면 손에 상처를 입지 않았을 것이다.

　그는 땅을 파서 석관을 묻고 그 안에 백옥병째로 넣은 후 그 위에 봉분을 얹었다. 봉분에는 질 좋은 풀을 뽑아 떼를 입혔다.

　또한 봉분 앞에는 역시 그가 손수 손으로 깎아 다듬어서 글자를 새겨 넣은 커다란 비석을 세웠다.

　조부 담운정의 묘.

　비석에는 단지 그렇게만 새겨져 있었다. 하지만 그 글귀는 연운정의 진심이었다. 그는 담운정을 사부보다는 친조부로 여기고 있었기 때문이다.

　정협이니 일대영웅이니 하는 거창한 글도 넣지 않았다.

　단지 '조부 담운정'이라는 짧은 글 속에 연운정 자신의 모든 것을 고스란히 담아서 새긴 것이다.

　연운정과 사도혜는 나란히 서서 경건한 마음으로 봉분을 향해 세 번 절을 올렸다.

　"제자 연운정은 사부님께서 남기신 말씀을 단 한 가지도 거역하지 않겠습니다."

　절을 마친 후 굳건한 얼굴로 봉분을 응시하던 연운정의 입술 사이로 나직하지만 또렷한 음성이 흘러나왔다.

그는 단지 그렇게만 말했다. 결심이니 맹세라는 말도 하지 않았다. 그저 그것이면 족했다.

그가 족하면 사부도 족하리라.

그는 봉분 앞에 오래 서 있지는 않았다. 이제 이곳에 머무는 동안은 지하 광장 어디에서든 거의 하루종일 봉분을, 아니, 사부를 볼 수 있었다.

사부 담운정은 살아생전처럼 연운정을, 그리고 사도혜를 지켜주며 영혼이나마 못다 한 행복을 누리게 될 것이다.

"혜 매, 우선 우리가 거처할 집 같은 것이라도 만들어야겠어."

그렇게 말하면서 돌아서는 연운정의 목소리에서는 굳은 결의가 넘쳤다.

연못가에 집 한 채가 지어졌다.

아니, 그것은 집이라기보다는 평상(平床)이나 나지막한 누대(樓臺)에 가까웠다.

우선 뱀이나 두꺼비, 작은 짐승들의 침입을 방지하기 위해서 지상에서 두 자 높이에 폭 삼 장가량의 마루를 깔았고, 연못 쪽으로 나무 계단을 놓아서 출입할 수 있도록 했다. 물론 재료는 지하 광장의 가장 흔한 나무를 잘라서 사용했다.

그런 다음 통나무로 사방의 벽을 세웠으며, 두 칸의 방과 주방을 만들었다.

두 칸의 방에는 역시 나무로 짜서 만든 침상을 놓았으며, 주방에는 식탁과 두 개의 의자를 만들었다.

지붕에는 긴 나무를 얼기설기 얹은 후에 나뭇가지들과 풀을 대충 덮었다.

지하에 무슨 지붕이 필요할까마는, 그래도 집의 모양새를 갖추느라 애를 썼다.

"근사해요!"

연운정이 이틀을 꼬박 허비하여 만든 통나무집을 안팎으로 두루 구경하고 난 사도혜는 손뼉을 치며 어린아이마냥 기뻐했다.

"흉내만 낸 거야."

연운정은 사도혜가 정도 이상으로 기뻐하자 조마조마했던 마음을 날려 버리고 겸연쩍은 미소를 지었다.

"얼마가 될는지 모르지만 이제부터는 여기가 우리 둘이 새 생활을 하게 될 보금자리야."

연운정은 통나무집을 바라보며 새롭게 시작하는 각오를 다졌다.

그러나 각오의 마음이 약간 엷어지자 방금 자신이 했던 말의 여운이 신경을 자극하기 시작했다.

'우리 둘이 새 생활을 하게 될 보금자리' 라는 말은 얼핏 들으면, 아니, 제대로 듣는다고 해도 곡해하기 적당했다.

연운정은 옆에 나란히 서 있는 사도혜를 힐끔 쳐다보았다. 마침 그녀도 연운정을 보려던 참이라 두 사람의 시선이 딱 마주쳤다.

순간 두 사람은 똑같이 얼굴을 확 붉혔다. 두 사람은 똑같은 생각을 하고 있었던 것이 분명했다.

자신들이 이제 막 혼인한 '부부' 같다는······.

탁탁탁!

연운정이 수석(燧石:부싯돌)을 서너 차례 부딪치자 곧 마른풀에 불이 붙었다.

"오늘은 대충 이렇게 먹어. 내일 날이 밝는 대로 나무 그릇과 돌 그릇, 그리고 수저를 만들어줄게."

연운정은 연못에서 잡은 물고기들을 나무에 꿰어 모닥불 위에 가로질러 놓으며 미소 지었다.

"내일부터는 본격적으로 천룡팔검을 연마해야지요. 그릇은 시간 나는 대로 틈틈이 만들어주세요."

"그러지."

두 사람은 몹시 허기진 상태였으므로 구운 물고기에 여러 종류의 과실을 곁들여서 맛있는 식사를 하였다.

모닥불이 사그러들 무렵 지하 광장 천장에 뚫린 구멍에서 스며들던 햇빛도 사라져서 어느덧 어두컴컴해졌다.

연운정이 꺼져 가는 모닥불에 몇 개의 마른 나뭇가지를 더 던져 올리자 잠시 후 불길이 다시 살아나며 두 사람 얼굴이 불빛에 반사되어 불그스름하게 빛났다.

문득 연운정은 고개를 들어 천장의 구멍을 올려다보았다. 구멍을 통해서 지하 광장보다는 약간 밝고 푸르스름한 하늘과 몇 개의 흐린 별이 보였다.

사도혜도 연운정을 따라 구멍을 바라보았다. 두 사람은 한동안 구멍을 바라보고 있었지만 나중에 무슨 방법으로 이곳을 벗어날 것인지에 대해서는 한마디도 하지 않았다.

그것은 그때 가서 생각할 일이었다. 지금은 연운정이 천룡팔검을 연마하는 것에 총력을 기울일 때인 것이다.

"참!"

연운정은 진지한 표정으로 사도혜를 응시했다.

"혜 매도 무공을 배워보지 않겠어?"

전혀 뜻밖의 제안이었다. 사도혜는 눈을 동그랗게 뜨고 놀라는 표정을 지었다.

"소녀가… 무공을 배워도 될까요?"

며칠 전까지만 해도 협맥심경증이라는 불치병을 앓느라 생사를 넘나들던 그녀였다.

그래서 그녀는 아직도 자신이 건강한 몸이 됐다는 사실에 대해서 제대로 실감하지 못하고 있었다.

연운정은 환하게 웃었다.

"하하하! 물론이지! 혜 매의 병은 깨끗이 나았어! 아니, 그동안 줄곧 천극정심법을 운기했기 때문에 오히려 평범한 사람들보다 심신이 더 튼튼해졌어! 천극정심법은 무공을 익히기 전에 기초를 다지는 운기법이니까, 혜 매는 지금 즉시 무공을 배울 수 있지."

"아……."

"혜 매가 배울 만한 적당한 무공을 가르쳐 줄 테니까 내가 천룡팔검을 배우는 동안 혜 매도 그것을 연마하도록 해."

연운정은 '혜 매가 정협의 아내로서 날 내조하려면 무공을 할 줄 알아야지' 라는 말은 속으로만 했다.

하지만 그 심중의 말은 사도혜에게도 들렸다. 그리고 그녀 역시 같은 생각을 하고 있었다.

장차 자신이 정협의 아내로서 천하무림을 주유하며 사마외도와 싸우려면 그녀 자신이 연운정에게 가장 큰 힘이 돼주어야 하는 것은 두말할 필요도 없었다.

그러기 위해서는 연운정만큼은 아니더라도 사도혜 자신의 한 몸을 능히 지키는 것은 물론 그를 돕는 데에 부족함이 없을 정도의 무공을 배워야만 할 것이다.

"가르쳐 주세요. 무엇이든 배우겠어요."

그렇게 말하는 사도혜의 목소리에는 어느새 활력이 넘쳤다.

"알았어. 내가 알고 있는 무공 중에서 혜 매에게 알맞은 것들을 골라 볼게."

사도혜는 문득 조심스러운 표정을 지었다.

"하지만 소녀가 정협의 절학을 배워도 될까요? 정협의 칠천절학은 일인전승(一人傳承)일 텐데……."

연운정은 손바닥으로 자신의 가슴을 힘있게 두드리며 당당하게 대답했다.

"하하! 그런 염려는 하지 않아도 돼. 내가 바로 정협이잖아. 정협이 결정하면 되는 거야."

그는 또 '혜 매와 나는 일심동체야. 그러니까 내가 정협이면 혜 매도 정협인 셈이지' 라는 말을 속으로만 삼켰다.

사도혜는 도통 잠을 이룰 수가 없었다.

험한 산중에서 수천 리 먼 길을 도주하며 동굴이나 덩굴 속에서 극도로 긴장한 채 새우잠을 잤던 것에 비한다면, 지금은 그야말로 천국이나 다름이 없었다.

엉성하게 만들긴 했어도 어엿한 나무 침상 위에 연운정이 풀을 뜯어다 깔아서 제법 푹신했다.

그런데도 사도혜는 잠자리에 누운 지 반 시진이 지나도록 잠은 오지 않고 오히려 눈빛만 더 초롱초롱해졌다.

그리고 그녀는 자신이 왜 잠을 이루지 못하는지 깨달았다. 그것은 단지 허전함 때문이었다.

'단지' 라고는 하지만 그녀에겐 잠을 자느냐 못 자느냐의 중대한 이유였다.

도주하는 내내 그녀는 연운정의 등에 업혀 있었다. 또한 비록 열악한 장소에서 새우잠을 자더라도 반드시 연운정의 품속에서 잠이 들었었다.

그래서 그때는 단 한 시진을 잤어도 숙면을 취할 수가 있었다. 아무리 사지에 처했더라도 연운정의 품속에서는 편안하게 잠이 들었던 그녀였다. 이제 이유는 분명해졌다. 지금 그녀 옆에 연운정이 없기 때문이었다.

연운정은 실로 오랜만에 업어 가도 모를 정도로 혼곤한 잠에 빠져 있었다.

도주하는 동안에 누적됐던 피로와 요 며칠 동안 사부의 봉분을 만들고 집을 짓느라 힘들었던 것이 한꺼번에 몰려들어 침상에 등을 붙이자마자 코를 곤 그였다.

그렇게 두 시진 정도가 지났을까. 문득 그는 이상한 느낌에 잠에서 깼다.

그리고 고개를 돌려보다가 자신의 옆에 사도혜가 잔뜩 웅크린 자세로 이쪽을 향해 잠들어 있는 것을 발견하고 적잖이 놀랐다.

'혜 매……'

그의 가슴이 짠하게 아려왔다. 피붙이에게서 느껴지는 그런 감정하고는 달랐다.

아니, 그보다 더 진하고 애잔했다. 뭐라고 꼬집어서 설명하기는 어려웠다. 그저 나의 분신이 자신의 옆에 웅크리고 있는 듯한 그런 느낌이었다.

그는 사도혜가 어째서 자신의 옆에서 잠들었는지 어렵지 않게 짐작할 수 있었다.

그녀는 이제 연운정 없이는 아무것도 할 수 없는 여자가 된 것이었다.

그런 사실이 연운정의 가슴을 훈훈하게 만들었다.

그는 조심스럽게 팔을 뻗어 사도혜에게 팔베개를 해주었다.

"음……."

그 바람에 사도혜가 깼다. 그녀는 눈을 뜨고 말끄러미 연운정을 바라보았다.

크고 맑으며 그윽한 정이 가득 담긴 눈망울이었다.

문득 연운정은 자신도 모르게 이끌리듯 그녀의 입술로 자신의 입술을 가져갔다.

사도혜는 기다렸다는 듯이 사르르 눈을 감았다.

이어서 하나는 두툼하고, 또 하나는 작고 촉촉한 두 개의 입술이 원래 하나였던 것처럼 포개졌다.

두 입술이 약간 벌어지면서 두 사람의 혀끝이 살짝 닿았다.

그러자 연운정은 사도혜의 혀를 빨아들였다. 처음에는 약하고 부드럽게, 그러나 곧 힘주어 세차게 빨았다.

사도혜의 혀에서는 꿀이 나오는 것처럼 달콤했다. 아니, 연운정으로서는 한 번도 느껴보지 못했던 맛이었다. 그녀의 혀는 연운정의 입속에서 마음껏 유린됐다.

사도혜는 온몸을 바르르 떨면서 전율했다.

연운정이 생애 최초로 느끼는 감정이라면 그녀라고 해서 다르지 않았다.

그녀는 구름 위에 둥둥 떠 있는 것 같은 느낌이었다.

또한 수만 마리의 개미들이 온몸 곳곳을 깨무는 듯한 느낌도 들었다. 그러나 싫지는 않은, 아니, 아주 몽환적인 기분이었다.

사도혜의 혀를 깊숙이, 그리고 세차게 빨아대고 있는 연운정은 사도혜와 비슷하지만 그것과는 조금 다른 감정에 휘말려 들었다.

그것은 사내의 본능이었다. 마침내 십칠 년 동안 한 번도 드러나지 않았던 그의 본능이 눈을 뜬 것이다.

그의 본능은 혀 말고 또 다른 것을 원하고 있었다. 그보다 더 강한 것, 더 흥분되는 것을.

연운정은 한 번도 여자와 정사를 나눈 적이 없었다. 즉, 동정(童貞)의 몸이었다.

그러므로 여자를 다룰 줄도, 이런 상황에서는 어떻게 해야 하는지도 모르는 것이 당연했다.

하지만 걱정할 필요는 없었다. 본능이 어째서 본능인가? 아무도 가르쳐 주지 않았어도, 해본 적이 없어도 알아서 헤쳐 나가는 것이 바로 본능이라는 놈이다.

가장 먼저 본능의 개척에 나선 것이 연운정의 두 손이었다. 그의 두 손은 벌써부터 사도혜의 몸을 더듬고 있었다.

연운정을 향하고 있던 사도혜의 몸은 어느새 반듯하게 눕혀진 상태가 되어 있었다.

연운정의 입술은 사도혜의 혀를 놓아주지 않았다. 그녀의 혀를 계속 빨면서 손은 앞섶을 헤집고 들어가 젖가슴을 만지고 있었다.

풍만하면서도 따스하고, 부드러우면서도 탄력적인 젖가슴은 연운정의 손에 의해서 유린되었다.

정사에 대해서 별다른 기술 없이 그저 본능에만 내맡기고 있는 연운정의 손은 사도혜의 젖가슴을 터뜨리기라도 할 듯이 억세게 움켜잡았다.

"헉!"

순간 사도혜는 너무 아파서 눈을 커다랗게 뜨며 짧은 신음을 터뜨렸다.

그와 동시에 연운정의 모든 동작이 뚝 정지했다. 본능이 빠르게 뒷걸

음질 치더니 한옆에 물러나 있던 이성이 선잠을 깬 듯 쭈뼛쭈뼛 찾아들었다.

"이런……."

그는 급히 사도혜에게서 몸을 떼며 상체를 일으켰다.

"미… 안해, 혜 매……. 나, 나는……."

그는 당황해서 심하게 더듬거렸다. 어쩌자고 이런 짓을 저질렀는지 자신을 죽이고만 싶었다.

그는 나름대로 자신의 수양이 꽤나 깊다고 자신했기 때문에 지금과 같은 상황을 이해할 수도 용서할 수도 없었다.

사도혜는 연운정의 일그러진 표정에서 그의 마음을 어렵지 않게 읽어냈다.

그녀의 생각은 연운정과는 달랐다. 그녀는 그것을 그에게 주지시켜 줄 필요가 있다고 생각했다.

"운정 오라버님."

"……."

사도혜가 촉촉한 눈망울로 연운정을 바라보며 가라앉은 목소리로 입을 열었다.

"소녀는 소녀의 몸과 마음이 모두 운정 오라버님 것이라 생각하고 있어요."

"혜 매……."

연운정은 가슴이 미어지는 것만 같았다. 그런 사도혜를 자신이 미친 짐승처럼 짓밟으려고 했다니……. 사도혜의 본심이 연운정에게는 와전되고 있었다.

"그렇다면 운정 오라버님은 누구 것인가요?"

두 번 생각해 볼 물음이 아니었다.

"당연히 혜 매 것이지."

사도혜는 배시시 미소 지었다. 어둠 속에서 그 미소는 너무도 아름답게 빛났다.

"소녀는 운정 오라버님 여자예요."

연운정은 그녀의 말을 제대로 이해하지 못했다.

"그래, 고마워."

이런 상황에서 '소녀는 운정 오라버님의 여자예요' 라는 말의 속뜻이 무엇인지 간파하지 못하는 연운정은 정말 쑥맥이었다.

어색한 침묵이 흘렀다. 아직 식지 않은 연운정의 본능적인 거친 숨소리와 사도혜의 가쁜 숨결만이 침묵 속에서 규칙적으로 흘러나올 뿐이었다.

여자는 남자와 여러 가지 면에서 다르다. 그중 하나가 여자는 행동에 앞서 차분하게 생각을 많이 하지만 남자는 생각보다는 행동이 우선한다는 점이었다.

사도혜는 연운정이 봉분을 세우고 집을 짓는 등 분주하게 움직이는 동안 많은 생각을 했었다. 그중에서 자신과 연운정과의 앞으로의 거취가 가장 중요한 과제였다.

정협은 서찰에서 연운정이 천룡팔검을 오성 이상 터득하는 데에 사 년가량이 소요될 것이라고 예상했다.

또한 연운정은 천룡팔검을 최소한 오성 이상 터득해야 강호로 나갈 것이라고 말했다.

그렇다면 사도혜와 연운정은 짧게는 사 년, 어쩌면 더 오랫동안 이곳에서 생활하게 될는지도 모르는 일이다.

이곳에는 이들 두 사람뿐이다.

그리고 두 사람은 서로 사랑하고 있다. 그저 사랑하는 것이 아니라 목숨보다 더 사랑하고 있다.

앞으로 둘은 모든 것을 함께할 것이다. 같은 공간 안에서 같은 공기를 숨 쉬고 함께 무공을 연마하며 함께 식사하고 대화하면서 같은 집에서 잠을 잘 터이다. 그런데 이제 사도혜는 혼자서는 잠을 잘 수 없는 여자가 돼버렸다.

아니, 어떻게든 예전처럼 또다시 혼자 자는 버릇을 들이면 그렇게 되기야 할 것이다.

하지만 사랑하는 사람끼리 그렇게 나무 벽 하나를 사이에 두고 언제까지 그렇게 아무렇지도 않은 듯이 잠을 잘 수 있겠는가? 꼭 그래야 할 이유가 있을까?

어쩌면, 아니, 연운정은 틀림없이 남자로서의 본능 때문에 오늘처럼 괴로워하게 될 것이다. 그래서 그는 그때마다 본능을 식히느라 몸부림칠 것이다.

사도혜는 그렇지 않은가? 그녀 역시 인간이다. 또한 여자라고 본능이 없는 것이 아니다. 다만 자제력이 남자보다 조금 나을 뿐이지, 그녀 역시 사랑하는 연운정과 뜨겁게 사랑을 불태우고 싶은 것이 솔직한 심정이었다.

대체 사랑한다는 것은 무엇인가? 그 무엇이 이 두 사람을 방해할 수 있겠는가?

몸을 섞는다는 것과 그렇지 않다는 것이 과연 이들에게 무슨 의미가 있다는 말인가?

둘의 영혼은 이미 하나이다. 그러므로 육신마저 하나가 된다면, 내일 아침 처음 눈을 뜨고 보게 되는 아침은 여태까지의 아침과는 판이하게 다를 터이다.

두 사람이 육체적으로도 하나가 되어 완전한 일심동체를 이룬다면 그렇지 않았을 때와는 비교도 할 수 없을 만큼의 여러 가지 상황 변화를 맞이하게 될 것이다.

하지만 그 무엇보다도 가장 중요한 사실은, 두 사람이 '완전한 일체(一體)'가 된다는 사실이 아니겠는가?

현명한 사도혜는 서로가 애써 본능을 억제할 필요가 없다는 사실을 연운정에게 일깨워 주기 위해서 자신이 부끄러움을 감수해야 한다고 판단했다.

슥―

그녀는 똑바로 누운 채 눈을 끔뻑거리면서 흥분을 가라앉히려 애쓰고 있는 연운정 쪽으로 돌아누우면서 팔로 그의 가슴을 안았다. 더 이상 말은 필요하지 않았다.

지금은 행동이 필요할 때였다. 부끄러움을 이겨낸 본능의 언어로 말할 때인 것이다.

"…혜 매……."

연운정의 몸이 한차례 펄떡 크게 흔들렸다.

당연히 사도혜 역시 순결지신이었다. 그러므로 그녀라고 방중술을 알고 있을 리도, 따로 배웠을 리도 없었다. 서툴지만 사랑과 진심을 바탕에 두고 최선을 다할 뿐이었다.

사도혜의 손이 부드럽게 연운정의 가슴을 어루만졌다. 그러나 그녀의 손은 가늘게 떨리고 있었다. 그것을 연운정도 여실히 느꼈다.

연운정의 심장이 가슴을 뚫고 튀어나올 것처럼 미친 듯이 요동쳤다.

그때 사도혜의 한쪽 다리가 연운정의 하체로 조심스럽게 올라오기 시작했다.

'허억!'

연운정은 혼비백산했다.

그의 하체의 남성은 지금까지도 식지 않은 채 옷을 뚫고 나올 듯이 커져 있던 중이었다.

당연히 올라오던 사도혜의 허벅지가 연운정의 커다랗게 성난 남성에 딱 걸리고 말았다.

순간 두 사람은 똑같이 숨을 멈추었다.

사도혜는 동작까지 멈추었다. 그녀는 자신의 허벅지가 전해주는 아주 단단하게 솟은 이물감을 생생하게 느끼고 있었다.

그 순간 그녀는 연운정을 약간 원망했다. 자신이 이 정도로 적극적으로 행동하면 연운정이 즉시 알아차리고 다음 행동을 취해야만 하는데, 그는 그저 뻣뻣하게 누운 채 숨조차 쉬지 못하고 코만 벌름거리고 있을 뿐이었다.

연운정은 그녀가 생각했던 것보다 더 지독한 쑥맥이었다.

두 사람은 이미 충분하고도 넘칠 정도로 흥분해 있었다. 이제는 폭약 심지에 불을 붙이기만 하면 될 터이다. 그리고 사도혜는 그것까지 자신이 해야 할 것이라고 판단했다.

'하나만 생각하면 돼……. 나는 운정 오라버님을 사랑해…….'

연운정의 가슴에 얹혀 있던 사도혜의 손이 가늘게 떨면서 아래로 미끄러지더니 연운정의 바지 속으로 스며들었다.

"허억!"

한순간 연운정은 눈을 퉁방울처럼 크게 뜨고 입을 딱 벌리며 허파가 터질 듯한 신음을 터뜨렸다.

사도혜의 손이 그의 성난 남성을 가만히 움켜잡은 것이었다.

그녀의 따스한 손의 체온과 가는 떨림이 연운정의 남성을 통해서 고스란히 전해져 왔다.

사도혜는 남성을 잡은 손에 약간 더 힘을 주었다. 신호를 보내기 위해서였다.

'여기까지… 더 이상은 못하겠어요……. 이제 운정 오라버님 차례에
요……' 라는 무언의 행동이었다.

그런데 그 남성이 불끈불끈 요동치고 있는 것이 그녀의 손으로 역력하
게 전해져 왔다.

"혜… 혜 매!"

여자에 대해서는 천하에 둘도 없을 바보 같은 연운정이라고 해도 이
순간만큼은 더 이상 견뎌내지 못했다.

이 시점에 이르러서까지 아무런 행동을 취하지 않는 사내는 고자라는
소리를 들어 마땅할 것이다.

과연 그때부터는 일사천리였다.

연운정은 자신의 옷과 사도혜의 옷을 벗기는지 찢는지도 모를 정도였
다.

무슨 애무 같은 것이 있을 리 없었다. 그저 오랫동안 집을 떠나 있던
남편이 아내가 기다리고 있는 제 집에 찾아들 듯이, 그의 남성을 애타게
기다리고 있는 여성의 집에 자빠지고 깨지면서 기어코 들어가는 것이 급
선무였다.

"혜… 매!"

"아앗!"

서로 다르지만 동질의 의미를 담고 있는 외침이 두 사람 입에서 거의
동시에 터졌다.

연운정은 미친 황소처럼 사도혜를 몰아붙였다.

사도혜는 두 팔로 힘껏 연운정의 등을 끌어안았다. 그녀의 손톱이 그
의 등속에 깊숙이 파고들었다.

두 사람은 동이 터올 때까지 한순간도 쉬지 않았다.

원래 늦게 배운 도둑질이 사람을 잡는 법이다.

두 사람이 깨어난 시간은 정오가 다 될 무렵이었다.

먼저 눈을 뜬 사람은 사도혜였다.

그녀는 자신이 연운정의 몸 위에 엎드린 자세로 그의 가슴에 뺨을 대고 잠들었다는 것을 그제야 알게 되었다.

그녀가 살며시 고개를 들자 연운정이 입가에 흐뭇한 미소를 머금은 채 곤한 잠에 취해 있는 모습이 보였다.

그녀는 사르르 얼굴을 붉혔다. 하지만 그녀의 판단이 옳았다. 부끄러움보다는 행복감이 비교도 안 될 만큼 더 컸다.

난생 처음 느껴보는 행복감이 그녀의 온 마음과 온몸에 터질 듯이 팽배해 있었다.

"……!"

그녀는 조심스럽게 몸을 일으키려다가 화들짝 놀라고 말았다.

다음 순간 그녀의 얼굴이 홍당무처럼 새빨갛게 달아올랐다.

'어쩜 좋아…….'

놀랍게도 그녀의 옥문 안에 연운정의 남성이 깊숙이 삽입된 채 불끈거리고 있었던 것이다.

그의 남성은 아직도 만족하지 못했는지 처음처럼 크고도 단단한 상태였다.

사도혜는 조심조심 하체를 들어올리며 조금씩 남성을 빼내려고 하였다.

"혜 매……."

그때 연운정의 나직하지만 뜨거운 목소리가 고막을 두드리자 그녀는 헉! 하며 숨을 들이켰다.

그녀가 연운정을 보려는 순간 그는 두 팔로 그녀의 어깨를 잡더니 재빨리 자세를 바꿔 그녀를 찍어 눌렀다.

"우, 운정 오라버님……."

"혜 매! 사랑해……!"

연운정은 또다시 거칠게 그녀를 짓밟기 시작했다.

사도혜 역시 싫지는 않았다. 다만, 그녀는 뜨거워져 가는 열기 속에서 혹시 자신의 판단이 틀린 것이 아닐까 조심스럽게 생각했다.

성에 눈을 뜬 연운정이 앞으로 무공 연마는 내팽개치고 시도 때도 없이 이러면 어떻게 하나, 라는 걱정이었다.

그렇게 된다면, 그것은 전혀 바람직하지 않은 일심동체인 것이다.

결국 두 사람은 그날부터 시작하기로 계획했던 무공 연마를 하루 연기할 수밖에 없었다.

정오 무렵에 시작한 연운정의 여체 침탈은 그로부터 두 시진여 동안 더 계속됐다.

이후 두 사람은 기진맥진하여 한 시진 정도 서로를 끌어안은 채 꼼짝하지 못하고 누워 있어야만 했다.

두 사람은 그제라도 일어나서 무공 연마를 시작하려고 했지만 어떻게 된 일인지 당장이라도 온몸이 부서질 것처럼 결리고 아파서 견딜 수가 없었다.

그 격렬한 운동(?)보다 열 배나 더 혹독한 무공 연마나 노동을 했을 때에도 이처럼 후유증이 심하지는 않았었다.

그래서 두 사람은 새로운 사실을 깨달았다. 쾌락에는 거기에 상응하는 대가를 치러야만 한다는 사실을.

두 사람은 침상에서 내려오지도 못할 정도로 몸이 아팠다. 조금만 움직이면 몸이 부서질 것만 같았다.

순결을 잃고 마구잡이로 짓밟힘을 당한 사도혜는 연운정과는 비교도 안 될 만큼 온몸이 아팠다. 특히 하체는 뜨거운 인두로 지져 대는 것처럼 화끈거렸다.

그래서 두 사람은 할 수 없이 식사도 하지 않은 채 다음날 아침까지 침상에 누워만 있었다.

그런데 참으로 신기한 일이었다.

팔 하나 들어올리는 것조차도 힘겨워하던 두 사람이건만, 그때부터 다시 둘이 얼싸안고 미친 듯이 육체를 불태우는 일에는 티끌만큼도 아프지 않았다.

❖ 第四十四章 ❖
우정(友情)

第 四十四 章

　연운정과 사도혜, 두 사람을 태운 뗏목이 폭포에서 추락하여 지하 동굴 속으로 사라진 후 보름이 지났을 무렵 많은 추적자들이 그곳을 떠나 갔다.

　그리고 반년이 지난 지금 그곳에 남아 있는 사람은 백여 명에 불과했다.

　처음 수만 명에 달하던 숫자에 비하면 남아 있는 사람이 거의 없다고 해도 과언이 아니었다.

　그러나 그곳에 남아 있는 각자에겐 백여 명이라는 숫자도 지나치게 많은 것이었다.

　특히 아들의 생사조차 확인하지 못한 채 극도의 초조감 속에 몸부림치고 있는 안타까운 아비 연충조에겐 더욱 그랬다.

　아니, 그곳에 남아 있는 숫자는 백여 명만이 아니었다. 연운정이 추락했던 폭포 근처와 급류가 지하로 사라진 후 다시 모습을 드러내는 북쪽

이십여 리 지점의 연못 근처 각각 두 군데에서 서성거리고 있는 자들만 백여 명일 뿐이지, 그곳 수백 리 일대에 퍼져서 정협의 전인을 찾는답시고 온통 들쑤셔 대고 있는 자들까지 모두 합치면 대략 오백여 명 정도가 아직도 미련을 버리지 못한 채 정협의 전인, 아니, 이대 정협을 찾아 헤매고 있는 것이었다.

만약 지나친 탐욕을 이기지 못하고 지하 동굴 속으로 뛰어들었다가 죽음을 당한 자들까지 합친다면, 이곳에 정확하게 백칠십육 명이 더 있었을 것이다.

연운정과 사도혜가 지하 동굴 속으로 사라진 첫날에만 사십팔 명이 지하 동굴 속으로 용감하게 뛰어들었다.

그리고 반 시진 후에 그들의 익사체는 북쪽 이십여 리에 위치한 연못의 수면 위로 뛰어들었던 순서에 맞추어서 하나씩 솟아올랐다.

그렇다고 사십팔 명이 모두 죽은 것은 아니었다. 생존자가 여섯 명이 있었다.

그 여섯 명은 요행히 귀식대법(龜息大法)을 익힌 자들이었다. 하지만 그들은 지하 동굴 속에서 아무것도 알아내지 못했다.

일단 귀식대법을 전개하면 손가락 하나 까딱하지 못하고 나무토막처럼 가만히 있어야만 하는 맹점 때문이었다.

거칠기 이를 데 없는 급류 속에서 그저 제 목숨 하나 건지려고 뻣뻣하게 떠내려 온 자들이 대체 그 속에서 무엇을 알아낼 수 있었겠는가?

귀식대법을 전개하고서도 몸을 움직일 수 있으려면 최소한 일 갑자 이상의 공력을 지니고 있거나 세상에는 알려지지 않은 특수한 수련을 거쳤어야만 한다.

하지만 그 움직임도 다분히 제한적이기 때문에 귀식대법을 전개하지 않았을 때처럼 아주 자유롭다는 뜻이 아니다.

물론 공력이 높을수록 움직임이 좀 더 원활할 수 있는 것은 두말하면 잔소리다.

연충조는 지하 동굴에 뛰어들고서도 살아남은 여섯 명 중에 한 명이었다.

그리고 그는 지하 동굴 속에서 그리 자유롭지는 못해도 웬만큼 움직이면서 주위를 살필 수 있었다.

하지만 그는 한 번의 시도만으로도 생존을 장담하기 어려운 지하 동굴 속으로 무려 세 번씩이나 뛰어들었음에도 불구하고 아들에 대한 아무런 단서조차 발견하지 못했다.

최초에 그는 개방오척의 일척이 가르쳐 준 북쪽 이십여 리 지점에 있는 연못으로 곧장 달려갔다.

전력으로 달려갔는 데도 불구하고 그가 연못에 도착했을 때에는 이미 수백 명의 무림인들이 연못 주변에 장사진을 이루고 있었다. 모습을 드러내지 않은 사람들까지 치면 그보다 몇 배는 더 많을 것이었다.

이십여 리 거리의 급류라면 아무리 늦어도 한 시진이면 당도한다.

그런데 사람들이 반나절 넘게 기다리다가 해가 지고 있는데도 살아 있는 정협의 전인이든 죽은 시체든 아무것도 떠오르지 않았다.

그래서 사람들은 혹시 자신들이 이곳으로 달려오는 것보다 더 빨리 하류로 떠내려간 것이 아닌가 하여 절반 이상이 우르르 하류로 달려 내려가기도 했지만 그 후로도 정협의 전인을 발견했다는 소문은 들리지 않았다.

사람들이 지하 동굴로 뛰어든 것은 그때부터였다. 그리고 결과적으로는 아무런 소득도 없었다.

첫날에만 사십이 명이 익사체로 연못 수면에 떠오르는 것을 뻔히 보고서도 사람들은 줄지어 지하 동굴로 뛰어들었다.

날이 갈수록 그 수가 점점 줄어들기는 했지만, 반년이 지난 지금에 와서도 하루에 한두 명 꼴로 지하 동굴에 뛰어들었다가는 시체로 떠오르기를 반복하고 있는 실정이었다.

그렇게 오늘까지 지하 동굴에 뛰어들었다가 죽은 자들이 도합 백칠십육 명이나 됐다.

연충조는 지하 동굴에 뛰어드는 것을 세 번으로 끝냈다. 그렇다고 아들의 생사 확인을 포기한 것은 아니었다.

아들은 분명히 저 안에 있다. 그는 그런 결론을 내렸다. 그래서 아직도 이곳을 떠나지 못하고 있는 것이었다.

"여기에 있었군."

연충조는 지하 동굴이 한눈에 내려다보이는 언덕의 우거진 숲 속에 살수들만의 은둔술로 숨어 있었기 때문에 절정고수라고 해도 그를 찾아내기란 쉽지 않았다.

지금 들려온 목소리의 주인은 연충조가 이곳에 있다는 사실을 잘 알고 찾아왔다.

연충조가 폭포와 연못 두 군데를 지켜보는 장소는 언제나 한곳으로 정해져 있었기 때문이다.

그는 다름 아닌 개방오척의 맏이 일척이었다. 그는 자신의 출현에도 뒤돌아보지 않은 채 지하 동굴에만 시선을 주고 있는 연충조 곁으로 다가왔다.

"또 들어가 볼 생각인가?"

연충조는 대답하지도 고개를 돌려 일척을 쳐다보지도 않았다.

하지만 일척은 개의치 않았다. 연충조가 그저 성격이 무뚝뚝할 뿐이지 자신을 무시하는 게 아니라는 것을 알기 때문이었다.

연충조가 불쑥 일척을 찾아온 것은 두 사람이 폭포 아래에서 처음 만났던 날로부터 열흘이 지난 후였었다.

"부탁이 있소."

연충조는 잠시 일행들과 떨어져 있던 일척의 등 뒤에 소리없이 나타나서 그렇게 불쑥 말했었다.

그 순간에는 강호 경험이 풍부하고 담이 큰 일척마저도 내심 화들짝 놀라고 말았었다.

일척은 그의 언행에서 그가 평생 누군가에게 부탁 같은 것을 해본 적이 없는 사람이라는 사실을 깨달았다.

과연 그의 생각은 정확했다. 연충조는 태어나서 최초로 일척에게 부탁이라는 말을 사용한 것이었다.

일척은 연충조 같은 종류의 사람을 이날까지 살면서 한 번도 만나본 적이 없었다. 하지만 본능적으로 그의 부탁을 들어주어야만 할 것 같다고 판단했다.

만약 그가 거절했다면 연충조는 두말 않고 돌아섰을 것이다. 그렇다고 자존심이 상했다든지 보복을 하려들 사람은 아니었다.

일척이 느낀 연충조라는 사람은, 그저 그것으로 끝인 것이다. 그러나 이후 두 번 다시 연충조가 일척 앞에 나타나는 일은 없었을 것이다.

일척은 연충조의 부탁을 될 수 있는 한 들어주기로 작정했다. 이유는 간단했다.

그는 그때까지도 연충조가 이대 정협의 부친이라고 거의 확신하고 있었으므로.

연충조는 광동성 어느 산간 마을에 사람을 보내서 한 사람을 피신시켜 달라는 부탁을 내놓았다. 늦어지면 그 사람이 죽을 것이라는 당부도 함께 곁들였다.

그리고 그는 그곳에 누굴 보낼 것인지도 지목해 주었다. 지목된 사람은 은한문주 송명군이었다.

그 당시 그곳에는 성검협 은기상과 금창절 도림설, 균천선음 선하린, 세 명, 즉 정삼제가 이미 도착해 있었으며 은한문주 송명군 일행과 개방주 죽장신개, 개방오척, 개방백영이 총망라되어 있었다.

연운정이 지하 동굴로 추락한 다음날 은기상이 가장 먼저 도착했으며, 그 후 죽장신개와 송명군 일행, 도림설과 선하린 등이 속속 당도했었다.

그들은 상황을 조사하고 나서 크게 상심했다. 이후 은기상의 지휘 아래 민활하게 지하 동굴 일대를 수색 조사했으나 끝내 아무런 수확도 거두지 못했었다.

연충조는 지하 동굴을 조사하는 한편 은기상 일행에 대해서도 관심을 늦추지 않았다. 수많은 추적자들 중에서 그들만이 유일한 아들의 편이었기 때문이다.

그러다가 그들 속에서 송명군을 발견했던 것이다. 그때 그는 정말 크게 놀랐었다.

송명군은 그의 아내의 친오빠이며 아들의 외숙이었다. 그가 이곳에 있을 이유가 무어라는 말인가? 그래서 연충조는 나름대로 추리해 보았다.

개방이 이대 정협의 신분을 추적하다가 결국 외가인 은한문까지 알아낸 후 송명군을 이곳으로 불러들였을 것이다. 그의 추리는 눈으로 본 것처럼 정확했다.

그렇다면 아들은 정협의 전인, 즉 이대 정협이 분명했다. 개방은 빠르고도 정확한 정보망으로 정평이 나 있는 무림 대방파다. 그들이 실수를 했을 리가 없었다.

'내 아들이 정협이다.'

그 사실을 확인했던 날 연충조는 하루종일 깊숙한 장소에 은둔한 채 아무것도 하지 않았었다.

그는 그 하루 동안 생각을 정리한 후 은둔처에서 나와 먼발치에서 정삼제와 송명군 등이 모여 있는 장소에 있는 송명군을 지켜보았다. 당장이라도 달려나가서 송명군과 십팔 년 만의 해후를 나누고 싶었지만 그럴 처지가 아니었다.

대신 비살루로부터 아내 송하려를 구하기 위해서 송명군을 보내야겠다고 생각했다.

하지만 연충조는 송명군에게 접근할 수가 없었다. 송명군 주변에는 개방의 청년 고수들이—개방백영—언제나 삼엄하게 호위하고 있었기 때문이다.

비살루는 곧 산미촌으로 살수들을 보낼 것이다. 그렇게 되면 송하려는 죽은 목숨이나 다름없었다. 아들도 중요했지만 아내도 그 못지않게 소중한 사람이었다.

가장 만만한 사람이 일척이었다. 그는 항상 혼자 분주하게 폭포와 연못 일대를 오갔기 때문에 연충조가 그에게 접근하는 것은 별로 어려운 일이 아니었다.

연충조는 송명군을 산미촌으로 보내라는 것과 더불어 자신에 대해서 비밀을 지켜달라고 요구했다. 아니, 그것은 차라리 명령에 가까웠지만 일척은 그마저도 수락했다.

일척이 송명군에게 '송하려' 라는 이름을 대면서 그녀가 위험하다고 전하자 송명군은 소스라치게 놀랐었다.

송명군은 그 사실을 어떻게 알았느냐고 다그쳤지만 일척은 연충조와 약속한 대로 굳게 입을 다물었다. 오히려 송명군에게 '송하려' 가 누구냐고 물었다.

"송하려는 내 누이동생인 동시에 이대 정협의 모친이오."

그 말을 듣고 일척은 연충조가 송하려의 남편이며 이대 정협의 부친이라는 사실을 최종적으로 확인할 수 있었다.

이후 그는 연충조에게 두 번 다시 정협의 부친이냐고 묻지 않았다.

연충조가 일척에게 그런 부탁을 한 것은 간접적으로 자신의 신분을 드러낸 것이나 다름이 없었다.

그리고 그 대상으로 일척을 선택했다. 그러므로 그걸 굳이 말을 꺼내서 확인해야 할 정도로 일척은 바보가 아니었다.

일척은 송명군에게 조용히 떠날 것을 부탁했고, 송명군은 그대로 따라주었다.

그는 자신이 이곳에 있어봐야 조카를 구하는 일에는 별 도움이 되지 못한다는 사실을 깨달았고, 자신의 유일한 피붙이인 송하려를 잃는다는 것은 상상조차 못할 일이었기에 일척에게 말을 듣고 나서 불과 일각 안에 서둘러 출발했다.

"조금 전에 도림설 도 대협께서 지하 동굴에서 나오셨는데 역시 아무런 소득이 없었네."

일척은 연충조 옆에 나란히 서서 지하 광장을 쳐다보며 씁쓸하게 말문을 열었다.

금창절 도림설은 무림이십오기 상위 천성절 육 인 중 '절'에 해당하는 절정고수였다. 그는 이것으로 여섯 번째 지하 동굴에 들어갔다가 나온 셈이었다.

은기상 역시 다섯 번이나 지하 동굴에 들어갔으나 결과는 도림설과 다르지 않았다.

정삼제 중에서 여자인 균천선음 선하린만 들어가지 않았을 뿐 죽장신 개와 개방오척의 일척과 이척이 지하 동굴에 들락날락한 횟수는 무려 이십여 회에 이르렀다.

정삼제 측만 아니라 추적자들이 드나든 횟수까지 친다면 무려 백여 회에 이를 정도였다. 그런데도 지하 동굴 안에서 아무것도 발견해 내지 못했다면 결론은 하나뿐이었다. 이대 정협은 지하 동굴에 없다는 것이다.

하지만 정협은 지하 동굴에서 나오지 않았다. 그와 천봉화용의 시체는 도강의 최하류까지 뒤진 수천 명의 무림인들에게도 끝내 발견되지 않았다.

귀신이 곡할 노릇이었지만 그게 엄연한 현실이었다.

연운정과 사도혜가 진입한 지하 동굴 속 벽면의 틈은 참으로 좁고 교묘했기 때문에 은기상이나 도림설 같은 절정고수들의 눈에도 띄지 않은 것이었다.

일척은 마음이 무거웠다. 이제 연충조에게 하기 어려운 말을 해야 하기 때문이었다. 그러나 어차피 해야 할 말이었다.

"우린 내일 여길 떠나네."

그 말에 과연 연충조의 어깨가 가볍게 움찔 흔들렸다. 그가 뭐라고 표현하지는 않았어도 그동안 정삼제와 개방 고수들은 그에게 많은 힘과 의지가 되어주었다.

지난 반년 동안 일척은 자신들 쪽의 정보와 계획을 연충조에게 꾸준히 알려주었다.

그것은 연충조가 정협의 부친이라는 확신이 없었다면 가당치도 않은 행동이었다.

"지금이라도 나와 함께 은 대협을 뵈러 가세. 그래서 자네 신분을 밝히고 정식으로 도움을 청하게."

"방 형."

연충조는 처음으로 입을 열었는데, 그 짧은 말에는 일척이 그만 말하기를 요구하는 예리한 칼날이 담겨 있었다.

일척은 연충조가 정협의 부친이라고 확신하면서도 그에게 '하게'를 하고 있었다.

죽장신개가 들으면 당장 목을 뽑아버리겠다고 덤벼들 무례하기 짝이 없는 언행이었다.

정협의 부친이라면 정협만큼은 아니더라도 그에 버금가는 예우를 갖추어야만 하기 때문이었다.

하지만 일척에겐 그럴 만한 남모를 고충이 있었다. 그가 연충조의 부탁을 들어주어 송명군을 산미촌으로 보내고 난 후 다시 연충조를 만났을 때 나누었던 몇 마디 대화가 그의 고충을 역력하게 대변해 주고 있다. 그 당시 일척은 연충조가 정협의 부친이라고 확신한 직후였다.

"대협, 잠시 시간 좀 내주시겠습니까? 드릴 말씀이 있습니다."

"……."

"안 되겠습니까?"

"우린 나이도 비슷한 것 같은데 서로 하대를 하는 게 어떤가?"

"……."

"싫으면 그만두게. 그리고 앞으로 내 앞에 다시는 나타나지 말게."

"……."

"그만 가보게."

"후후! 자네 성깔머리는 정말 내 마음에 쏙 드는군. 내 이름은 방현(方賢)일세. 나는 지금부터 자넬 연 형이라고 부를 테니, 자넨 좋을 대로 부르게."

"이제 조금 마음에 드는군."

그때 일척, 아니, 방현은 연충조가 흐릿한 미소를 지을 듯 말 듯한 것을 발견했었다.

그가 처음이자 마지막으로 본 연충조의 미소였다. 어쨌든 두 사람은 그날 이후 서로 호형하며 오늘에 이르고 있었다.

연충조가 정삼제 등에게 선뜻 나서지 못하는 데에는 그럴 만한 사정이 있었다.

그즈음 그는 아들이 이대 정협이 되었다는 사실을 분명하게 믿게 되었다.

사람들이 송명군에게까지 정협의 외숙이라며 극진한 예우를 다하는 광경을 목격하고 난 다음에야 더 이상 믿지 않을 재간이 없었다.

아들은 천하가 존경하고 받들어 모시는 이대 정협이다. 당금 무림에서 더 이상 오를 수 없는 극상의 신분인 것이다. 그런데 아비는 무림인들이 손가락질하는 살수의 신분이었다.

자신의 신분을 굳이 감추려 드는 유치한 짓은 연충조의 성격에도 맞지 않았으며, 그런다고 해봤자 손바닥을 들어 태양을 가리자는 꼴밖에 되지 않았다.

세상에 비밀이란 없는 법이다. 아들 연운정이 어떤 기연을 얻어서 이대 정협이 됐는지 그로서는 짐작조차 못할 일이지만, 쌍수를 들어 반기고 고마워해야 할 일임에는 분명했다.

하지만 아비인 그는 이날까지 아들에게 무엇 하나 변변하게 해준 것이 없었다.

아니, 오히려 몇 푼 돈을 번답시고 아들과 아내를 장장 칠 년 동안이나 팽개쳐 두었었다. 그는 아비로서도 남편으로서도 자격 이하인 존재인 것이다.

아니, 그보다 더 중요한 문제는 그가 ‘살수’라는 사실이었다. 살수는 돈을 받고 자신과는 아무런 원한도 없는 사람을 죽이는 이른바 ‘인간도 살자’였다.

그런데 뒤늦게 나타나서 내가 정협의 아비입네, 하고 밝힌다면 세상 사람들이 그에게 대놓고 뭐라고 하지는 않겠지만 돌아서서는 온갖 험담에 중상모략을 할 게 뻔했다.

또한 천하에서 가장 존경받아야 하는 정협의 얼굴에 먹칠, 아니, 똥칠을 하는 격이었다.

그러므로 그는 사람들 앞에 아예 나타나지 않는 게 가장 현명한 처신이라고 생각을 굳혔다.

만약 그래야 한다면 그는 숨이 끊어지는 순간까지도 사람들이나 아들 앞에 나타나지 않을 결심이었다. 그게 그가 아들에게 해줄 수 있는 유일한 부정(父情)이었다.

“연 형, 자넨 정말 고집불통이로군. 좋아, 그렇다면 자네가 알아둬야 할 것들을 몇 가지 일러주겠네.”

일척은 체념했다는 듯 양팔을 벌려 보이고 나서 진지한 표정으로 말을 이었다.

“나는 자네가 어떤 일을 하는 사람인지 모르네. 그런데 언제부터인가 몇몇 살수들이 자네 주위를 맴돌고 있다는 사실을 자네도 알고 나도 알고 있었네. 그래서 그동안 자네를 호위해 왔던 열 명의 개방 청년 고수들을 그대로 자네 곁에 놔두고 갈 테니 이것만은 뿌리치지 말아주게.”

일척의 말에 연충조는 놀라지 않았다. 자신의 주위를 맴돌고 있는 살수들은 물론 비살루 살수들이었다.

연충조는 아들이 지하 동굴 속으로 추락하고 나서도 행동에 극도로 조심했지만 아들의 생사를 확인하려고 동분서주하는 그의 행동에는 다분히 허점이 드러날 수밖에 없었다.

그래서 그는 결국 한 달여 만에 비살루 살수들에게 발각되고 말았던 것이다.

아들의 생사 확인도 중요했지만 연충조는 자신의 안위가 더 급했다. 자신이 살아 있어야만 아들에게 눈곱만큼이라도 보탬이 될 것이기 때문이었다.

그때부터 연충조와 비살루 살수들의 길고 긴 숨바꼭질이 시작되었다. 또한 일척은 갑자기 사라져 버린 연충조를 찾느라 혈안이 됐다. 그는 결국 개방백영 삼십 명을 풀고 나서야 연충조를 찾아낼 수가 있었다.

만약 연충조가 깊숙한 곳에 숨어서 일체 움직이지 않는다면 그 누구라도 찾아내지 못했을 것이다. 그는 일급살수이기 때문이다.

개방백영 청년 고수들이 연충조를 발견했을 때 그는 다섯 명의 비살루 살수들에게 치열한 협공을 당하고 있었는데, 목숨이 위태로운 절체절명의 순간이었다. 그런 상황이었기에 쉽사리 개방백영에게 발견됐던 것이다.

느닷없이 개방의 청년 고수들이 나타나자 비살루 살수들은 멈칫했다. 이후 개방백영이 속속 합류하여 삽시간에 이십여 명에 이르자 비살루 살수들은 더 이상 어떻게 해보지 못하고 그 자리에서 연기처럼 사라져 버렸다.

그러자 개방백영도 한꺼번에 사라졌다. 하지만 그들은 멀리 가지 않고 근처에 은신한 채 연충조를 호위하고 있었다.

일척은 그때부터 연충조 주변에 늘 개방백영 열 명의 고수를 상주시켰다.

물론 연충조 눈에는 띄지 않도록 지시했다. 그렇다고 그 사실을 눈치

채지 못할 연충조가 아니었다.

하지만 그는 개방백영을 물리칠 계제가 아니었다. 굴강한 성격의 그였지만 상황이 굴강함을 꺾게 만든 것이었다.

연충조는 비살루주까지 이곳에 와 있다는 사실을 알고 있었다. 루주인 사검비살이 왔다면 비살루의 남은 삼십이 명도 당연히 데리고 왔을 것이다.

그는 그 사실을 비살루 살수들이 자신을 협공할 때 알게 되었다.

처음에 그와 함께 이곳에 왔던 비살루 살수들은 모두 열 명이었는데, 그동안 여섯 명이 죽고 네 명만 남아 있었다. 그런데 다섯 명이 그를 협공했으니 살수들이 더 충원됐다는 사실을 즉시 깨달았던 것이다.

연충조는 방현의 제의를 침묵으로 수락했다. 비살루주가 연충조를 죽이기로 작정한다면 개방백영 열 명으로는 절대 막을 수 없을 것이다.

하지만 비살루주는 그럴 만큼 어리석은 인물이 아니었다. 그가 남은 살수들을 모조리 이끌고 온 것은 이대 정협을 납치하자는 목적이지, 배신자를 처단하기 위해서가 아니었다.

비살루주가 배신자를 죽이려고 최대한 욕심을 낸 것이 살수 다섯 명을 투입한 것이었는데, 운 나쁘게도 개방백영에게 발각되어 실패로 그치고 말았다.

이후 비살루 살수들은 연충조 근처에 얼씬도 할 수가 없었다. 개방백영 열 명이 연충조 주변에 상주하며 삼엄하게 지키고 있었기 때문이다.

하지만 연충조는 비살루주와 살수들 삼십육 명이 아직도 폭포와 연못 근처 곳곳을 수색하고 다닌다는 사실을 잘 알고 있었다.

"우리들 개방오척과 개방백영의 구십 명은 남겠지만 이 일대는 아닐세. 구련산 전역과 무이산 남단을 광범위하게 수색하라는 방주의 명령을 받았네. 하지만 이곳에 남겨두는 개방백영 열 명과 수시로 전서구를 주고받을 테니까 급한 일이 있으면 부르게. 언제라도 즉시 달려옴세.”

방현의 어조와 말에서는 염려와 친근함이 뚝뚝 묻어났다. 그런데도 연충조는 가타부타 한마디 말도 없었다.

“정삼제와 방주 일행은 이곳에서 북쪽으로 불과 오십여 리 거리에 있는 용남현(龍南縣)에 계실 걸세. 그곳에서 당금 무림의 태두(泰斗)들과 회합을 가질 계획이네.”

그 말에 연충조의 표정이 가볍게 변했다.

방현은 그가 비록 표정이 약간 변했지만 속으로는 매우 놀라고 있다는 것을 알고 있었다. 그는 지난 반년여 동안 연충조라는 사내를 거의 파악했던 것이다.

만약 방현의 천성이 호탕불기(豪宕不羈)하지 않았다면 연충조의 무뚝뚝하며 고마워할 줄도 모르는 냉담한 성격 때문에 수십 번도 더 불같이 화를 냈을 것이고, 이미 오래전에 그의 곁을 떠났을 게 분명했다.

“원래 일대 정협께서 사라지신 이후 구파일방과 강호의 수많은 협사들은 백방으로 그분의 행적을 수소문했었네. 그러나 이십오륙 년의 긴 세월 동안 어디에서도 정협에 대한 정보나 소문은 없었지.”

사람들은 정협이 왜 갑자기 은거했는지, 그에게 제자가 있었는지조차도 모르고 있었다.

“그런데 이번에 갑자기 이대 정협이 출현한 걸세. 그래서 본 방에서는 구파와 천하의 기인 협객들에게 일제히 그간의 사정을 적은 서찰을 보냈네. 그래서 그분들이 용남현에 한꺼번에 모이게 되는 것이지.”

방현의 말이 이어지자 연충조는 더 이상 무표정한 얼굴일 수가 없었다.

그의 얼굴에는 비록 미미하지만 놀라는 표정이 역력하게 떠올라 있었다.

"아마 무림이 생긴 이래 이보다 더 큰 회동은 없었을 것이네. 최소한 천여 명 이상이 모일 것으로 예상하고 있네."

"음! 천여 명이나……!"

연충조는 묵직한 신음을 흘려냈다.

"그것도 구파와 무림 명가(名家)의 수장들, 그리고 천하무림의 명숙(名宿)들로만 말일세."

"……."

연충조는 굵은 번갯불이 가슴 한복판을 단번에 관통하는 듯한 거센 충격을 받았다.

자신의 아들을 위해서 전 무림의 내로라는 거물들이 천여 명씩이나 한 장소에 운집한다는 것은 상상조차 하지 못했던 일이었다. 그런 일은 무림에 전례가 없었다.

"그분들이 왜 모이는지 이유를 알겠나?"

"정협 때문인가?"

"결론적으로는 그렇네."

연충조의 얼굴에 가볍게 의혹이 떠올랐다.

"결론적으로는?"

방현의 표정이 어둡게 변했다.

"본 방이 조사한 바에 의하면, 현재 이곳에는 천사련과 마도십팔계의 고수들이 속속 모여들고 있다네."

"……."

연충조는 거대한 충격을 받았다. 방금 전까지만 해도 가슴이 벅찼었는데 이제는 가슴이 찢어질 것만 같았다.

당금 무림에서 천사련을 모르는 사람은 없다. 어마어마한 사도무림을 무림사 이래 최초로 일통시킨 사파총련이 아닌가?

게다가 마도십팔계는 또 어떤가? 이십육 년 전, 마종이 정협에게 패하기 직전까지 마종의 수족으로서 천하무림을 혈해(血海)로 만들었던 열여덟 개의 마도방파가 아닌가?

그들이 이곳에 출현하다니…….

그들의 목표는 필경 정협, 즉 연충조 자신의 아들일 것이다.

연충조는 할 말을 잃었다. 그가 딛고 선 땅이 끝없이 아래로 꺼져 내려가고 있었다.

❖ 第四十五章 ❖

세상 밖으로

<h1 style="text-align:center">第 四十五 章</h1>

“사저, 괜찮아요?”

옥예 구본행은 잔뜩 염려스러운 표정으로 염예 교교를 들여다보며 세심하게 그녀의 얼굴을 세심하게 살폈다.

“하아… 나는 괜찮아…….”

교교는 나무등걸에 거의 눕듯이 기대어 앉아 힘없이 중얼거렸다.

지금의 그녀에게서는 과거의 요염하고 당당했던 염예 교교의 모습을 눈곱만큼도 찾아볼 수가 없었다.

지금 겉으로 보이는 그녀의 모습은 몹시 수척했다. 머리카락은 수세미처럼 헝클어졌으며, 눈은 퀭하게 꺼졌고, 복스럽던 볼은 움푹 들어가서 거의 시체나 다름이 없는 흉측한 몰골이었다.

게다가 입고 있는 옷은 상거지들조차도 거들떠보지 않을 정도로 낡디낡은 상태였다.

하지만 얼굴색은 붉었다. 그러나 혈색이 좋아서 붉은 것이 아니라 병을 앓고 있기 때문이었다.

여태 구본행이 업고 오다가 잠시 앉혀놓았는데, 그사이에 그녀는 축 늘어져서 아예 길게 누워버렸다.

"어디 좀 봅시다."

구본행은 교교 앞에 주저앉아 그녀의 앞섶을 능숙하게 열어젖혔다.

예전의 터질 듯이 탱탱하던 교교의 젖가슴은 지금 절반 크기로 줄어들어 윤기도 없이 쭈글쭈글했으며, 아래로 축 처져서 보기 흉한 모습이었다.

또한 상체가 앙상하게 말라서 갈비뼈가 완연하게 드러났으며, 배는 홀쭉해서 등에 달라붙은 것 같았다.

구본행은 그녀의 젖가슴을 양손으로 부드럽게 잡고 양쪽으로 슬쩍 벌렸다.

그러자 젖가슴 한복판에 만두 정도 크기의 둥근 핏빛 자국이 새겨져 있는 게 드러났다.

그 자국 한복판은 동전 정도 크기로 붉다 못해서 자줏빛을 띠고 있었는데, 주변으로 퍼져 나갈수록 붉은색이 점점 엷어졌다. 그녀의 몸이 붉은 것의 진원지가 바로 가슴 한복판이었다.

구본행은 교교의 가슴팍을 쏘아보면서 두 눈에서 흉광을 줄기줄기 뿜어내며 씹어뱉었다.

"으으, 개새끼!"

그러자 눈을 꼭 감고 있던 교교가 힘겹게 눈을 뜨며 바짝 말라붙은 입술을 뗐다.

"사제… 그 사람을 욕하지 마……. 그는 너무나도 착한 사람이야……."

"또 그 소리!"

구본행은 슬쩍 눈살을 찌푸렸지만 교교를 책망하려는 기색은 아닌 것 같았다.

"그… 사람을 만난 것이 얼마나 다행인지… 모… 르겠어……. 그렇지 않았다면… 나는… 내가 얼마나 나쁜 년인지도… 모를 뻔했어……. 나… 이대로 죽어도… 그 사람… 조금도… 원… 망하지 않아……. 하아 아… 아니… 오히려 고마워……."

그녀는 한마디 한마디 말하는 것에 죽을힘을 다 쏟아냈다. 하지만 입 가에는 정말 행복한 미소가 희미하게 떠올라 있었다.

지금의 그녀는 완전히 새사람이 됐다. 그녀를 죽어가게 만든 사람 덕 분에 개과천선하여 그 옛날 어릴 적 그 착한 어린 소녀의 모습으로 되돌 아간 상태였다.

구본행은 교교를 편안하게 눕혀주며 자상한 미소를 지었다. 그의 행동 은 마치 오라비가 누이동생을 대하는 듯했다.

"알았으니까 어서 좀 누워요. 그리고 내가 욕한 것은 연운정이 아니라 사부, 아니, 사심혈혼 그 새끼니까 자꾸 날 나무라지 마세요."

"그… 랬어?"

그제야 교교의 얼굴에 배시시 안도의 미소가 떠오르더니 힘에 겨운 듯 곧 스르르 눈을 감았다.

일 년 전 교교는 연운정이 오해하여 발출한 천극신장 일초식 천극붕에 적중됐었다.

그때 구본행은 다급한 마음에 그녀를 안고 사부 사심혈혼에게 달려갔 다.

사심혈혼은 구본행의 설명을 듣고 나더니 오만상을 찌푸리면서 내뱉 었다.

"천극붕에 맞았으면 뒈질 수밖에 없다! 내다 버려라!"

구본행과 교교는 자신들의 귀를 의심했다. 아무리 진심으로 존경하지 않는 사부라고 하지만 설마 그렇게까지 말할 줄은 상상조차 못했던 것이다.

교교가 열세 살 때 소위 사부라는 작자가 그녀의 순결을 짓밟았으며, 그 후에도 틈만 나면 그녀를 쾌락의 도구로 삼았다는 사실을 누구보다 잘 알고 있는 구본행이었다.

그런 그녀에게 사심혈혼이 사제지정을 갖고 있지는 않더라도 오랜 세월 동안 몸을 섞었던 여자에게 갖고 있는 어떤 정분이라도 있을 법한데, 그는 아예 처음 대하는 사람보다 더 매몰차게 교교를 박대했다.

설상가상. 구본행은 사심혈혼에게 항의하다가 죽지 않을 만큼 두드려 맞았다.

아니, 사심혈혼은 제자가 죽어도 상관없다는 듯이 막무가내로 두들겨 팼다.

여제자가 죽어가는 것쯤은 그에겐 아무런 문제도 아니었다. 그러나 제자가 대드는 것은 절대 용서하지 못할 일이었다.

구본행이 깨어났을 때 사심혈혼은 그곳에 없었다. 그리고 그의 옆에는 끊어질 듯한 신음을 흘리고 있는 교교만이 아무렇게나 나뒹굴고 있었다.

비틀거리면서 일어서던 구본행은 교교를 보는 순간 너무 분노해서 하마터면 미쳐 버리는 줄 알았다. 그녀는 혼절한 상태였는데 아랫도리가 벌거벗겨져 있었다.

구본행은 한눈에 어떻게 된 일인지 알아차렸다. 금수만도 못한 사부라는 작자가 다 죽어가는 교교의 바지만 벗긴 채 제 욕심만 차리고 떠나 버린 것이었다.

강호를 돌아다니면서 온갖 악행을 일삼아왔던 구본행이었지만 이따위 천인공노할 짓은 하지 않았었다.

이건 해도 너무했다. 아니, 인간의 탈을 쓰고는 절대 그런 짓을 저지를 수가 없었다.

그래도 십여 년 넘게 데리고 있던 제자가 죽어가고 있는데, 살리려고 노력은 해보지 못할망정 능욕이라니.

그날 구본행은 분루를 흘리면서 두 가지 결심을 했다. 사저 교교를 반드시 살려내고야 말겠다는 것과 기필코 사심혈혼을 가장 처참한 방법으로 죽이고 말겠노라고.

그 길로 그는 교교를 들쳐 업고 단숨에 산을 내려가 의방을 찾아갔다. 그러나 의원은 자신의 능력으로는 그녀를 살릴 수 없다면서 고개를 가로저었다. 다른 의원들도 마찬가지였다. 어딜 가나 똑같은 반응에 똑같은 소리였다.

그나마 불행 중 다행스런 일은 그중 한 명의 의원에게서 교교가 죽어가는 원인을 듣게 됐다는 것이고, 죽지 않게 하는 방법을 알아냈다는 사실이었다.

여자의 체내는 원래 거의 음기로 채워져 있는데, 교교의 체내에는 극양지기가 가득해서 음기를 억압하고 있기 때문에 죽어가고 있다는 것이다.

연운정이 연공한 천극정신공은 극양과 극음을 절반씩 같은 비율로 갖춘 흔하지 않은 신공이었다.

그렇기 때문에 초식을 전개할 때 극양지기든 극음지기든 마음대로 발출할 수 있었다.

그런데 그가 발출한 천극붕에는 극양지기가 주입되어 있었다. 그러니 교교의 체내에 극양지기가 가득한 것은 당연한 결과였다.

또한 천극붕이 교교의 가슴에 적중되는 순간 극양지기가 삽시간에 체내로 확산되면서 십여 군데 주요 요혈들을 점혈해 버렸다.

만약 연운정이 천극붕을 완벽하게 터득했더라면 적중되는 순간 교교의 내장이 완전히 재로 변해서 즉사했을 텐데, 그러지 못했기 때문에 이 지경에 이르게 된 것이었다.

그 의원은 교교를 살릴 수 있는 사람은 그녀에게 일장을 적중시킨 사람뿐이라는 말을 덧붙였다.

여러 악조건 중에서도 그나마 다행스러운 것 하나는, 구본행이 사심혈흔으로부터 배운 무공이 음공(陰功)이라는 사실이었다.

그는 수시로 교교에게 음기를 주입시킴으로써 그녀 체내의 극양지기가 확산되거나 발작하는 것을 가까스로 억제시켜 왔다.

어떤 때는 그가 여러 사정 때문에 음기 주입이 조금이라도 늦어지면 교교는 곧바로 혼수 상태에 빠져 사경을 헤매곤 했다. 그래서 구본행은 틈만 나면 그녀에게 음기를 주입시켜 주었다.

그는 의원에게 그런 말을 들은 즉시 교교를 업고 구련산으로 향했다. 연운정을 찾으려는 것이었고, 교교가 그에게 천극붕을 적중당한 곳이 구련산이었던 것이다.

그렇게 산중을 헤맨 지가 벌써 일 년이 훌쩍 넘어가고 있었다. 연운정이 도강 상류에서 갑자기 지하 동굴로 사라졌다는 사실은 추적자들 사이에선 파다하게 퍼진 소문이라 구본행이 듣지 못했을 리가 없었다.

그리고 아직도 많은 무림인들이 폭포와 연못 주위를 떠나지 않은 채 연운정을 찾고 있었기 때문에 구본행 역시도 이곳을 떠나지 못하는 것이었다.

그는 교교가 연운정에게 천극붕을 적중당하는 순간 뼈저리게 깨달았다, 자신이 사저 교교를 진심으로 사랑하고 있다는 사실을.

그저 사부의 눈치를 봐가면서 가끔씩 몰래 몸이나 섞으면서 쾌락에 빠지는 도구 정도로만 여겼던 그녀건만, 사실은 그게 아니었던 것이다.

그리고 나날이 조금씩 죽어가고 있는 교교를 보면서 그는 자신이 그녀를 얼마나 사랑하고 있었는지, 또 지금도 날마다 사랑이 부쩍부쩍 커가고 있다는 사실을 생생하게 실감하고 있었다.

만약 끝내 교교가 죽는다면 그도 따라서 죽을 각오였다. 하지만 그는 그런 일이 일어나지 않기를 간절히 원했다. 자신의 목숨이 아까워서가 아니라 교교의 죽음이 원통해서였다.

그는 교교를 업고 거의 산(山)사람이 된 상태로 연운정을 찾아 헤매면서 일 년여 전 그날, 자신이 교활한 술수를 부렸기 때문에 당황한 연운정이 천극붕을 발출했다는 사실을 만 번도 더 후회하고 뉘우쳤다.

자신이 그런 술수만 부리지 않았었다면, 교교는 지금처럼 죽어가지 않았을 것이고, 고통에 몸부림치지도 않았을 것이다. 죽을 사람은 교교가 아니라 바로 구본행 자신이었다.

그는 자신의 몸이 만신창이가 되고 닳고 닳아서 먼지가 되더라도 기필코 연운정을 찾아내서 교교를 살릴 각오였다.

연운정에게 애걸복걸을 해서도 안 된다면, 자신의 하찮은 목숨이라도 서슴없이 내놓을 결심이었다.

그는 자신이 교교에게 향한 진정한 사랑으로 인해서 전혀 새로운 사람으로 변모해 가고 있었지만 정작 본인은 그런 사실을 미처 깨달을 여유마저도 없었다.

*　　　　*　　　　*

연운정과 사도혜가 지하 광장에서 새로운 생활을 시작한 지 이 년하고도 반년이 흘렀다.

그동안 지하 광장에는 여러 가지 크고 작은 변화가 있었다.

우선 연못가의 통나무집이 새로 더 크고 튼튼하게 지어져 있었다. 또한 집 뒤에는 나무를 베어내고 풀을 뽑아 지름 십여 장 크기의 아담한 연무장이 생겨났다.

그리고 지하 광장의 한쪽 암벽을 뚫어 그 안에 두 칸의 석실을 만들었는데, 그곳은 연운정과 사도혜가 각자의 연공실로 사용했다.

통나무집 좌우에는 그리 넓지 않은 텃밭이 있었는데, 그곳에는 무나 배추 따위 흔한 채소가 아니라 여러 종류의 나물과 약초들이 재배되고 있었다.

연운정이 틈틈이 지하 광장에서 자생하는 식물들을 자세히 관찰한 결과, 식용이나 생식할 수 있는 나물이나 약재로 쓰이는 귀한 약초들을 채집해서 재배하고 있는 것이었다.

쿠쿵!

뇌성벽력보다 더 크고 둔중한 굉음과 함께 연운정의 몸 전체가 크게 흔들렸다. 굉음은 그의 체내에서 터졌기 때문에 밖으로는 새어 나오지 않았다.

암벽을 파서 안쪽에 만든 연공실 맨바닥에 연운정이 가부좌의 자세로 운공을 하고 있었다.

그의 온몸에서는 비 오듯이 땀이 흘러내리고 있었고, 그의 얼굴은 힘겨움으로 일그러졌다.

그는 모진 각고 끝에 반년 전에야 비로소 천극정신공의 심오한 경지를 깨우치고 터득할 수 있었다.

그래서 그의 체내에 남아 있던 사부 담운정의 내단과 공청석유를 용해하여 마침내 자신의 내공으로 만들었다.

그것으로 그의 내공은 졸지에 무려 이 갑자 백이십 년으로 증진되었다.

담운정의 내단이 일 갑자, 공청석유가 이십 년의 내공을 보태준 것이었다.

그런데다 그는 지금 생사현관을 타동시키려고 전력을 다하고 있는 중이었다.

만약 생사현관, 즉 임독 양맥이 타동된다면, 그의 내공은 순식간에 이십 년이 더 증가하여 백사십 년이 될 뿐만 아니라 마치 마르지 않는 샘물에서 끝없이 물을 퍼내듯 지치지도 않고 공력을 뿜어내게 될 것이다.

뿐인가. 무림인들이 꿈속에서조차 이루기를 원하는 삼화취정(三花聚頂)의 경지에 이르게 된다.

구름보다 더 높은 산봉우리에 처음 오르는 것이 어려운 일이지, 일단 오르고 난 다음에 그곳에서 더 높은 봉우리로 오르는 것은 그리 어렵지 않은 법이다.

그러므로 삼화취정은 이후 다섯 기운을 조절하여 으뜸이 된다는 오기조원(五氣調元)이나 노화순청(爐火純青), 반박귀진(反撲歸眞), 등봉조극(登峰造極) 등의 계단을 오를 수 있는 탄탄한 발판이라고 할 수 있는 것이다.

그래서 그는 벌써 반년째 천룡팔검을 연마하는 시간 외에는 잠조차 잊은 채 생사현관을 타동시키는 일에 전력하고 있었다.

방금 전의 둔중한 굉음은 그의 체내의 진기가 임맥과 독맥에 부딪치는 소리였다.

이미 수백 번도 더 시도한 일이었다. 한 번 부딪칠 때마다 온몸이 조각나서 폭발할 듯이 고통스러웠으며 정신을 잃을 정도로 충격이 거셌다.

그러나 방금 충돌도 실패했다. 생사현관 타동이 보통의 노력으로는 불가능할 것이라고 예상은 했지만 이 정도까지일 줄이야 몰랐던 연운정이었다.

그는 이 순간을 위해서 임맥과 독맥이 더 이상 굳어지는 것을 방지하려고 지난 이 년 동안 거의 생식을 해왔다.

그는 지그시 어금니를 악물었다. 지난 반년 동안 언제나 똑같은 방법으로 수십 차례 시도해서도 성공하지 못했다면, 이것은 방법 자체에 문제가 있는 것이라고 판단했다.

그는 상식에 입각해서 늘 같은 방법을 고수했지만, 그 결과가 실패로 이어졌기 때문에 이제는 비상식을 시도해 볼 생각이었다.

'여태껏보다 삼 할 정도 강한 진기로 다시 시도해 보겠다!'

공력이 약해서 임독 양맥에 부딪치는 진기를 약하게 보낸 것이 아니었다.

만약 진기가 정도 이상으로 강할 경우에는 물론 임독양맥이 타동되기야 하겠지만, 그와 동시에 혈맥과 경락이 터져 나갈 수도 있기 때문이었다.

혈맥과 경락이 터진다는 것은 곧 주화입마를 뜻한다. 그러므로 자칫 생사현관을 타동시키려고 하다가는 폐인이 되거나 죽음을 당할 수도 있는 것이다.

연운정은 다시 진기를 일으켜 지금껏 수십 번 시도했던 진기에 삼 할의 진기를 더 보태어 임독양맥으로 부딪쳐 가는 것과 동시에 또 다른 진기로는 온몸의 혈맥과 경락을 보호했다.

꽝! 꽝!

뒤이어 어마어마한 굉음이 터졌다. 그 소리는 주위에 누군가 있었다면 들었을 정도였다.

그의 몸이 심하게 흔들렸으며 앉은 자리에서 허공으로 반 자가량 튕겨 올랐다가 내려섰다.

한순간 연운정은 실패했다고 생각했다. 아니, 자신이 죽는 것이라는 생각까지 들었다. 온몸이 갈가리 찢어지는 듯한 고통과 극심한 현기증을 느꼈기 때문이다.

'아······!'

그러나 다음 순간 그는 내심 기쁨의 탄성을 터뜨렸다. 진기가 노도처럼 온몸의 어느 한 군데 막힘없이 소통되고 있는 것을 느낀 것이다. 이날까지 셀 수도 없이 많은 운공을 해온 그였지만 이런 현상은 처음이었다.

지금 그의 체내에서 일어나고 있는 현상들은 모든 것이 생애 최초로 느끼는 것들이었다.

그의 몸은 하나의 '기(氣)'의 덩어리였다. 아니, 육체는 없고 '기'만 있는 것 같았다.

그것도 아니었다. 그것은 그가 무공에 입문한 이래 지금까지 지니고 있었으며, 또한 느껴왔던 '기'의 느낌과는 다른 것이었다.

어마어마한 '힘(力)'이 느껴지는가 하면 몸 전체가 한 자루 '검(劍)'이 된 것 같기도 했으며, 자신의 육신이 지상에 있지 않고 허공중에 둥둥 떠 있는 느낌이었다.

그렇다. 그는 마침내 생사현관이 타동되어 삼화취정의 경지에 이르게 된 것이었다. 아울러 그는 무려 백사십 년의 공력을 지니게 되었다.

그 정도 내공이라면 당금 무림에서 무림이십오기 정도나 그에 맞먹는 절정고수들 수준이었다.

하지만 연운정에겐 칠천절학이 있었다. 그러므로 그들보다 뛰어나다고 봐야 옳을 것이다.

다만 연운정 자신이 아직 자신의 무공 수위를 정확하게 측정하지 못하고 있을 뿐이었다.

"핫핫핫핫! 성공이다!"

그는 눈을 뜨고 일어서며 환한 얼굴로 우렁찬 웃음을 터뜨렸다. 지난 이 년 반 동안의 뼈를 깎는 듯한 노고를 그 웃음에 실어서 날려 버리려는 듯 그는 가슴을 활짝 벌리고 점점 더 크게 웃었다. 그 바람에 암동 속 석실 전체가 쩌렁쩌렁 울렸다.

"축하해요, 운정 오라버님!"

그때 아까부터 연공실 한쪽에 서서 조마조마한 심정으로 지켜보고 있던 사도혜가 나는 듯이 달려와 연운정에게 안기면서 눈물을 쏟아냈다.

"혜 매!"

두 사람은 기쁨에 겨워 서로를 얼싸안았다. 그들의 포옹은 너무도 자연스러웠다.

"마침내 생사현관을 타동시켰군요……. 너무 기뻐요……."

사도혜는 아름다운 두 눈에서 그보다 더 아름다운 눈물을 흘리며 자신의 일보다 더 기뻐해 주었다. 그런 사도혜의 모습은 언제나 연운정에게 가장 큰 힘이 돼주었다.

"자! 이제 이곳에서 나가자!"

이윽고 연운정은 사도혜를 가만히 떼어내며 힘주어 말했다.

"아……!"

사도혜는 기대 어린 표정으로 연운정을 바라보았다. 드디어 이곳을 나가는 것이다. 그렇게 생각하니 지난 이 년 반 동안의 일들이 꿈만 같았다.

"내공도, 천룡팔검도 아직 완전하지는 않지만 그렇다고 형편없지는 않아. 이 정도 수준으로 어떻게든 해보겠어! 이제 나가서 사부님의 뜻을 이뤄야지!"

연운정은 지난 이 년 반 동안 천룡팔검의 후반부 오초식부터 팔초식까지를 연마했다.

그 결과 현재 오초식과 육초식은 완벽하게 터득했으며, 칠초식은 칠성가량, 마지막 팔초식은 오 성 정도 연성한 상태였다.

또한 천룡팔검을 제외한 다른 육천절학은 그의 내공이 높아지고 틈틈이 연마를 게을리 하지 않아서 현재는 거의 완벽하게 터득했다.

연운정은 이곳에서보다는 바깥 세상에 나가서 해야 할 일이 더 많았다.

그는 무엇보다도 사부 담운정을 배신하고 중상까지 입혔던 냉후라는 자를 처단하고 싶었다.

연운정이 사부를 존경하고 사랑하는 것의 백배 이상 그를 죽이고 싶은 마음이 들끓었다.

무림 전체를 위협하는 마종의 부활을 더 걱정해야 마땅하지만, 그는 냉후에게 향한 원한과 복수가 더 급했다.

이곳에서 내공을 쌓으면서 천룡팔검을 연마하는 동안 그는 단 한순간도 냉후를 잊어본 적이 없었다.

예전의 그는 사부에게 어떤 제자였을까? 어떻게 생긴 사람일까? 어떤 심성을 지녔기에 사부를 감쪽같이 속이고 제자가 되었다가 배신을, 더구나 사부를 죽이려고까지 한 것일까? 무수한 의문이 꼬리를 물고 피어났었다.

연운정은 현재 천룡팔검 후반부 전체로 놓고 볼 때 평균 칠성 이상 연성한 상태였다.

그것은 담운정이 예상했던 사 년보다 일 년 반이나 앞당긴 빠른 성취였다.

담운정은 최소한 오성 이상 연성한 후 활동하라는 유시를 남겼으니 연운정은 오히려 늦은 감이 있었다.

그러니 연운정은 이곳에서 더 이상 할 일이 없었다. 미진한 부분은 이곳을 나가 강호에서 활동하는 틈틈이 연마하면 될 것이라는 생각이었다.

또한 천룡팔검을 연마하는 동안 그것이 얼마나 위력적이며 개세적인지 깨달았기 때문에 그 정도면 사부의 유시를 받드는 데에 모자라지 않을 것이라고 판단한 것이다.

물론 많이 부족하다는 사실을 그리 오래 지나지 않아서 깨닫게 되겠지만.

두 사람은 손을 잡고 나란히 암동을 걸어나갔다. 사도혜의 얼굴에서는 예전의 병약한 모습은 눈을 씻고서도 찾아볼 수 없었다. 오히려 건강미가 넘쳤다.

현재 그녀는 일 갑자 육십 년의 정심한 내공을 지니게 되었으며, 놀랍게도 무극십이검을 십이검까지 완벽하게 터득한 상태였다.

나부파에서조차 수백 년 동안 무극십이검을 완성한 인재를 배출하지 못했는데, 과연 오성과 총명이 넘치는 사도혜는 각고의 노력 끝에 완성해 내고 말았다.

그녀가 불과 이 년 반 만에 일 갑자의 내공을 쌓게 된 근저에는 전혀 예상하지 못했던 현상이 기인하고 있었다.

사도혜가 선천적으로 지니고 태어났던 불치병 협맥심경증의 원인은 그녀의 체질이 선천적인 극음지체라는 데에 있었다.

체내에 극음지기가 지나치게 왕성하여 전신의 주요 혈맥과 경락이 극도로 착박(窄迫)해져서 혈류와 기가 원활하게 흐르지 못했기 때문에 조금이라도 힘을 쓰면 혼절해 버리기 일쑤였던 것이다.

그런데 그녀의 협맥심경증이 완전히 치료되자 전혀 예기치 못했던 일이 일어났다.

연운정이 협맥심경증을 완치시키고 나자 무진장한 극음지기가 고스란히 잠재적인 원기(元氣)로 환원돼 버리는 것이었다. 그것은 연운정조차도 예상하지 못했던 결과였다.

그리고 연운정이 그녀에게 천극정신공과 무극십이검을 전수해 준 이후부터 그녀의 내공은 하루가 다르게 쑥쑥 증진됐다.

연운정이 최초에 그녀에게 천극정신공의 구결을 전수한 후 그는 두 번 다시 그것에 대해서 조언하거나 설명할 필요가 없었다. 워낙 오성이 뛰어난 사도혜가 너무도 완벽하게 깨우쳤기 때문이다.

그리하여 지금에 이르러 그녀는 자그마치 일 갑자의 공력을 소유하게 된 것이다.

하지만 그게 끝이 아니었다. 그녀는 지금 이 순간에도 한 번 운공할 때마다 빠르게 공력이 증진되고 있었다. 그 끝이 어디일런지는 그녀 자신도 알지 못했다.

사도혜는 연운정에게 어떻게 이곳을 벗어나느냐고 묻지 않았다.

연운정은 더 이상 이 년 반 전의 연약한 그가 아니었다. 그가 이곳을 나간다고 하면 나가는 것이다. 그리고 그에겐 그럴 만한 충분한 능력이 있었다.

두 사람은 자신들이 이 년 반 동안 생활했던 지하 광장을 약간의 여유를 두고 천천히 둘러보았다. 그들의 얼굴에는 감회의 기색이 가득 떠올랐다.

이곳에서 연운정이 백사십 년의 내공을 지니게 됐으며, 육천절학을 완성시켰고, 천룡팔검을 칠성 이상 터득했다면, 다 죽어가던 사도혜는 일 갑자 내공에 무극십이검을 완벽하게 연마한 일류고수로 변했다.

그러나 이곳에서 이룬 가장 큰 소득이 무엇이냐고 묻는다면, 두 사람은 두 번 생각할 것도 없이 즉시 똑같은 대답을 할 것이다. 그것은 '사랑'이라고.

두 사람은 셀 수도 없을 정도로 서로의 몸을 탐닉했다. 어떨 때는 하루종일. 게다가 심한 경우에는 사흘 동안 쉬지도 않고 정사만 나누었다.

통나무집에서도, 풀밭에서도, 연공실에서도 두 사람의 사랑은 때와 장소를 가리지 않았다.

그렇게 두 사람의 젊은 육체가 한 번씩 하나가 될 때마다 두 사람의 영혼도 더욱 일체가 되어갔다.

그 수천 번의 정사에도 사도혜가 임신을 하지 않은 이유는 그녀가 줄곧 명월음택심법을 운기했기 때문이다.

그 덕분에 그녀는 임신뿐 아니라 월경도 하지 않았다. 하지만 언제든 명월음택심법의 운기를 멈추게 되면 그녀는 그 즉시 월경도 임신도 할 수 있게 될 것이다.

"준비됐어?"

이윽고 연운정이 사도혜를 보며 미소 지었다.

"네."

준비란 사도혜가 두 팔로 연운정의 목을 꼭 안는 것뿐이었다.

스읏—

암벽 아래에 서 있던 연운정이 왼팔로 사도혜의 허리를 안고 가볍게 어깨를 흔들자 몸이 화살처럼 위로 솟구쳐 올랐다.

백사십 년 내공을 지닌 그가 칠천절학의 천풍비영을 전개하자 그것은 가히 빛이었고, 천공의 한 조각 구름이었다.

그는 한 번 도약에 무려 십여 장이나 도약했다가 발끝으로 암벽을 서너 차례 가볍게 박차더니 순식간에 지하 광장 천장의 구멍을 통해서 밖으로 솟구쳐 나갔다.

　와룡봉추가 드디어 길고 긴 잠에서 깨어나 광활한 대륙 십팔만 리로 나서는 것이다.

『일부당천』 5권에 계속…

무한 상상 · 공상 세계, 청어람 신무협&판타지

『두령』,『사마쌍협』을 보았다면
꼭 섭렵해야 할 월인의 최신작!

천룡신무(天龍神舞) / 월인 지음

2005년 무협계를 평정할
거대한 놈이 나타났다!

『천룡신무』
(天龍神舞)

처음에는 운 좋게 병신춤만 추는 인간들을 만나 사지육신을 온전히 보존하고 있는 줄 알았다.
그리고 십 년 동안 이상한 춤만 가르쳐 주고 몽둥이 휘두르는 법은 물론, 주먹 쥐는 법 하나
가르쳐 주지 않은 사부를 원망하기도 했었다.

하지만 이젠 그딴 거 필요없다.
사부께서는 용무(龍舞)를 열심히 수련하면 네놈 몸뚱이 하나는 네 마음대로 움직일 수 있다고 하셨다.
그리고 그렇게 만들어주셨다.
사부께서는 한계를 뛰어넘고 초식을 무너뜨리는 춤을 가르쳐 주신 것이다.

중원의 무공 따위는 눈 아래로 내려다볼 수 있는 춤!

그래서 천룡신무(天龍神舞)이리라……

매력적인 작품 세계를 보여온 월인만의 매혹에 다시 한 번 유혹당한다!

청어람 신무협 판타지소설

제1회 신춘무협 공모전에 『보표무적』으로
금상을 수상한 작가 장영훈의 신작!!

일도양단(一刀兩斷) / 장영훈 지음

한 겹 한 겹 파헤쳐지는
음모의 속살을 엿본다!

『일도양단』
(一刀兩斷)

그의 이름은 기풍한.

**천룡맹(天龍盟) 강호 일급 음모(一級陰謀) 진압조(鎭壓組)
질풍육조(疾風六組)의 조장이다.**

임무를 위해 출맹한 지 사 년이 지난 어느 겨울날 새벽,
돌아온 그에게 천룡맹 섬서 지단 부단주가 말했다.

"질풍조는 이미 해체되었네."

그리고…
그의 존재를 알던 모든 이들이 죽었다.